U0561261

喀纳斯月亮湾清晨薄雾

伊犁冬日丰厚的落雪

北疆冬日

"在我面前所展示的图卷狂放并且有幻想的美，它无与伦比，超过尘世上任何一个朝生暮死之人能看到的一切景致。"
——斯文·赫定

慕士塔格峰下的喀拉库勒湖

喀纳斯湖神仙湾的清晨

帕米尔高原公格尔九别峰

喀纳斯图瓦人村落

塔什库尔干清晨的月亮

哈萨克牧场

晨光下的塔什库尔干石头城

塔合曼湿地

塔里木河流域胡杨林

夏日的喀纳斯河景致

秋天的额尔齐斯河上游

秋收后伊犁的广阔田野

天山
明月

马明月

著

GUANGXI NORMAL UNIVERSITY PRESS

广西师范大学出版社

·桂林·

天山明月
TIANSHAN MINGYUE

图书在版编目（CIP）数据

天山明月 / 马明月著. --桂林：广西师范大学出版社，2020.10

ISBN 978-7-5598-3143-9

Ⅰ．①天… Ⅱ．①马… Ⅲ．①散文集－中国－当代 Ⅳ．①I267

中国版本图书馆 CIP 数据核字（2020）第 156467 号

广西师范大学出版社出版发行

（广西桂林市五里店路 9 号　邮政编码：541004）

网址：http://www.bbtpress.com

出版人：黄轩庄

全国新华书店经销

广西民族印刷包装集团有限公司印刷

（南宁市高新区高新三路 1 号　邮政编码：530007）

开本：787 mm × 1 092 mm　1/32

印张：12.75　　　字数：220 千

2020 年 10 月第 1 版　　　2020 年 10 月第 1 次印刷

定价：58.00 元

序

在多彩的文明中生长

新疆总让我着迷。除了山川旷野之美，农耕草原之盛，最让我着迷和充满想象的，是其文明的叠加沉淀和绚丽多姿。

据说，大历史学家都喜欢做假设。汤因比（Arnold Joseph Toynbee）就曾说，如果可以选择，他愿意出生在公元1世纪的新疆，因为新疆是多种文化交会之地。新疆，连同整个中亚地区，在为欧亚两大文明界定范围的同时，由于"东进西出、南上北下"的地理位置，至少在1500年间，一直是沟通欧亚文明的媒介和枢纽。承担着东西文明交通任务的，则是古老的路网——今天以"丝绸之路"而闻名于世。加文·汉布里（Gavin Hambly）在《中亚史纲要》中将商路的作用定义为"为中亚周围的诸文明提供了一条细弱的，但又绵绵不绝的联系渠道"。外来的印度、伊朗和欧洲的艺术、思想正是通过这

1

种"细弱"但又"绵绵不绝"的商路，不断涌入，交光互影、撞击、融合、取代，层层叠压，斑斓多彩。

我一直认为，文化、文明的多重底色，是精神创造最沃若的土壤，是哺育天才、艺术家的苗圃。我所仰慕的一些研究中亚史的西方学者，他们发现这一区域曾产生过如此之多的学者、艺术家以及技艺精湛的工匠时，惊讶赞叹之余，却往往不无揶揄地宣称这是"不相称的"。什么样的地方才会"很相称地"产生文化巨擘呢？我很是纳罕。如果说，这也许是西方文明中心论的傲慢在作怪，不算是"恶意的揣测"吧？

说了以上这么多，是读明月兄的散文之后，有感而发的。

我与明月兄在古城西安相遇，已经是40年前的事了。他来自新疆，我来自宁夏；虽不同班，但在一个小食堂同餐。说来可笑，如今记忆最深的倒不是互相切磋学业，而是日复一日地结伴去食堂吃饭，还有偶尔他在10号学生楼下等我吃饭的面露愠色——不用说，是因为我迟到了。吃食堂三境界：吃啥有啥、有啥吃啥、吃啥没啥，完全取决于到达食堂的时间。这一点，即便是学富五车、不计较生活琐碎的老教授也是谨守"潜规则"的，他们绝不轻易拖堂，免得台上趣味盎然，台下跺脚连连。偶尔还有一些机会，是攒下几文碎银，一同奔向著名的西安西大街桥梓口"哐"①一碗羊肉泡馍。我们一大一小（当时他20岁，我16岁），迤逦前行，收获那个年代才能体会的饱饭的快乐。除此之外，就是知道他喜欢电影以至痴迷，能将乔榛的配音模仿得惟妙惟肖。他还写电影评论，偶尔向我展示杂志上刊发的他的影评文章，这让我既好生奇怪又好生羡慕：奇怪的是他如何有这等奢侈的爱好，羡慕的是什么时候我也能够把自己的涂抹变成铅字呢？这个愿望太高远，简直不可企及。我在这部文集里，又读到了他钟爱电影艺术的"夫子自道"：

> 电影一直是我生活的一部分，甚至一度萌生考电影学院的打算，命运没有给我这个机会。虽然历经风吹雨打岁月销蚀，我对电影的热爱至今仍痴心不改。有那么多缤纷过眼的电影垫底，有经年累月关注电影发展的积淀，我自信和圈里人谈起电影没有疏离和隔膜。（《蔺青山》）

大学时期的明月兄还是什么样子呢？借着阅读他写

---

① 哐，音"叠"，是陕西关中、河西走廊一带的方言土音，是吃的一种方式。

的人物故事，算是部分地还原了我对他的印象。收在这本集子的，有十多个人物的故事，有大学同学、中学老师、文友，还有女儿，个个都很传神。特别是，我是带着窥探和好奇看他如何写我们都熟悉的那些大学同学的：性格如头发一般硬梗的王琪玖，多才多艺倜傥不羁的陈汉生，悲天悯人的李富安，弹吉他吟唱的张少华，"常常心事重重，忧郁如托尔斯泰笔下的聂赫留朵夫"的陆夫奎……钱锺书先生有言：别传就是自传。你要知道一个人，你得看他为别人作的传。读着明月兄的这些描述，我所熟稔的这些同学的形象在我的脑海中被"激活"了；但同时，那个当年和我一同奔赴食堂、谈电影的明月兄也在我的脑海中被"激活"了，如重温一部老电影：遥忆当年的马明月同学，多才多艺，有一些"文艺青年"的范儿；落拓不羁，总会使人感觉到一种"特立独行"的味道；然而真诚、耿直是难以掩饰的，定力是一以贯之的。不知明月兄以为然否？

同窗四年之后，他又径直回到了新疆，先是从戎，后来一直在新疆公安机关工作。所幸，他没有放下文学爱好，读书、写作坚持不辍。这几年来，借助于新媒体的传播，朋友们能够便利地读到他更多的作品。

开阔的视野，奔放的豪情，瑰丽的色彩，奇谲的想

4

象，隽永的幽默……受多元文化的浸润，在多元文明土壤中成长起来的人，他们的写作，总会带给你一种奇异的感受。读明月兄的文章，则再次强化了我的这种感受。

收入这本集子中的散文，写新疆风物的并不多，但凡形诸笔端的，如和田、喀什、阿图什、阿克苏、伊犁、塔城、哈密、喀纳斯……一个个风物独特、文化绚丽、风格迥异的西域古城，就活脱脱地跃入眼帘。读过太多的散文，他们对山川的描摹，总是机巧的，景致是堆砌的，唯独缺乏心灵的体验。明月兄无疑是很用心的，不是以旁观者的姿态去作游记。而且他很会讲故事，他描述每个境域的时候，都有人物，都有人的活动，但照我看来，他故事中的人物及其活动，连同"风物"的描绘，都是为这些境域服务的，从而形成一种迷人的叙述方式。这可能是明月兄的为文"狡猾"之处吧？他描绘塔城，盛赞"塔城人有更开阔的眼界和包容的胸怀"，文尾是出人意料的：

在塔城，有一次一个朋友请我吃饭，竟然上了一个硕大的牛头，轰轰烈烈占据了大半个桌子，让我惊骇得说不出话来。这位朋友说，你来了，我高兴，反正一头牛就一个头。在智商过剩的年代，走

心才能让我们的心海汹涌澎湃。(《宁静的塔城》)

　　如此,你还会有比诠释塔城更好的例证吗?"反正一头牛就一个头",这种显然是游牧民族的待客和语言表达,充溢着奇异的想象和比拟,具有十分丰富的"所指",能给你强烈的震撼。他描述和田巴格其镇喀拉瓦其村里的那棵古老的核桃树,"在初春的阳光中缄默",却有一个"苍髯皓眉""仙风道骨模样,像从古代穿越过来的"老人说:"人嘛,活不过一棵树。不要看它现在干巴巴的,再过两天,绿衣裳一穿,这棵老树又像小伙子一样了。"(《和田一瞥》)读及此,你会感到一种禅味,一种自信,一种底蕴深厚的文化的张力。

　　我最喜欢读的,还是收在这本集子中的《我的村庄》中的故事。喀什地区莎车县,是维吾尔族古典音乐《十二木卡姆》的故乡,明月兄的驻村地点就在莎车县艾力西湖镇。他写村里的独柳、万寿菊,村东的叶尔羌河,更重要的是村里的家长里短,每篇故事都极尽幽默风趣之能事,但当掩卷之后,感到的是一种"捷克式的幽默":又笑又哭和本质的辛酸。故事的背后,是作者悲天悯人的情怀。这不是一种油腔滑调、玩世不恭的文字游戏,而是对生命、生活的关切,是对大地上的房屋、劳作、动物、植物以及边地人民简朴、清苦却达观、隐忍的生活态度及岁月伦常的深切观察。我喜欢这样坦然、从容而又感人的叙述方式。你不妨读一读明月兄的描述或者到他所描述的村子里走一走，也许会收获你始料未及的、直击人心的感动。他叙述所驻村庄的女人布热比，生活艰窘却自尊，劳作粗粝但每次到村委会参加集体活动时，都不忘记收拾得整洁得体，换上最好的衣服，甚至洒上香水，"一次在村里的文化联谊活动中，一名歌手深情的热瓦甫弹唱打动了她，我发现她泪流满面，以为发生了什么事。经阿迪力江翻译解释，才知道触景生情了。她抹了一下脸，有些腼腆地说，她想起了自己的男人，她男人的热瓦甫弹得很好，以前经常在家里给她弹琴唱歌。琴声和歌声能抚慰心灵，也是生活的给养……"（《乡村女人》）岁月坚忍，思念流淌，我突然想起早年读过的唐代金昌绪的《春怨》一诗："打起黄莺儿，莫教枝上啼。啼时惊妾梦，不得到辽西。"他所描绘的主人公，一定不是劳作者吧？劳作者的思念按理不是在贪睡中成形的。

　　明月兄将他经年所成文章辑为一册准备付梓，向我索序，因掩饰不住对他的文字的偏爱，惊喜惶恐之余，拉拉杂杂写了上面这些文字。正如他所说，文学写作是个人化的，我谈这些感受也是个人化的，但还是希望读者能够将这本集子作为一个"朋友"，到"朋友"的房子里坐一下：

"朋友来了我高兴得很，一切都非常好！"（《如孜的房子里坐一下》）

杨占武①

---

① 杨占武，博士，研究员。宁夏大学、北方民族大学硕士研究生导师。现任宁夏社会科学界联合会党组书记、主席。

目　录

天山南北

怀念伊犁　　　　　　　　　　　　　　　　　3

走在喀什噶尔的街巷　　　　　　　　　　　12

沉默的阿图什　　　　　　　　　　　　　　21

和田一瞥　　　　　　　　　　　　　　　　30

阿克苏印象　　　　　　　　　　　　　　　37

喀纳斯的风景　　　　　　　　　　　　　　43

宁静的塔城　　　　　　　　　　　　　　　48

哈密片段　　　　　　　　　　　　　　　　55

如孜的房子里坐一下　　　　　　　　　　　64

心中的大河　　　　　　　　　　　　　　　71

在阿勒泰飞翔　　　　　　　　　　　　　　76

有惊无险的旅程　　　　　　　　　　　　　82

我的村庄

艾力西湖的巴扎   91

大河边的小村庄   98

厨娘金花   108

木塔里甫和阿迪力江   115

巴 力   123

乡村植物   133

乡村女人   141

乡村故事   149

行走大地

关于南京的片段   161

风花雪月的大理   169

初识南宁   176

桂林给我的惊喜   184

在广西学喝茶   190

腾冲：安详与激越   200

鼓浪屿   208

文化乌镇   213

走过郑州和开封   216

西藏二题   220

我的大学

李富安   231

王琪玖   240

陈汉生   245

陆夫奎   253

张少华   258

上华山   264

毕业前去了一趟洛阳   273

走遍天下见到你   279

我和朋友

北京路上   289

斑驳的少年   297

今天不上课   304

太阳温暖着我们的身骨   310

吾家有女   317

蔺青山   326

朋友李盛涌   333

我的老师于钟珩   343

画家耿新利   351

和高建群先生两次谋面 359

我眼中的老刘 365

我的光影梦幻 371

游泳那些事 378

跋：风景这边独好 383

后　记 391

天山南北

怀念伊犁

到了伊犁，你的心就静下来了。刚下飞机就有一袭田野丛林的湿润气息沁入心脾，天高云轻，满目葱茏，仿佛把远去的日子寄存在了这里。

出了机场，感觉一眨眼的工夫就到市区了。伊宁市的街区不是那种方方正正循规蹈矩的街道，连个像样的十字路口都没有。走入伊宁市的街道，便感受到伊犁人的性格气质，自由随性，复杂多变，不被束缚，呈现着一种旺盛的生命活力和达观的生活态度。不知是谁设计了伊宁市的街道，我想是伊犁人把自己的生活理念延伸到了街道，该有路时就有路，没有路就转弯，没有条条框框，顺其自然，随遇而安，自有它的智慧和逻辑在里面。

20世纪90年代初的一个夏天，我第一次来伊犁。那时，斯大林大街西面几条巷子里几乎全是遮天蔽日的白杨树，清澈的渠水在每家门前流过，有老人坐在门前土条凳上聊天。有人舀起渠里的水洒到门前黄泥土地上，阳光和泥土的气息立刻漫泛在小巷，使人凉爽心静。小巷深处的民居，门窗雕花，壁墙敷蓝，房顶尖尖包着铁皮，廊檐长长爬满绿荫，散发着华丽古朴和特有的浪漫气息。不时有一群鸽子从屋顶訇然而起，在湛蓝的天际呼啸盘旋，忽远忽近的悦哨，把人的心思带到辽远的白云深处。

像牵挂心中的情人一样，只要有机会，我都要来伊宁，在芬芳的果园和朋友们快活地聚会，在晚霞烁金的伊犁河边看维吾尔族人华美的浪漫婚礼。徜徉在安静湿润绿荫彩墙草木葳蕤的民居深巷，品味她的世俗和华贵。那时候，我就从心底热爱这个神奇的地方。不知什么时候，伊宁的路宽了，树少了，楼高了，一个城市的灵性在渐渐消减，越来越趋同于内地的任何一个城市。2006年来到伊宁市工作的时候，我悲哀地发现，解放路、斯大林街的林子和过去的时光一同消失了。只有汉宾乡新华西路一带的白杨林还繁茂地拱卫在大路两边，有的树身双手环抱不拢，路边的果园枝繁叶茂，散发着清香。但工人们已经举起利器开始砍伐了。那时每隔几天，我都心有不甘地去那里看看即将消失的密林果园，如同和自己的亲人告别一样。阳光扶摇而来，催促着城市荒草般疯长。如今，那里马路宽敞，高楼林立。但我还是深怀着遗憾的：没有了白杨果园的伊宁还是伊宁吗？在伊宁的灿阳下我莫名感伤。

伊犁有着天赐的自然条件，被称为"中亚湿岛"，富足，舒适，四季分明。夏日充沛的阳光、冬天丰厚的落雪都是伊犁人用之不尽的财富。伊犁的人口和伊犁的牲口都在骄傲而自信地茁壮成长。伊犁历史文化丰厚，是东西方文明交会地。伊犁人独特的脾性来自环境的滋养，来自多民族、多元文化的铸就。这个地方，各个民族长期同处，相互交融影响，形成独特的个人气质和文化生态。无论是哪个民族，一个人有"几个舌头"，会讲几种语言是普遍的事，千万不要奇怪。在一次聚会中，我听到一个维吾尔族人学说四川话，正宗得好像在嘉陵江里泡过。伊犁人更有开放的胸怀和生活情趣，和他们在一起会让你放下一切，尽情开怀。被称为"塔兰奇人"的伊犁维吾尔族人很有些优越感。我的朋友海米提说：在乌鲁木齐的街上怎样判别一个伊犁人？他们的头是高昂的，衬衣领子是雪白的，吃完拌面是要喝面汤的！我刚到伊犁工作，发现一个有趣的现象：每天第一次见面的人，都要很认真地握手问候，像是久不谋面的亲人。有时一屋子人就要挨个地握过去,决不敷衍,第二天见面依然如此。开始还不习惯,后来却成了自己的习惯。回到乌鲁木齐后,不自觉地一见面就想和别人握手,让人觉得是不是有什么事情要发生。当年我也这样惶惑过。

伊犁人健谈、自信,天赐美景和丰饶物产使他们有一种天然的优越感,有一种睥睨天下的态度。第一次见面,如果对脾气,就会把你当作朋友,在很短时间内和你拉近距离。你要是在他面前摆谱,他比你更傲;你要是诚恳,他则会对你掏心掏肺。他们往往自视甚高,一副见过大世面的样子,自信得有些浮夸。同时又善于自嘲,在朋友圈子里不太把自己当回事,讽刺别人的时候,先拿自己开涮,给你有个心理安慰后,再对你下狠嘴,让你无话可说。伊犁人就是这个样,不能让你小瞧他。局机关的叶尔肯别克每次到县上出差,只要有机会都要到山区家乡看看。他把自己精心收拾得像个很有身份的领导,一副衣锦还乡的样子,让亲朋羡慕、赞叹、肃然起敬。每次我要离开伊犁的时候,朋友一定会送上一份不薄的礼物,这是他的面子,也是你的面子:"回去不要让嫂子小看了你,在伊犁是有朋友的。"

在我看来,在伊宁生活的人,受俄罗斯文化影响,多少都有些洋情调。无论多么忙碌,无论富贵贫贱,星期天都要出去度个假，到果园子里休憩一下，到巴扎（集市）上转一会儿，用现在流行俗语来说就是"享受生活"。夏天在伊犁河边的果园里，随处可看到酒肉满桌、弹琴唱歌的宴聚，杂花生树，群莺飞舞，无论男女，不分民族，仿佛天下的慵懒快乐欢娱都让他们独享了。伊犁人爱吃，也会吃。伊犁河谷丰饶的物产滋养着他们的身体，也惯坏了他们的胃口。他们连每天的早餐都不肯敷衍，奶茶、蜂蜜、奶油、蒸馍、馕，至少四个炒菜，满满一大桌子，让你疑惑，这到底是早饭还是午饭，中午还吃不吃饭了？伊犁人招待你都是满坑满谷的好酒美食，却很谦虚低调："简单的饭菜，热情的招待，伊力特喝了，你再开台（走）。"

伊宁市还有一道独特的风景：每逢周末的黄昏，在夕阳映照的伊犁河大桥边，总有一对或几对穿着西服和白色婚纱的维吾尔族新人捧着鲜花，在亲朋好友的陪伴下，在拉着手风琴、唱着歌儿的青年簇拥下，排成长长的婚队缓缓走向河边，面向大河致敬。这个传统不知起于何时，新疆也只有伊犁有这个场景。但无论如何它让我们感动，一对新人人生最重要的时刻，需要母亲河的见证。

司机白合提亚尔是个腼腆的小伙子，工作勤勉，不多言语。有一天他邀请我去参加一个朋友组织的"恰依"（一种聚会活动），席间领略了维吾尔族、哈萨克族、回族等民间艺人的歌唱。虽然有的歌词我听不懂，但我听得懂从歌者内心深处涌流的感情。让我诧异的是白合提亚尔也操起琴来深情歌唱，与平时的讷言拘谨完全是两个人，真没看出来！有人告诉我，白合提亚尔唱民歌在圈子里小有名气，马肉也熏得好煮得香。让我想起一句话：不想当歌手的厨师不是好司机！那天，最打动我的是一个叫瓦力的歌者，他微闭着眼睛，弹着都塔尔吟唱《牡丹汗》，一唱三叹，低回高萦，竟然让我浊泪盈眶，不能自已。

伊犁民歌是我听过的最美的民间歌声，多姿多彩，直逼心灵，融冰化雪。王蒙先生在伊犁长期生活过，他对伊犁民歌的见解我认为是最透彻的。他说："伊犁歌儿有一种特殊的散漫和萦绕……它是那样忧郁，那样深情，那样充溢着一种散漫和孤独的美，使你想到天山，想到大河，想到富饶和辽阔的草原，想到空间和时间都是这样地无尽无休无边无际。"要听最美的伊犁民歌，不在舞台上，不在电视里，也不会在晚会中。它只能出现在芬芳的果园，缭绕在欢腾的毡房，回响在朋友聚会的宴席上。在伊犁人看来，生活怎么能和歌声分开呢？一个哈萨克朋友说：歌声把我们带进摇篮，歌声伴随着我们离开人间。有一句维吾尔族谚语也说：活着我们在巴扎唱歌，死了我们在麻扎（坟墓）睡觉。

民歌是一个民族性格的体现，是一个地域精神的绽放。南疆维吾尔族民歌如刀郎木卡姆，有如烈日灼人般奔放。伊犁的维吾尔族民歌大多如静水深流般忧郁，不像是对大众唱的，只对心中情人、亲人诉说，快乐中又有一些怅然。回族的"花儿"在伊犁也被改造了，完全不同于甘肃、青海、宁夏的回族"花儿"或小曲。黄土坡上的"花儿"高亢、明亮，开头总是一句长叹："哎哟——"仿佛生活带来的艰辛拂也拂不去，同时又在辛劳悲苦的日子中寻找快乐，那是一种苦中作乐的情绪，是"精沟子也要落得个穷欢乐"的那种感觉。而伊犁的回族歌曲融合了维吾尔、哈萨克、汉及俄罗斯等民族的气质，欢快、深情、幽默、乐观。伊犁的巩乃斯出了个回族唱作者苏尔东，他创作演唱的回族歌曲，就带着典型的地域特征，是回族的，也是伊犁的，风行于西北地区的回族乡亲之中。

在一个宴席上，一个叫玉素甫的回族小伙子，面孔黝黑，汉语说得磕磕巴巴，维吾尔语却讲得行云流水。他说自小在"汉人街"维吾尔族窝窝里和巴郎子一起玩到大。席间他一直沉默委顿，等巴扬拉响开口歌唱时，却像换了一个人，完全是艺术家的范儿。俄式纽扣手风琴如长在他手上，手随心动，得心应手。一首哈萨克歌曲《图罕杰》深情、辽阔，我听到白云擦过蓝天、河水婉转远去的声音。我无法在一篇小文中一一诉说那些深情美丽的民歌，那应该是下一篇文章的内容了。让我记住那些带着烟火气走进心灵的歌儿吧：《汗莱伦》《马车夫》《黑走马》《法图麦》……它们的声音在这块土地上不朽。

伊犁独特的自然生态和文化生态是容易产生"写家子"的地方。在这个文学式微的时代我却看到了伊犁文学才俊的坚守，他们把这一地方的文学事业经营得风生水起。阿拉提·阿斯木，最初见到这个名字很诧异，怎么和匈奴王"阿提拉"的名字一样？仔细看有一字之差，但仍有雄风。他是伊犁河水哺育出来的本地作家，第一次接触他的作品是《伊犁大曲》，行文恣肆汪洋，激情充沛，充满了霸气和才情，洋溢着鲜活的生命气息。那是不经意在伊犁的一家报纸上读到的，一气读完，激情澎湃，这是一个维吾尔族人用汉语写作表达情感，窃以为是根植伊犁本土，写伊犁人情世故最深刻、色彩最鲜明的作家。他是伊犁丰厚营养喂养出来的作家，天然、无污染，他的文化品格，是多元文化碰撞、融合的结果，这种特质是学不来的。作家王蒙曾在伊宁市巴彦岱公社生活了八年，他说："伊犁是好地方中的好地方。"几年前，"王蒙书屋"在伊宁市巴彦岱镇落成，"文革"期间他在当地生产队当队长时写的长篇小说《这边风景》也出版发行了。我在书店找到了这本小说，并一口气读完。这本书具有强烈的历史感和超越历史的生命感，它又让我感受到伊犁多姿多彩的生活和人们丰富的心灵世界。

离开伊犁多年了，一直想念那个充满阳光湿气泥土芬芳的地方。

走在喀什噶尔的街巷

喀什噶尔，这个词读起来都有悠远、古朴的意味，它向我们传递出远古的信息，又朝气蓬勃地散发着新鲜的活力。不知为什么，新疆的汉族同志都习惯把喀什称为"哈什"，无论在正式场合，还是在平时交往中。你非要在他们面前说"喀什"，就会让人觉得太矫情，忍不住就想问：你是口里（内地）来的吧？我觉得称喀什噶尔更有韵味，更能体现地域的庄重气质，而叫哈什则有一种兄弟般的亲切感。说起喀什，我就想起了夏天漫长的白昼，正午灼热的阳光，树影婆娑的果园，芬芳甜蜜的瓜果，走在街上悄悄爬上裤脚的黄色尘土。其实，多少话语也概括不了喀什噶尔的丰富和雍容。

进入喀什市，沿吐曼路一直到东湖，朝西南方向远眺，就会看到高高的土崖上巍峨耸立的如城堡般的民居群，那些房屋仿佛被烈日灼透一般，泛着焦赭的色泽，那就是著名的高台民居。穿行在古城堡一样的街巷里，会让你恍然觉得时光倒流。那些古老的地名，如恰萨、牙瓦格、安江热斯特、吾斯唐布依……弥漫着浓浓的中亚情调，让你联想起撒马尔罕、布哈拉、安集延等丝绸之路上的名城。喀什古城格局没有城邦建设的对称、均衡、方正、秩序等主流概念。小巷自由随势，街衢纵横，街道时宽时窄，忽高忽低，如水流淌，纵横交错，以艾提尕尔清真寺为中心向外放射性延伸。人到哪儿，生活就在哪儿，无拘无束，烂漫天真，体现着一种乐天知命的态度和生活智慧。街巷里遍布大大小小的清真寺，走不远就会遇上一座。高耸的宣礼塔，瑰丽的穿拱，精致的砖雕和变幻多姿的排列组合，既是精神寄托之所，也体现建筑之美。小巷里透过半掩的院门，可以窥见雕花漆彩的门窗廊檐、浓密的青藤和怒放的鲜花，古城街巷里的绿荫都在院落里边。

2007 年，一部反映 20 世纪七八十年代阿富汗题材的小说《追风筝的人》被美国好莱坞改编成电影。电影是在喀什市老城区和塔什库尔干县取的景。电影中，两个小主人公阿米尔和哈桑，在我熟悉的喀什老街巷一一闪过。20 世纪 70 年代战乱来临前，美丽宁静的喀布尔，在喀什古城还原了它的历史质感和生活气息。那句著名的台词"为你，千千万万遍"，仿佛还回响在喀什古城的街巷里。走在小巷里，随处可以看到穿得花花绿绿的孩子们在巷子里奔跑追逐嬉戏，恍然让人觉得是在伊朗电影《天堂的孩子》的情景中。仿佛小阿里和妹妹就在这条巷子里欢乐地奔跑，在天堂里奔跑，然后把磨出血泡的双脚浸在水池里。小鱼游过来，触吻那一双小脚，也抚慰着我们的心。这个画面总是能触到我内心最柔软的地方，有些忧伤，又是那么温暖。那临街店铺兼作坊，发出的如音乐节奏一般敲打铜铁制品的声音，又会把你带到南斯拉夫电影《瓦尔特保卫萨拉热窝》里清真寺旁的铁匠工艺作坊叮叮当当敲打的情景中去。"要好好地学手艺，一辈子都用得着"，电影中钟表匠谢德·卡别丹诺维奇临别对自己徒弟的教诲，何尝不是每一个手艺人的立身之本。我再三用电影情景来描述喀什老城的街巷，就是因为它们之间确有共同的气质和精神。

喀什噶尔的街巷是神秘的，在时光的幽静之处不知隐藏了多少秘密，又会有多少不期而遇的惊喜来问讯你。不记得那是哪一年了，只知道美好的往事一直沉淀在我记忆深处。一个阳光灿烂的下午，朋友带我到他的一个同事艾尔肯家里去做客。一家小院子进去，树影婆娑，夹竹桃摇曳，玫瑰和蔷薇花开满了院子角落。烤肉和抓饭的香味隐约飘过来，唤醒了一个美食爱好者的嗅觉和肠胃。在期待幸福来临的时候，我随手拿起桌子上几本相册无聊地翻阅起来。迪里拜尔？我到了迪里拜尔家了？艾尔肯自豪地说，是的，是我姐姐！从喀什噶尔纯朴少女到芬兰国家大剧院华贵丽人，迪里拜尔的人生片段在我眼前熠熠生辉。那个时候她的花腔女高音已具有世界声誉，被称为"水晶之声"，是中国第一位终生签约海外的女高音歌唱家。但我更钟爱她吟唱的维吾尔族民歌《塔里木》《一杯美酒》等，当年这些音乐曾深深打动我年轻的心。

> 哎，塔里木，塔里木，
>
> 茫茫戈壁大沙漠，
>
> 告别了亲人去远方，
>
> 亲人的两眼泪汪汪。
>
> 哎，塔里木
>
> ……

雪水流过绿洲，风暴掠过戈壁，辽远忧伤的往事，缓慢流淌的时光，魂牵梦绕的家园啊！这和那首欢快、轻佻，经常出现在电视上、歌厅里，人们耳熟能详的

《塔里木河》是完全不同的气质，它更饱满、更深情，更像是对母亲的倾诉，它是为这块土地而生的。我曾到北京王府井书店专门买迪里拜尔的歌碟，就为那首《塔里木》，只有北京才有。我记得很清楚，中国唱片社出版，40多块钱呢！那时我一天的工资都没有40块。

翻阅相册的我心潮澎湃，如飓风扫过，却竭力抑制住惊喜。在同事面前，不能表现得与众不同，太小资情调，我默默感受着迪里拜尔家里的气息，独自陶醉着。

20多年后，艾尔肯和我成为一个单位的同事。一次宴聚的时候我问他，你还记得那年我去过你家吗？我把当时的细节一点一滴铺陈出来，点燃了他的记忆。他感动了，一再和我拥抱，斟满酒杯痛饮。迪里拜尔是他们家的骄傲，也是中国的骄傲。无论走到哪里，迪里拜尔夜莺般的声音都在说"我是中国培养出来的歌唱家"。

喀什市东郊浩罕村阿帕克霍加麻扎，也就是所谓的"香妃墓"，在旅游者中非常有名，是到喀什旅游的人必然要去的地方。然而我要说的不是这个，更能引起我的关注的是离这个麻扎不远的地方，有个叫霍吉达尔的村落。这里诞生过一位著名的当代艺术家：哈孜·艾买提。他对维吾尔族历史文化充满了深刻理解和热爱，通过普通百姓的情感视角和生动的艺术形式，给当代中国油画、给新疆各族人民留下了浓重的历史文化印记。在喀什的餐馆吃饭，如果你稍加留意就会发现，墙上悬挂的都是哈孜·艾买提的油画复制作品。

岂止是喀什，在新疆许多大大小小的会议厅、宴会厅、宾馆等公共场所，乃至老百姓的家里都有他的画作印刷品、工艺品悬挂着，许多维吾尔族人家里的生活用品，各种工艺品如地毯、桌布、餐具等也都印有他的作品。《麻赫穆德·喀什噶里》《玉素甫·哈斯·哈吉甫》《阿曼尼萨罕》《艾里甫与赛乃姆》《木卡姆》……这些璀璨的历史文化名人画像和充满人性光辉、浓郁民族风情的画作，成为喀什噶尔的名片、新疆的名片、中国的名片。而哈孜·艾买提则和他画笔下的人物一样，在这片土地上受到尊敬和爱戴。

当年英国驻喀什噶尔领事马嘎特尼的夫人凯瑟琳·马嘎特尼，在《一个外交官夫人对喀什噶尔的回忆》里这样描写19世纪末的喀什噶尔人："喀什噶尔的老百姓心情舒畅愉快，性情平和温顺，每个人看上去都很满足也很快活，生活得很轻松，他们过着一种简朴祥和的生活，所求不多。"100多年过去了，今天看来，他们仍然还是那个样子，岁月改变了很多东西，但有些是改变不了的。在喀什人的眼里，乐观与知足是最宝贵的财富，生活总会继续，他们不太在意成功或者失败，即使在一块馕和一碗茶中也能安度岁月。"我光着身子而来还要光着身子入土，我为什么在世上要如此热衷功名?"（玉素甫·哈斯·哈吉甫）1000多年前，这块土地上的智者在《福乐智慧》里面就有谆谆教诲。有一次，朋友带我到他朋友家里去做客。我们中午去的，漫长的宴席直到半夜才结束。宴聚目的很单纯，就是饕餮美食，唱歌跳舞，尽情快乐。我努力适应这里的氛围、这里的时间观念和生活方式，放松身心，放下一切，散漫地挥霍时光，充分享受朋友带给我们的诚挚和快乐。

我在喀什最长待过近两个月。那年春节，我留守在喀什，那段时间只要有空，我就去古城民居转悠，跑遍老城区每一条街巷。有一次我和吐尔洪一起转悠，在迷宫般的小巷我和他走散了，迷失了方向，几次走到了死巷。那时没有手机，僻静小巷空无一人，不时有人驾摩托车轰隆隆驶过。半天走不出去，我心里有些慌。走到一居民门前，一个丰腴的中年妇女带着一个漂亮的孩子悠闲地坐在院子门口，好像在绣着一顶花帽。我上前去问迷津，她认真地用不太熟的汉语连比带画地给我说，从这边出去可以到哪里，从那边出去可以到哪里，半天我也没有听明白。她看讲不明白就说：你等在这里不要动了，你的朋友一定会来找你。她递给我一张小凳子，让我坐下。她的友善和孩子清澈的目光，让我的情绪得到舒缓。我坐在那里，看着蓝天上飞翔的鸽子起起落落，心思辽远起来，什么时候吐尔洪走到我跟前都没有察觉。

　　每一个多次到过喀什的人，都会有一种感觉，这个古老的城市没有被时间销蚀，没有面目全非地让我们找不到历史印记。马嘎特尼、斯文·赫定等人百年前对喀什噶尔风物景致、人文风情的描写，我们今天在喀什仍能感受到，甚至都能看到、找到他们书中描写的地方。2010年，根据中央、自治区的指示，喀什市政府正式启动对喀什老城的改造，现在来看改造是很成功的，里新外旧，保持了古风。我去过内地的一些所谓古镇、古寨，大多是新翻建，式样功能雷同，充满了功利和庸俗。而喀什古城的改造，兼顾了文化风貌、百姓生计和安全保障。最让人欣慰的是，没有单纯把它作为旅游景点来打造，商业和民居结合得恰到好处。联合国教科文组织文化遗产项目官员，这些十分严谨的人，用他们的专业眼光和国际视角，面向全世界肯定了喀什古城的成功改造。

　　一个秋日的黄昏，我又来到艾提尕尔广场。广场上白鸽翻飞，游人徜徉，清真寺隐约传来呼唤礼拜的声音，四周弥漫喀什噶尔特有的淡淡的腥膻的味道，和平而又宁静。青青炊烟不知从哪里弥漫过来，仿佛聚集了街巷的精气，沉甸甸地缓缓流泻。我信马由缰，踽踽独行，脚上沾满了尘土，心中充满了芬芳。

艺术家哈孜·艾买提的爷爷是个学者和诗人，比他还劳道（厉害），这位睿智的老人有一首诗这样赞美喀什噶尔：

　　如果天堂在至高无上的天空，喀什噶尔就在其下。

　　如果仙境就在大地之下，喀什噶尔则在它之上。

还有比这更华丽的赞美吗？还有比这更热爱这块土地的情感吗？

你好，喀什噶尔！

沉默的阿图什

　　阿图什是个小地方，一直被喀什噶尔的光芒遮蔽着。到南疆重镇喀什必须经过阿图什。车过三岔口，右边是南天山余脉，泛着铁锈红色向西蜿蜒，左边是沙尘漂浮、混沌不清的戈壁。在新修建的快速路上急驰两三个小时后，山边公路下方，一座绿荫丛中的城镇逐渐清晰起来，那就是阿图什市，克孜勒苏柯尔克孜自治州首府，顺着岔路进去就是市区了。

　　十多年前来阿图什，感觉就和一个镇子差不多，一条东西走向的马路就把整个市区贯穿了。那时每逢节假日，阿图什人说到城里或上公园，那是指到离这40多公里远的喀什市。除市区之外，一直朝西，在30多公里以外还有一个阿图什市管辖的镇，上阿图什。如今，作为克孜勒苏柯尔克孜自治州的首府，阿图什市也在快速发展中，城区道路纵横交错，高楼大厦如水泥森林般四处崛起。大剧院、文化中心、商贸大厦等建筑豪华气派，不输于任何一个地级城市。阿图什人在城区北面博孜塔格山光秃秃的山坡上种上了林木，像养护自己的孩子一样倾注了心血和希望。在人们焦灼的目光中，这些孩子仿佛不理解大人的心情，不紧不慢耐心而又顽强地生长，20多年过去了，却怎么也长不高长不大。

阿图什绝不是让人轻看的地方。在市郊的阿扎克乡、松塔克乡，乡村道路边一座座掩映在绿树翠藤里的农家院落，看上去很平常。但如果你走进屋子，立刻如步入宫殿，仿佛时光倒流，其奢华绚丽超出你的想象。就如同阿图什一样，你不进入他的内心，你不知道他有多么丰富。阿图什人会做生意在全新疆都是有名的，而且很多都是跨国生意，他们在百余年前就有走出去的传统，其见识和胆识非其他地方人能比。上阿图什伊克萨克村的穆萨巴耶夫家族，在19世纪中下叶经商办企业，就已经把生意做到了欧洲。他们还从德国引进了现代工业理念和机器设备，在新疆开办企业，在100多年前就是闻名中亚的大富商。他们的名字都带着斯拉夫的痕迹，用当地话说就是"穆萨巴依"嘛！南疆流行着一句说阿图什人精明能干的话："有排档子（利润）的地方就有阿图什人！"

上阿图什那座具有上百年历史的伊克萨克村小学，是阿图什的光荣与骄傲。学校门口矗立着"维吾尔族新型教育奠基者"胡赛英·穆萨巴耶夫、巴吾东·穆萨巴耶夫的塑像，纪念着往昔，也昭示着未来。一所小学校，却有大格局，宽敞的校园、三层教学楼，甚至还有一个足球场，使这座小学校显得大气雍容，不像是一所乡村小学校。教学楼三楼有一个小型博物馆，陈列着百年来伊克萨克村教育、文化、体育发展的历史，承载着这个小小乡村的厚重和辉煌。

　　资料显示，百年前穆萨巴耶夫家族把商贸生意拓展到欧洲，见识了工业革命和文化教育推动下的巨大成果，于是决定回到家乡创办新学。他们冲破封建保守势力，引进西方先进的教育制度和教学方法，在伊克萨克村首先开办了新型学校，开设了外语、历史、天文学、数学、自然科学等课程，使贫苦农民的孩子从传统的经文学校进入新型学校学习。后来又创办了一所中等师范专科学校，培养师资，为阿图什、喀什乃至南北疆各地新型学校输送了一批"阿凡提"（先生）和"毛拉恰"（女学者），为新疆维吾尔族的现代教育发展打下了基础。今天的喀什师范学院——现在已经是喀什大学了，如果溯源的话，1907年开办的伊克萨克中等师范专科学校就是它的前身。自治区前领导人赛福鼎·艾则孜在他的回忆录里提及这场新兴教育运动时说："这场运动不仅在阿图什的历史上，而且在新疆和维吾尔族的历史上都具有不可低估的深远意义。"他还说："新中国成立后，阿图什的教育事业比其他各地发展迅速，高等院校学生及干部中阿图什人居多的事实不能不说与新兴教育运动的深远影响有关。"

阿图什新兴教育开启了新疆近代意义上的民族教育，历来由宗教机构主持、拥有的教育领域发生了变化，从而使新疆旧式教育逐渐过渡到了新式世俗教育，这是值得肯定的。但与此同时，阿图什新兴教育也带来了一些负面影响。

伴随着新型教育发展，伊克萨克村还是新疆足球运动发源地。伊克萨克小学校园里的"丝绸之路现代足球发源地"石碑，和那座高大华丽的砖雕足球纪念碑，更是让初识这里的人们惊诧和赞叹。学校博物馆里记载着当年伊克萨克农民和学生组成的球队，在喀什和外国人踢球比赛，分别战胜英国领事馆队和瑞典传教士队的故事。20世纪50年代，伊克萨克村的球队还和驻喀什的解放军骑兵团踢过两场比赛，都是胜绩。在20世纪初，伊克萨克村就建立了标准的足球场、剧院等文化体育设施。

新中国成立以后，全国第一个农民足球队也诞生在阿图什。这里的人对足球有着异乎寻常的痴迷和热爱，足球就是他们的生活。有百年积淀下来的足球基础，谁说未来中国的马拉多纳、罗纳尔多不会在这里产生呢？

阿图什的不凡还不止于此。沿着上阿图什再往北走是吐尔噶特口岸；一直向西翻过乌鲁克恰提山口，就到了伊尔克什坦口岸。过了这两个口岸，穿过几个"斯坦"就可以到达欧洲。往南下翻过喀喇昆仑山则可以到克什米尔、阿富汗和印度。小小的阿图什正处于帕米尔高原丝绸古道的枢纽地带。西汉时期，外交家、探险家张骞两次出使西域，正是通过这个枢纽穿越帕米尔高原来到中亚两河地区，凿通从中原通往欧非大陆的陆路通道。当年穆萨巴耶夫兄弟是不是也是从这里走向中亚、走向世界的呢？

在乌鲁克恰提山口，可以看到一片神奇而壮丽的景观：锈红的南天山山脉与灰黛的西昆仑山山脉在这里隆重交会碰撞。懒散的云，凛冽的风，从远古以来一直见证着这亘古荒原上的奇观。从地质上说，这里是印度板块与欧亚板块碰撞带，地质构造复杂，地震活动十分强烈，30多年前，一场大地震就曾摧毁乌恰县城。东西方古代文明不也是在帕米尔高原碰撞相会的吗？多姿多彩的各种文明跋山涉水，在这里相遇、碰撞、融合，在这里眺望着东方和西方，给这块土地平添了多少魅力和高度，又带来了多少激荡。这是多么神奇的事儿啊！我们所知道的是，印度佛教文明和伊斯兰文明，就是从这个区域进入了西域新疆。

在阿图什东南面和南面，距市区二三十公里远的地方，有两处汉唐时期的佛教遗址。一处是恰克玛克河岸断崖上的汉代佛窟"三仙洞"，据说是迄今为止发现的我国西部最古老的佛教洞窟；另一处是在河的北面戈壁上，始建于唐代的莫尔佛塔遗址。玄奘在《大唐西域记》里记载，这一带曾经"土地膏腴，稼穑滋盛"，"伽蓝百余所，僧徒万余人"。然而，和玄奘从这里路过一样，佛教在西域也是个过路佛，在这块土地上盘桓千年之后绝尘而去。自 10 世纪以后，塔里木盆地逐渐形成以伊斯兰文化为主、多种宗教文化并存的格局。

到了阿图什，朋友会推荐你到苏里坦麻扎去看看。在松他克乡麦谢提村，远远就可看见一座高大的清真寺门楼建筑，古朴典雅，气势宏大。门楼两侧的宣礼塔柱直冲云天，其高度几乎是门楼的一倍，在新疆还没有见过这种比例的清真寺建筑。记得《凡·高传》里，凡·高的父亲形容教堂塔尖高得"几乎让人觉得可以到达上帝那里"。我想高耸入云的宣礼塔表达的也是接近真主这个理念吧？这个有千年历史的清真寺和麻扎群落多次被毁，现在的清真寺门楼及陵墓，是根据大英博物馆馆藏的图片资料于1996年重建的，完全保留了原来的建筑风格和格局。苏里坦·萨图克·布格拉汗，这位新疆地区历史上第一个信仰伊斯兰教的回鹘可汗，他的陵墓就在清真寺的后面。陵墓是典型的伊斯兰建筑风格，穹顶高大，琉璃饰面，与喀什的阿巴克·霍加的陵墓相似。

据史载和传说，这位喀拉汗王朝始祖的孙子，幼年丧父，随叔父生活。在少年时，接受了从中亚来阿图什避难的波斯萨曼王朝王子曼苏尔的传授，皈依了伊斯兰教。他首先从自己身边人员发展势力，后从其叔父手中夺得政权，取名布格拉汗（公驼王）。之后经过征战讨伐，确立了对塔里木盆地西部、费尔干纳地区和七河流域的统治。其后，又与反叛的王公贵族和于阗的佛教徒兵戎相见，公元955年死于阿图什并葬于此。苏里坦·萨图克·布格拉汗的儿孙承先人志，戎马倥偬，历经百余年烽火征战，改变了这块土地上的文化生态。

这是新疆第一座清真寺，它的历史比著名的喀什艾提尕尔清真寺久远多了。当地有一个传说：当年，曼苏尔从布哈拉来到这里避难的时候，向汗王要一块牛皮大的地方做礼拜。一块牛皮能有多大？汗王答应了。没想到曼苏尔将牛皮剪成绳子，按其长度圈了一块地方，并在这块地方盖了一座清真寺，这就是这座清真寺的来历，伊斯兰教的新疆里程就从这里起程了。"牛皮圈地"这个传说，我听过多个版本。在新疆当过兵的作家高建群先生的中篇小说《遥远的白房子》里就有这个传说。伊犁人说起俄国在伊宁建领事馆的划地方式，也用了这个故事。这个民间故事反复被引用，如同纳斯尔丁·阿凡提的故事在中亚大地广泛传诵，是地域文化的折射。它是大智慧还是小聪明？是诚信还是狡黠？让人五味杂陈。

翻阅了这段历史，我们的目光会更辽远，心胸会更豁达，我们会更加坚信，新疆自古以来就是一个多民族、多文化、多宗教交融荟萃的地方，今后的发展方向也依然如此。

阿图什市有一家"多斯河尼姆拉面"小餐厅，朋友带我到这里吃饭。餐厅虽小，但装饰雅致、透亮，有现代文化气息，令人舒爽。一首维吾尔族歌曲一直轻声低回，撩动人心。这一定是个有故事的餐厅。请教了朋友和餐厅老板才知道，《多斯河尼姆》是一首著名的阿图什民歌，是唱给情人的。多斯，即朋友；河尼姆，即女孩儿，可意译为《我心爱的人》。歌中唱道：

我的痛苦啊，千万遍也说不完

要离开你是那么的难

美丽善良的姑娘啊

你带给我无尽的忧伤和思恋

……

这不就是"多斯河尼姆"主题餐厅吗？阿图什人是多么热爱自己的故乡啊，《多斯河尼姆》是唱给爱人，也是唱给故乡的情歌。我在手机上下载了这首歌，一点开，心中立刻开满了鲜花。

历经沧海桑田的阿图什始终谦逊低调，沉静内敛，如同生长在这里的仙果——无花果和红石榴。无花果怎么会没有花呢？无花果花隐于花托之内，静悄开放；石榴树啊，当果实挂满枝头的时候，树枝就低下谦虚的头，感谢大地的养育。有那么丰厚的积淀，阿图什不怕被湮灭，也不怕被遗忘，她的芬芳甜蜜从不张扬，深情的歌儿只对心爱的人抒唱。

和田一瞥

到了和田，最初会被一种宁静、朴素的气氛感染，继而又会受到一种美轮美奂的精神冲击。那天下闻名的林带、条田、道路、水渠，让你有一种置身于天园的恍然。朴素宁静的田园之美在这遥远的边陲一隅悄悄绽放，它让我们还来得及品评一下恬静、质朴这如今在都市里已经稀缺的东西。而神奇的艾德莱丝绸、华美的和田地毯，则散发着和田人创造和智慧的光芒，它美丽的图案、丰富的色彩中迸发出来的那种绚丽和大气，高调地在世界张扬，没有人不服。

和田市中心广场那座著名的毛主席与库尔班大叔握手私语的塑像，如温润的和田玉一样，展现出和田人身上那种诚恳、谦恭和感恩的品质，带给几代人温暖。

这片逶迤在塔克拉玛干沙漠和昆仑山之间的绿洲，曾经佛寺林立，僧侣如云，是佛教圣地。如今，在有人居住的地方，已经没有一点佛教的踪迹了。十多年前，策勒县达玛沟发现了世界上最小的佛寺以及佛寺群落。沙埋千年后，曾经的历史重新开始清晰起来。在新建的简陋博物馆展厅里有一镇馆之宝——一块残缺的壁画。上面的三眼观音安详平和，半睁着眼，俯视众生，也像在盯着我。据说玄奘的《大唐西域记》对这幅画有记载，千年之遥，在这里见到了实物，这是多大的机缘啊。

和田市的街头，已有城市的模样了，在喧哗与躁动中，各种面孔、各种语言的人都呼吸着带着沙粒的空气，奔走盘桓。城区不断扩张，街道多了，路宽了，但出行却不方便了。高峰时，车也堵得人心烦。路边高楼鳞次栉比，拔地而起。如果留心一下，街道上挂着内地牌照的奔驰、宝马、路虎等豪车随处可见，那种奢华似乎和这个边远的小城不匹配。是不是和田人真的太有钱了？

朋友说，和田人的奢侈用品都是贩玉的人在内地换来的，看好货，谈完价，玉放下，车开回。有的是老板开着豪车来和田，放下车，带走了玉。偏远的和田在喧嚣中繁华起来，磕磕绊绊地追赶着时代脚步。

心里还惦记着那块玉石。去年来和田，朋友带我在一玉石老板那里看了一块成色还不错的石头，开价要2万元，还说是友情价。当时犹豫了一下，还是嫌贵没有拿。

回去后，就后悔了，那块玉石一直萦绕在心挥之不去。这次去和田，心想，那块玉石如果还在一定收下。朋友还是那个朋友，石头早已倒了几手，价格也不再那么温柔。我挑了半天，还不如去年的那块玉石，价格已经超过10万了。温润的和田玉，此时价格成百倍地翻，操着各地口音的玉石贩子云集和田，把各处的玉都拿来充和田玉卖。玩玉讲缘分，擦身而过，空手而归是我的宿命。

在和田，带给我意外惊喜的是夜市，我发现美食的天堂原来在这里。当年乌鲁木齐的五一星光夜市曾点燃了我们的味蕾，带给我们美好的记忆，后来它的光芒消失在空旷的黑夜。今夜，在和田人民路夜市，我又看到了当年乌鲁木齐夜空曾经流淌的绚烂。夜市采取了安全措施，用栅栏围起一个区域，进入要过安检门，统一规划的摊位，整齐有序。虽是初春，临夜依然寒凉，但夜市里却弥漫着盛夏般的热情，烟火缭绕，人头攒动。有一个摊位写着"原乌鲁木齐五一星光夜市艾山江烧烤"，表明自己正宗的身份，也纪念着往昔彼地的辉煌。

夜市里汇集了和田四方各民族特色小吃，应有尽有，以烤制品居多。居然还有几家汉族人经营的烧烤摊位，主要是海鲜、麻辣烫、臭豆腐之类，顾客还不少。烧烤本来就是和田饮食特色，特别是和田烤包子，和别的地方不一样，比泰森的拳头都大，皮硬且厚。吃的时候，要先将厚底掰开，翻过来。犹如一个面碗盛了肉，慢慢品吃。这样的包子吃一个，就不要打算再吃什么了，真正是劳动人民的食品。除了各种花样繁多的烤羊肉、烤鱼、烤馕，还有烤木瓜、烤南瓜。有趣的是他们把烤南瓜切成甜瓜牙，一牙一牙地卖。最独特的是烤禽蛋的摊位，一个敞开的铁箱子里堆着木炭和炭灰，里面埋着数枚蛋，一般都有鹅蛋、鸡蛋、鹌鹑蛋，一旁码放着已烤好的各种禽蛋。烤禽蛋是个技术活，需要耐心，掌握好火候，在撒了灰的炭火上慢慢地翻烤。旁边备了椒盐、孜然、藏红花、蜂蜜等配料，供顾客选择。吃的时候，敲开一小口，依口味分别撒上。吃烤禽蛋绝对是独特的体验，在新疆别的地方很少见。他们的生意不靠吆喝，全凭品质取胜，每个人淡定地在自己的摊位上，礼貌地等着顾客光临，好像他们不是在做生意，而是在等待一个朋友。热爱生活、向往安宁的理想，这一刻在充满烟火气的灯光和香味里凝聚、绽放。

还想去看看那两棵伟大的树。初春，和田开始被绿色点染。沙尘刚掠过，天空已经透出些许蓝色。通往巴格其镇和拉依喀乡的乡村道路蜿蜒曲折，葡萄藤还没有爬上支架，千里葡萄长廊还只是木架子整齐排列延伸。

这条纵横穿插在乡间公路上的葡萄长廊，若连接起来有1000多公里，这是一个让人不能不惊叹的奇迹，是勤劳的和田人用双手栽种出来的一个世纪梦想。

行进在这条路上，心情柔软起来。路边钻天杨已经绿了，高高地拱卫在一起，形成绿色走廊通向远方，阳光和沙尘打在树叶上，洒下一路斑驳。路边整齐的条田里，冬小麦绿意盎然，青翠欲滴，核桃树挺拔整齐，像一排排听话规矩的孩子。巴格其镇喀拉瓦其村里的那棵古老的核桃树，在初春的阳光中缄默。已有一些绿色爬上枝头，稀稀疏疏的，就像一个残烛老人，全然没有夏秋兴盛时的气势。大树庞大身躯似乎不堪重负，枝干下立了许多支架。院子里正在大兴土木，建亭阁修台榭，要把这建成一座核桃树王公园。一个老人，双手拄杖，坐在大树旁的木凳上，专注地看着一群孩子扑腾欢跳。老人苍髯皓眉，脸上沟壑纵横，精气十足，一副仙风道骨模样，像从古代穿越过来的。老人谦和地起身向我们抚胸问好，告诉我们，这棵树已有500多年的历史了。老人见证了这棵树成长的片段，他说，人嘛，活不过一棵树。不要看它现在干巴巴的，再过两天，绿衣裳一穿，这棵老树又像小伙子一样了。

那棵巨大的无花果树，静卧在拉依喀乡政府后面果园潮湿的沙土上。无花果树旁修了一个漂亮的梯架，方便游人俯视，去了绿色外衣的枝干脉络可见。虬枝相互缠绕，盘根错节，像数不清的蟒蛇盘结在一起，令人惊惧。黑色的泥土散发着潮气，百草苏醒萌动，正蓄势待发，等待一场春风挟雨将浓稠的绿液铺开，然后遮天蔽日，笑傲江湖。记得当年来这里的时候，一个叫铁木尔尼亚孜阿洪的中年人在这里守园。听他讲，这无花果树有400多岁了，他是家族守护在这里的第八代园工。他和他的先辈们一辈辈守着这片果园，辛勤劳作，精心养育，让一棵小苗长成一片果园。如今铁木尔尼亚孜阿洪已不再看守了，他儿子也没有接他的班继续守在这里，守望者终于离开了这方园子。这里作为一个旅游景点，已经承包给个人经营了。四周树木已泛绿，杏花刚刚凋落，苹果树上的白花还在顽强绽放。生命在延续，生活在继续，无论有多少变数，和田人的执着、勤劳、热爱生活的品质是不会改变的。下一个秋天，我再来这里，一定还会看到这棵巨树骄傲生长，阔大的树叶上沾着尘埃，树荫深处结满"糖包子"，百灵鸟在树林歌唱，延续着百年宁静和美丽。

每次来到和田都想一睹巍巍昆仑的雄姿，好像从来都没有看清楚它。我们就在昆仑山的脚下，甚至可以感受到从它身上散发出来的一丝凛冽的寒意，但塔克拉玛干春天的浮尘遮蔽了我们的视线，我甚至看不到它的轮廓，目光所及一片混沌。和田的朋友说，只有到了秋天，秋高气爽、风停沙静的时候才可以看到昆仑山真貌。昆仑山滋养着和田绿洲，你看不见它，它依然给你养分，给你生活的希望，它一刻都没有离开你，它就在你的生命中。

　　带着沙尘的春风，将很快染绿这片田园。比风沙更有力量的是人的坚韧，比风沙走得更远的是历史的脚步。

阿克苏印象

　　提起阿克苏，印象最深的就是冰糖心红富士苹果、大红枣……好些年没有来阿克苏了，记忆有些模糊，印象较深的是离市区六七十公里远的一个长满千年古树、流淌着清泉的"圣人麻扎"，也叫"神木园"。那块绿洲兀立荒原，横空出世，绿荫沁人，显示着神迹。离市区不远有一个湖，我还在那里游过一次泳，冰山上下来的水，一会儿就把你骨头浸得渗凉。其余印象就是"卡瓦包子""菜盖面"和"一杆旗抓饭"了，好像都和吃有关，说明阿克苏是个富庶养人的地方。

　　再来阿克苏市，稍稍留心了一下。和任何一个发展中的城市一样，高楼林立，车水马龙，到处是建筑工地。城区扩大了许多，原来的过境国道，现在都成了市区里的道路。在光鲜和喧闹中，整个城市都灰头土脸的，那是塔克拉玛干的漠风带来的礼物。市区中心东西南北四条大街方方正正，大街两边高大茂密的梧桐树给这个城市增加了一些洋范儿，好似到了内地的某个城市。高峰时期马路成了停车场，堵车也成了常态。有一个情况不多见：不宽的马路，还给自行车、摩托车开辟了专用车道，主要街道路口设立了凉棚，给等待过街的人遮阳，让人在酷热中如沐清风，体现了一种对人的关怀。

在缺水的南疆地区，阿克苏城市显得水特别丰足。"阿克苏"本身就是"白水"的意思。阿克苏人把他们的城市称为"奔流清澈的水城"，有些矫情了。其实"白水城"简单明了，铿锵有力，又有诗意，正好。阿克苏河是由两条河流汇集而成，流经阿克苏市，汇到塔里木河。阿克苏市就在阿克苏河东岸的冲积平原上。由北而南穿城而过的多浪河，实际上是一条人工大渠。如今，这条河被打造成城市景观，沿河建起了主题公园、生态湿地、商业街和休憩广场，有40多公顷之广。一个城市有了水就有了灵气，阿克苏市的多浪河与库尔勒市的孔雀河、喀什市的东湖，已经成为南疆城市著名的水乡景观，为塔克拉玛干沙漠边缘焦灼的绿洲带来了清凉和柔曼，它滋润着城市，也抚慰着人心。

丰沛的河水流过阿克苏，富庶了土地，健壮了人畜。河水滋育出了阿克苏大红枣、冰糖心红富士苹果这样名闻天下的仙果，更涵养了多姿多彩的多浪文化。一次在电视上看到多浪人吟唱原生态木卡姆套曲，那散发着乡土气息、直逼人心的曲调，那种忘我的投入、旁若无人的宣泄，豪迈、粗犷、炽烈又深情细腻的表达，非常打动我。虽然我听不懂他们唱什么，但一定是家园、爱情、别离、欢乐、委屈……这些和他们生活息息相关的内容。我想要是在现场会更加震撼人心的。

阿克苏原本是通往南疆的一个重要驿站，"居南疆之中，泉甘而气和，形势便利"。这里曾经是逐水而居的多浪人耕种狩猎的地方。多浪，现多称刀郎，维吾尔语意为群居者。阿克苏的一位作家描述刀郎人："他们渴望快乐和内心的满足，他们努力地把最简单的生活丰富起来，把内心的枯燥和孤独寂寞，宣泄成一种撕心裂肺的呐喊，把粗俗狂野的生活，演绎成一种简单而不简约的生活方式。"我以为是抓住了精髓。真正想了解多浪人，了解维吾尔族人，还是要到广阔的乡间去，在肤浅的城市看不到、感受不到那种特质。

最能体现阿克苏人执着精神的一件事情，就是阿克苏人用30年时间，将阿克苏市旁边沟壑纵横、扬沙搅尘的柯克牙土崖改造成一片青意盎然的绿色屏障。当年他们是怎样看到希望的？怎么就坚持下来了？提起柯克牙，阿克苏人想不骄傲都不行，外面来的人不佩服都不行。

作为一个城市，阿克苏城也算是新城，建城才100多年历史。那是清光绪年间一个叫罗长祜的道尹主建的，当时称为"汉城"，主要用于屯兵。离这不太远的老城温宿则历史悠久，唐贞观年间就设了温宿州。清光绪年间，还设了温宿直隶州，阿克苏城当时是温宿管辖下的一个村，到民国初年才设阿克苏县。就是说，温宿是阿克苏的"达当子"。现在的阿克苏市主要是兵团开发建设的成果，因为这个，阿克苏市汉族人很多，据说占到60%以上，在南疆是唯一一个汉族占多数的城市。在文化氛围上，这里汉文化的气息更浓些。除了当年新疆和平解放进入阿克苏的解放大军、60年代建设边疆的支边青年，还有那些从中原、河西、巴蜀、齐鲁，从全国各个地方背井离乡来到这里的人。他们建设了这里，改造了这里，把现代文明带到这里，也把源远流长的中华传统文化播撒在这块土地上。四海来聚，八方杂处，使这个地方的文化相互影响渗透，有了丰富的多样性和更多的包容性。王三街是市区维吾尔族人相对集中居住的地方，却是典型的汉族地名，犹如伊宁市的"汉人街"。在金桥凤凰广场，一家多浪河边的维吾尔族餐厅，里外的装修装饰风格，已经跳出了传统单一路子，既有维吾尔族文化典型特征，又融合了现代文明元素，有了更加广阔的视野和包容的心态。

维吾尔语的"依杆其"原义为"做马鞍子的"，被转音为"一杆旗"，并且成为阿克苏抓饭的品牌，在乌鲁木齐风行，还有了新的含义：一面旗帜。在乌鲁木齐无论是问到维吾尔族朋友，还是汉族朋友，一杆旗是什么意思，十之八九回答：阿克苏抓饭！没人记得它最初的意思了。神奇不神奇？

晚上出来溜达，彩灯明灭，繁华缤纷。信步来到市中心世纪广场，宏大广阔，称得上奢华。男男女女在跳舞，汉族舞蹈、维吾尔族舞蹈混合在一起，一会儿是整齐的广场舞，一会儿是曼妙的麦西莱甫，杂树生花，和谐共处。

广场后面有个玉石市场，除了维吾尔族兄弟，以操中原口音的人为多。他们把南阳玉当和田玉卖，遇到不懂行的，干脆把卡瓦石（冒充玉石的石头）当玉卖给你。这些远乡来的乡亲，一点儿不认生，以他们的吃苦耐劳，顽强地在阿克苏生存下来，安居下来，安生处即是故乡啊。

有次出差到上海，在华东师大附近找到一新疆饭馆吃饭。一进门就感受到浓浓的乡情，羊肉香膻的味道和木卡姆音乐一同在餐厅萦回。刚坐下，一个维吾尔族姑娘提着一壶酽茶放到桌上，用带有一丝南方口音的普通话问：滋点四么啦？让人忍俊不禁。老板40多岁的样子，身阔体壮，穿西服，留唇须。听说我们从新疆来，就攀谈起来。他家在阿克苏的阿音柯乡，来上海十几年了，凭自己的勤奋和精明，在上海经营出一片天地。问他，习惯这儿的生活吗？他搓着手说，习惯了，我的家都安在这儿了，娃娃也在这里上学呢。问，这儿好还是家乡好？他沉吟了一下，看着我说：家在哪里哪里好！餐厅门口有一个馕坑，一个围着毛巾系着围裙的小伙子在打馕。旁边立了一块纸板，上面写道：大饼，三元一个。让人失笑。问他，这不是馕吗？他眉毛一扬：在新疆是馕，这个地方嘛，就是大饼！

有句新疆少数民族谚语说道：口里好嘛，新疆好？哪里有家哪里好！

喀纳斯的风景

记不清是第几次来喀纳斯了，虽然也向往，但兴致已经不是很高了。反复去的地方即使再有魅力，也已经是别人的风景了。再次和它相遇的时候，已没有了当初那让人怦然心动的美丽一击。

第一次到喀纳斯真是一次美好的体验。先乘飞机到阿勒泰市，再乘车到布尔津，再到喀纳斯。一路上过戈壁，翻隘口，不断幻想，充满期待，在身体和心理都疲惫不堪昏昏欲睡的时候，有人在你耳边说：喀纳斯快到了。睁开眼睛，云的影子在草甸上疾走，白桦林和松树林比肩从近处走向远山，黛山轻雾，静水深流，松脂香味隐约萦绕，一只鹰从蓝天上划过。比想象中还要美丽的景色，画卷般一点点向你展开的时候，你得抑制一下你澎湃的心情。

喀纳斯机场修好通航后，来喀纳斯旅游就方便快捷了，省去了鞍马劳顿，也省去了一路上的跌宕和惊喜。容易到达的地方，往往没有神秘感，人流多了景区生态也面临糟践，保不准一张漂亮的名片哪天就会沦为一张手纸。喀纳斯机场设在一个叫"黑流滩"的地方，四面都是山，飞机在一块不大的空旷地方起降，机场周围修了一些尖顶欧式建筑，色泽艳丽，醒目突兀。机场围墙外草木秀润，有牛羊在附近安静地吃草，不时抬起头看看轰鸣起落的飞机。一条小溪，映着蓝天白云，寂寞地流淌。黑流滩机场正好位于布尔津县和喀纳斯景区中间，下飞机后再乘车行80多公里就到了，公路修得很好，在崎岖的山上逶迤绵绵，一路风光旖旎。

若干年前，我陪着一批南方客人来喀纳斯旅游。从阿勒泰市乘车出发，一路上客人们充分领略了新疆美丽大山水的魅力，像没出过门的孩子一样兴高采烈，惊喜快活：哇，跟南方一样葱绿耶！和南方一样湿润耶！真是塞外江南啊！当时我不知怎么应对，只是觉得，别看他们来自景色秀丽经济发达的南方大城市，一样有一叶障目的弱点，好山好水的标准就是江南吗？就像民歌里唱的："见过几多天和地，见过几多大江流？"内心竟生出一些鄙夷来。后来，看到一位伊犁作家的文章，对"塞上江南"之说有力回击："江南有芳草连天吗？有牧歌雪山吗？有如洗蓝天、饱满如珠的阳光吗？有爽朗的清风和这么爽朗的人吗？"我觉得这是最好的回答了，有感情，有力量，好像为我出了一口多年的恶气。

喀纳斯之于新疆的我们来说，不仅仅是一方旅游胜地，用一点酸腔来说，是我们的家园、我们的故乡。当你置身于森林、河流之间，呼吸着新鲜清冽的空气，看蓝天流白云、碧水濯青石的时候，会不禁产生一种莫名的自豪感：这么美丽的地方，是我的家乡啊！在我自作多情陶醉的时候，和我同行的内地朋友发自内心狠狠地赞美完美丽的景致之后，又无比尖锐地向我抱怨说：来喀纳斯一趟的花费相当于去一趟欧洲，他掰着指头一五一十地给我算计着。接着又耐心细致地指出服务、价格、管理上的问题和差距。

我突然意识到，喀纳斯和我其实没有那么重要的关系，干我何事？我和其他游客一样从遥远的地方乘飞机坐汽车，买了昂贵的门票、车票，随着亢奋的人群来到这个景区。想到这一点后，我便不再自作多情，我对那个内地的朋友说，其实这和我到你们那里旅游的感觉是一样的。比如到了景区，进一个园子交一份钱，凡是精华能看的地方，都得重新买票，你会为此骄傲吗？虽然我回击了他，但还是得承认，喀纳斯是我心里的美景，也是别人眼中的风景，我可以盛赞，别人也可以吐槽。

景区中心森林草地中，花花绿绿的各种水泥、木制建筑鳞次栉比，竞相绽放，建筑物比以前更多了，让人颇感意外。著名的"月亮湾""神龙湾"已经被多少摄影家、游客拍滥，都快成为喀纳斯标志的广告了，人们仍然蜂拥而至，长枪短炮猛轰不停。我当然不会放过当一个俗人的机会，很快活的。虽然见过不少此地的照片，春夏秋冬都有，但从自己相机的取景框中看过去的时候，仍然会被眼前的美丽恬静所打动，带给人一种说不出的惊喜。

太阳落山前，河边草滩上氤氲着一层饱满的金雾，鲜花和青草都带着金色，喀纳斯河水映着晚霞莽莽撞撞奔流而下，逝向远方。有几匹马儿在低头吃草，平静、安详，温顺得如同羔羊。仅那修长的面庞、浓密的睫毛和湿润的大眼睛，就不枉称骏马。脖颈上隆起的粗粗血管，又会使你想到力量、耐力和速度。我站在它们面前，马儿们抬头看了我一眼，尾巴扫了扫，算是打了个招呼，继续低下头来旁若无人地嗅花嚼草。静默中，我想象眼前这几匹马奔跑起来的情形：红鬃纷飞，尾巴拉直，四蹄扬尘，在辽阔草原上飞驰，令大地颤抖……骏马的雄心在天边啊！我得寸进尺想为它们拍几张照片。这时候马儿们不耐烦了，一副不屑的样子，好像在说，我同意了吗？我拿起相机围着马儿转来转去找角度，它们像是商量好了，一齐转过身去。等我调整过去找准正面位置的时候，三匹马儿又不约而同地把屁股转向了我，折腾了半天也没有拍到一张理想的照片。这些骄傲的家伙，终于暴露本来的面目。

有几个穿着工作制服的哈萨克或图瓦小伙子，敞着衣襟，哼着歌儿，轻松愉快地从我们身边走过。他们下班了，看上去很快活，满身酒气和流行小曲掺和在一起，在暮色中飘荡。他们是景区的工作人员，也是这里的居民，景区的开发，改变了他们的生活和身份。这些游牧人的后代，将会过着和他们父辈完全不一样的生活，不再四季游牧迁徙，一路尘土扬天；不再寂寞地守着一群牛羊，呆看一只鹰隼划过天际。冬窝子、夏牧场对他们来说可能越来越遥远。时代的大潮比喀纳斯的河水更湍急，不断冲击洗礼他们，他们的命运和生活必定要改变。这些念头如路边的灌木，零乱而茂密地涌向我的心头。暮霭中的河水才不管谁想什么呢，泛着金光不舍昼夜地在静静流淌，而一轮橘色的圆月不知什么时候已经升起来了。

第二天，我又信步来到一处宽阔的草场。阳光锐利明亮，深渊般的湛蓝天际下，一个牧人骑着马在茂盛而寂静的草甸挽辔踽踽而行，落寞而又有所牵挂，一只牧羊犬懒洋洋地跟在后面。在游客眼中，这是一道迷人的风景；而于牧人，则是日复一日庸常的日子。

宁静的塔城

　　每次到塔城都是来去匆匆，没有留驻一段时间好好品味一下这个边陲小城。到了塔城第一感觉是安静、舒缓。进入塔城市要经过一片遮天蔽日的树林，道路从拱卫在两旁的密林中穿过，我们在斑驳的阳光中穿行。塔城人说，从漫漫路途往家赶，到了这里心才踏实了，一路上的疲惫、焦虑、萎靡，因这片林子一扫而光，眼睛顿时发亮，当家做主、作威作福的感觉马上来了。

　　当年我的大学同学向晖分配到塔城市三中，有年冬天我出差塔城到学校来看他。进入学校就像进入一个公园，高大的白蜡树、白杨树上落着厚厚的雪，校园安寂，小径通幽，从踩硬的雪上径直走过，有悦耳的轧轧声。教室和宿舍都是苏式平房，宽厚大墙，铁皮屋顶。向晖住的屋子，有一生铁煤炉烧得通红，宽大的火墙散发着温暖，对面墙上立着书架。坐在沙发里聊着天，冬日阳光穿过结了霜的窗户打在身上，暖和又慵懒，那一刻人心都要暖化了。今天回忆这个场景让我想起了一句诗：

    是谁在寂静的房间里过了冬？
    只是现在，光竟然照亮了我们。

20多年过去了，再来塔城，虽有变化，但感觉还是那么安静、平和，一些老建筑得到修缮和保护，红色成为这个城市的主调。我觉得其实绿色才是塔城的底色，每次来塔城，我都想去城市西北角的快活林公园转转。这个放养方式的野生公园就在城边，与城市伴生，保持了天然生态，充满野趣。里面长满了榆树、柳树、白杨树、白蜡树等树种，有的粗壮，一人合抱围拢不住，还有大片灌木丛次生林抱团生长。河水穿过密林，清澈透明，伴有泉水涌出汇入，四季流淌不断。秋天走在铺满落叶的树林里，颤抖的阳光在树的枝丫和叶子上闪闪烁烁，鸟儿叽叽喳喳地叫着，湿漉漉的草丛中散发着叶木腐败和泥土潮湿的气息。恍然间仿佛觉得屠格涅夫会背着猎枪牵着狗从对面的林子里走过来。塔城的朋友颇自豪地说，塔城市区有五条河流穿过，全疆没有一个城市这么奢侈吧？有河流的城市就有灵气，河流穿过的地方泉水也特别丰富，所以塔城市冬天的河水也在流动着，不结冰。早年建城的时候能选在这里，就因为这里地势平坦，水资源丰富，适宜生存。官方曾将此城称为"塔尔巴哈台绥靖城"，典型的蒙古语和汉语的混搭。然而民间语言更有力量和生命力，人们固执地把它简化为"塔城"，最终就必须是塔城。在电视台附近我还看到了一段残存的城墙，那是当年"塔尔巴哈台绥靖城"的残垣，距今已有250多年了。

我接触过不少塔城朋友，他们都那么结实健壮、眼界开阔、信心满满、火气十足、善于交往。边陲不是角落，距塔城市12公里的巴克图口岸已有200多年通商历史，曾经是联结中西亚、欧洲的重要商埠和中转地。多民族文化氛围的浸染、俄罗斯文化的影响，使塔城人有更开阔的眼界和包容的胸怀。当年那些从中亚、东欧躲避战乱、投亲、经商的人来到塔城休养生息，带来了手艺和技术，也带来新的生活方式和文化观念，给塔城留下了深深的印记。80年代初我在西安上大学时，每逢周末节假日新疆学生经常聚会。西安某高校有一来自塔城的小伙子，每次聚会时，他的拿手节目就是拉手风琴，唱新疆民歌。小伙子黄头发，红脸颊，说汉语，有俄罗斯血统。红色手风琴像长在他的手上，手随心动，潇洒倜傥。一边拉琴一边唱着中亚民谣《西格纳什卡》，且在汉语、俄语、哈语、维语等多种语言中随意转换，当时觉得这个塔城小伙子太了不起了，不由心生羡嫉。几十年之后我才知道，塔城是手风琴之城。受俄苏文化影响，手风琴在塔城有着深厚的群众基础。2016年塔城还举办了首届手风琴艺术节，俄罗斯、意大利等国家知名的手风琴演奏家都来捧场。塔城市还有一座手风琴博物馆，朋友带我参观了设在群众文化馆的这座博物馆，里面收藏了300多台国内外各种品牌、各种样式的手风琴。面对华丽而丰富的手风琴，我只有赞叹。让我更敬佩的是，这座手风琴博物馆的创建者，是塔城市一所中学的哈萨克族音乐老师，他的热爱和执着绽放出来的美丽果实，让天下人品尝，也值得每一个塔城人骄傲。

我有一个很要好的塔城朋友老明，长得高大挺拔，温雅而敏捷，脸上总是挂着自信的微笑。他从塔城走出来，凭自己的能力和智慧，一步步奋斗到了自治区机关。老明是那种有大志向的人，不满足过波澜不惊的机关生活，不安于做一个循规蹈矩的公务员。他郑重思考了自己的人生，刚过而立之年就辞去公职做了北漂。最初和别人合伙开公司，安家立业，最后自己当老板，拼出一片新天地。开始还为他担心，居京不易，后来就释然了，因为每次到北京去看他，都从他坐骑上看出新变化。开始是一辆丰田佳美，后来换成别克君威，再后来是一辆我叫不上名字的硕大豪华的越野车，他凭自己的努力过上了自己想要的生活。不变的是依然挺拔的身形和对故人的诚恳热情，以及任何时候都带着的温和微笑。老明啊，苟富贵，无相忘！

在一场大雪中又来到塔城，心中充满喜悦和亲切。刚出候机楼，有一陌生电话打来，说你是马明月吗？你的钱包掉了。心想，刚到塔城就遭遇骗子了，正要讥笑调侃，心想还是看一下吧，万一呢？一看手提包，果然万一了。脑子在风中零乱，立刻谦恭起来。原来是飞机上的空警捡到了我掉落的钱包，按照他的指引，没费什么周折就取回了钱包。我忙不迭地表达完感谢之情后脑子又一次凌乱了：他是怎么知道我的电话的呢？无论如何我还是欣慰的，丢钱包不爽是一种不可控制的基因沮丧，塔城没有给我一个下马威，有惊无险地让我经历了一次传奇，是我的福地。

今年雪大，从机场到市区沿途的树，有的已被大雪压折。穿行在进入市区的那片林子的路上，我看到了路边矗立的一座座精巧漂亮的公交车站，在其他地方还没有见过这么别致的公交车站。浓浓的俄罗斯风格，汉俄双语站名，主体是奶白色，有一个哥特式小尖顶，厚厚的白雪盖在红色拱圆顶上，像童话里的小木屋，有一种穿越空间和历史的俏丽和傲岸。写这篇小文的时候，塔城的朋友给我发来一张图片，一辆鲜红色双层公交大巴停靠在漂亮的公交车站，在白雪衬托下耀艳悦目。朋友说，我离开塔城那天双层大巴刚上线运营，很遗憾我没有和它打个照面。把公共设施做成艺术品，可以看出塔城人的细腻心思和深厚底蕴，不知道他们明天会把"油画塔城，绿色家园"打造成什么样子呢？

怎么能不去红楼呢？那是塔城的标志。当年的大商贾热玛赞建造这座商贸城的时候，肯定没有想到它日后会这么红火，这么被重视，会成为塔城市文化名片。历经沧桑，见证多少变迁，它还矗立在那里。经过翻新改造，现在它是塔城博物馆。我来了几次，不是闭馆就是重新装修扩充，这次来仍然没能如愿。看门的保安大叔很客气地打开了大门，让我进到院子里，我转了一圈，留下了自己的身影。晚上吃过饭，又来到雪夜中的红楼街，试图触摸它的脉搏和气息。在夜晚发着金属般光泽的路灯下，红楼在白雪中燃烧，把一条街都映得通红。我在微信上发了几张图片，立刻引起了反响。特别是塔城和在塔城工作过的朋友都激动不已，纷纷回忆起过去的时光。同事叶尔森发来信息说，当年他还拘留了一个打破红楼玻璃窗的家伙，他记得很清楚，是左边第四个窗户。我理解红楼在塔城人心中的位置，那是他们心中的明灯和荣耀，不能让别人随便糟蹋。

塔城当然也是美食的天堂。哈萨克纳仁、风干肉、马肠子，俄罗斯列巴、红肠，塔塔尔糕点、果酱，不仅是塔城人的骄傲，也是新疆人的口福。如果说格瓦斯是伊犁饮料的大王子，那么冰激凌"玛洛施"就是塔城的带头大哥，呵呵，它们的源头都是俄罗斯。一家回族人开的桥头汤饭拌面馆开了20多年，换了若干地方，每天中午食客仍然要排队等候。阿克苏沙雅海楼著名的维吾尔族抓饭的香味也飘到了塔城。塔城开始兴起喝格鲁吉亚红酒，一座座酒庄酒窖悄然而起，西风又吹过来了，塔城人更风雅了。

在伊犁做客，主人为你宰个羊，宴席上个羊头就是尊贵的礼行。在塔城，有一次一个朋友请我吃饭，竟然上了一个硕大的牛头，轰轰烈烈占据了大半个桌子，让我惊骇得说不出话来。这位朋友说，你来了，我高兴，反正一头牛就一个头。在智商过剩的年代，走心才能让我们的心海汹涌澎湃。

哈密片段

一大早就出门了，飞机一再误点，到哈密已是下午 5 点多了。大半天水米未进，饿得心里空空荡荡，觉得"海纳百川"一词说的是自己的肚子而不是心胸。

朋友小杨接上我们几个，直奔一家清真饭馆，说是吃点哈密地方特色。饭馆不大，进了门，五谷六蔬和牛羊鱼肉的气息便荡气回肠地扑面而来，感觉到天堂了。坐下来，墙上一副对联映入眼帘："人生不可无诗意，风雨还需有情人"，字体浑朴老到。心想，老板是个有情趣的人，开饭馆的都这么有文化啊。小杨催促服务员赶快上菜上饭，又叮嘱：老板亲自做啊！服务员是个回族媳妇，细眉细眼，顾盼有神，服务周到，却是不卑不亢地应承着。

不大工夫，清炖羊肉、羊肉焖面、爆炒羊杂、红烧鲳鱼、扁豆伴汤挟风带雨隆重登场了。硕大的粗瓷盘碗里满实满载地盛着一个地域的风情和浪漫，实实在在又轰轰烈烈。我激动又恍惚，仿佛自己行走江湖，来到一个红尘驿站，刚拴好马，抖落一身征尘，和一干弟兄坐下来，叫来好菜好肉，正要大啖一番，大有"人生如此自可乐"的快意。我心领神会地发挥了能吃的本事，顾不上客气和赞美，在口腔和肠胃里收获丰年，让伟大的美食带来的温暖和满足直抵心口。谁说过的："进入男人的内心的路通过肠胃。"这话对不对不好说，反正这结实实的一顿饭，让我重新捡起对哈密的回忆。

哈密是这样一个地方：在新疆以外名声大。内地人一提到新疆，首先想到的就是芬芳甜蜜的哈密瓜，哈密人也当仁不让地把哈密瓜当作自己的标识和招牌，虽然真正的"哈密瓜"其实是产在鄯善的。当年"哈密回王"额拜都拉把鄯善的甜瓜进贡给康熙后，被赐名为"哈密瓜"，哈密就此成名。眼下哈密人把哈密机场候机楼造型也整成了几瓣哈密瓜形状，进一步坐实了哈密瓜和哈密的关系。

其实在新疆，哈密一点也不显山露水。天山把新疆分为南北疆两大块，哈密既不在南疆，又不属北疆，它位于东天山末端的南坡，属于东疆。哈密是新疆的东大门，被称为"西域咽喉、东西孔道"、进疆前哨。正是这个原因，中华传统文化对哈密的熏陶浸染的印记是深刻的。从文化习俗、生活方式、建筑格局来说，哈密更接近甘肃河西一带，而不是天山南北。走在街道上，听到的方言也是甘肃口音为多，"波里户佛"（别胡说），这是我在哈密听到的典型武威话。在哈密的街上，很多商店饭馆牌匾都是书法作品，而不是工艺美术字。随便一个小饭馆里，都可以看到挂着的字画，一派儒雅气息，在新疆其他地方这种情况是不多见的。由于煤炭石油资源丰富，大规模建设开发也使哈密人的生活比新疆其他地方殷实富足，所以哈密人的头一直昂得很高。哈密以及吐鲁番的维吾尔族人相貌也异于塔里木盆地的维吾尔族人，没有那么深目高鼻，他们的祖上是高昌回鹘。哈密维吾尔族人的普通话普遍都说得漂亮。位于哈密市东北角的哈密回王陵墓建筑风格，也不是纯维吾尔民族建筑风格，而融入了维吾尔、汉、蒙古、满等各个民族多种元素，已有几百年历史，它矗立在那里，见证着多民族历史文化的融合和联系。

回头翻检历史，哈密也是风云际会龙腾虎跃之地。赫赫有名的"哈密回王"早在康熙年间就弃准噶尔而归附了清廷，那个叫额贝都拉的地方领主，是最早接受清廷册封的维吾尔族人。哈密回王历经九代，在维护国家统一方面赢得了肯定和赞许。民国时期，哈密回王府几个劳道人——和加尼牙孜、尧乐娃子也名噪一时。20 世纪 30 年代初，得了新疆舵把子的金树仁，想一统江湖。但这个河州人昏聩无道，搜刮民脂无度，在哈密"改土归流"过程中，罔顾民意，引发动荡。金治下的当地军痞强娶维吾尔族民女，更是逼得百姓拿起砍土曼①造反。回王府的侍卫队长和加尼牙孜和大台吉尧乐娃子，把甘肃虎视眈眈的尕司令马仲英邀来帮忙打群架，燃起烽烟，把新疆搞了个乱糟糟，引发了数年大动乱。

尧乐娃子是维吾尔语"老虎"的意思。这位精通汉语的"老虎"后来把自己的名字用"尧乐博斯"来雅称。老尧精于商贾，又捭阖官场，不仅在回王府位高权重，还被当时新疆省政府委任以哈密地方官职。老尧以他的见识、狡黠和长袖善舞的本事，一直在马仲英、盛世才和民国中央政府中间周旋，20 世纪 40 年代后期终于大功告成，在哈密地方集党、政、军三权于一身，圆了"哈密王"的梦。尧乐娃子逞虎虎雄风的另一个标志是，娶过十房太太，至少有两个是汉族，他儿子的名字则完全汉化了：尧道宏。最后，这头勇猛的老虎以 82 岁高龄死

---

① 维吾尔族用于锄地、挖土等的农具，用铁制成。

于台湾。

对哈密最初的印象还是来自少年时期。70 年代初，父亲所在工厂从哈密市招收了一批下乡知青为徒工。这些知青在那时的我看来都身怀绝技，无所不能。他们会操持各种乐器，吹拉弹唱，编剧演戏跳舞，还会各类体育活动，生龙活虎，驰骋球场，把厂里的文体活动搞得风生水起。特别是有几个跳舞的漂亮姑娘，一段时间把青春年少的我魅惑得荷尔蒙喷张四溢。每逢重要节日和活动，晚上都要到厂礼堂去看她们排练节目，亢奋且惆怅了很久。冬天里，我们这群孩子都挤在炉火烧得旺旺的青工宿舍里，听这些大哥哥弹吉他、唱"黄"歌，讲浪迹天涯的故事。"三道岭""柳树泉""大泉湾"这些地名屡屡从他们口中蹦出来，后来耳熟能详，像是我生活的地方一样。一个留了两撇小胡子、外号叫"马日本"的小伙子，尤其爱和我们这群孩子一起厮混，吹嘘他怎样打群架、偷庄稼、"绕丫头""拍婆子"的事，当时很困惑他究竟是英雄还是流氓。还有一个叫"王苕子"的，是厂里篮球队的中锋，这家伙双手过膝，速度疾迅，打指挥、抢篮板、中远投都是强项，是球场上绝对的主力核心。他在我们的心目中就是今天的姚明，真是迷死人了。还有一位拉大提琴的大个子青年，脸色苍白神情忧郁，人们叫他"大段"。大段酷爱读书、写诗，有时候会在宿舍用好听的嗓音朗诵诗歌："再见吧，自由奔放的大海！"后来，大段瞒着厂里悄悄参加了高考，并考入某大学中文系，再后来他成了这个城市一名非著名诗人。这些哈密来的知识青年，给我的少年时代带来了文化启蒙和美好记忆，带给我对哈密最初的认识。

哈密还是我工作后第一个出远差的地方，随领导到哈密军分区开一个会议。记忆最清楚的是，那年春天，从火车站出来，不远处可以看到雪峰闪亮。到城里的路上，杨柳依依，街道空旷，到处是黄泥平房，阳光特灿烂。人们说话的口音很亲切，是那种带有甘肃口音的回族话。当时出了校门就进了军营，又是在机关，自由随性，没有很好地受过军事训练。傍晚一个人出去溜达，出军分区的大门时，哨兵给我这个年轻军官很庄重地敬了个军礼，把我吓了一跳，又激动，又惶恐。从街上回到军分区大院的时候，一路踌躇思谋怎样给哨兵还军礼，手抬高一些还是低一些，要不要看着哨兵回礼，不回礼行不行？把纠结洒了一路……这次哈密之行让我反省了一下自己，一个军礼都敬不好的人，如何称得上是一个真正的军人。

这个初冬，我又来到了哈密，天蓝地阔，阳光明媚得过于奢侈，寒风吹得毫不留情。市区高楼林立，街道宽阔，车水马龙，和任何一个地方的小城市没有什么区别。过去模糊的记忆都似是而非寻不到踪迹，只是到了柳树巷子一带老民居时，才仿佛依稀有一点当年斑驳的影子。新仿建的回王府富丽堂皇，但没有一点风云际会的历史感，就是个商业景点，不如就看看回王陵园，那里留下了往昔烟云，沧桑岁月。离回王府不远处，有一座富丽堂皇的十二木卡姆艺术剧院，民间艺术搬进了华丽殿堂，多了脂粉气，少了烟火味。

听说哈密三道岭矿区还有蒸汽机车运行，就想去看看。到了矿区，惊异这里的人都操一口敞亮快活的东北话，感觉到了大城市铁岭了。一问才知道，这个矿区当年从东北老工业基地调来了一批骨干力量开发建设，是他们带来了东北风，影响了几代人，至今没有散去。在矿区的货场，我终于见到了久违的蒸汽机车，一下子把时光拉回到过去。蒸汽机是一个时代符号，曾带给我们深刻的记忆，它"拖着一条条长蛇般的烟尾，风驰电掣地跨越乡村，跨越大陆"（艾瑞克·霍布斯鲍姆），给了我们对世界、对未来的想象和憧憬。在我的印象中，在铁道边上，每当远远地见这个高大威猛的铁家伙，吐着白烟挟着风暴过来的时候，我都忍不住地紧张而兴奋。

它声音高亢，步履铿锵，经过身边时，大地震颤，天空轰鸣，世界混沌，叫人充满了敬畏和幻想。不知什么时候这个铁家伙烟消声遁，沉默地淡出了人们的视线。眼下的这台机车更像一个老男人，时代和家人都不待见它了。它安静地停在铁道线上，喷着白色蒸气独自喘息着。我扶着粗粝的铁把手爬上了机车，抚摸着驾驶室里斑驳锈蚀的拉杆、仪表。坐到驾驶位上，头顶上是汽笛拉手。这时电影《铁道游击队》里的情景浮现在我眼前：小波也是坐在这个位置，拉响头顶上的汽笛拉手，憧憬着将来要做一名火车司机……脚下有一机关，一踩，炉膛开了，炉火安静地望着我，通红通红，慈爱又温暖。满脸硬茬胡须的机车师傅说，还是这个家伙带劲，扛造，就像一个糙老爷们，好伺候！其实我知道，蒸汽机车在今天已经没有什么优势了，只在边缘线上苟活着，更新、更快、更大能量的机车当仁不让地要取代它，被淘汰是它的必然命运。

我盘桓在机车下面竟不舍离去，又一次仔细端详它伟岸、高大的身躯。车头已然斑驳陆离，黑漆脱落，有的地方已锈蚀。但再怎么不堪再怎么没落，它仍然保持凛然的钢铁气质，依然有一种贵族的尊严。只有这种充满雄性力量感的蒸汽机车才配得上"历史的火车头"这一有爆发力的词组。不知怎么的，看到它，就想起当年的"马日本""王莳子""大段"这些人来，想起哈密的刚健和柔情。

哈密与我有这么多的情愫，是我的福分。在我眼里，她就像一个若即若离的情人，如同她的名字，芬芳而迷人。

如孜的房子里坐一下

喀什噶尔傍晚的阳光已经收起了刺目的锋芒，一袭轻风带来稍许凉意和果园的清香。今天周末，是个让人充满期待的日子。朋友的朋友如孜邀请我们多次了："过来房子里坐一下。"朋友的好意不能辜负，好肉好酒不能辜负，周末闲暇的时光不能辜负。

在乌斯塘布依街一条巷子里，外面来看是一座很普通的民宅，进得院子来却华丽得像国王的宫殿，砖雕木饰，华美旖旎。院子里栽满了葡萄藤、无花果树和石榴树，满目绿荫，花果飘香。在院门口，如孜紧握着我的手的时候，我感到一种诚恳的厚重感向我传递过来，觉得我们不像是第一次见面，而是分别多年的朋友。他高大健壮的体魄和腼腆谦恭的神情太不和谐了，一双湿润明亮的眼睛，使温和的气息在他全身发酵起来。我见过许多这样的维吾尔族人。从外表看，他们孔武有力，凛

64

凛威严，其实他们很温和、敏感，比你想象的要容易接近和沟通。20世纪40年代，英国最后一任驻喀什总领事夫人戴安娜·西普顿是这样描写喀什维吾尔族人的："友好、好客，他们随时都愿意和你分享哪怕仅仅一个笑话"，"如果你对他们的要求不过分的话，他们总是那么迷人，那么善良"。接触过不少维吾尔族朋友，我对戴安娜夫人的感受和描写深以为然。

如孜家的客厅装饰得华丽繁复，富有民族特色，墙上挂着地毯，地下铺着地毯，那可是名贵的和田地毯，相当于你家客厅里的红木家具。如孜漂亮丰腴的媳妇，像歌剧演员一样挽着手在客厅微笑着向我们致意，没说一句话，就去忙碌了。我们哥儿几个脱了鞋，走在柔软的地毯上，在沿墙四周的丝绵垫上依次落座，有的盘腿，有的伸脚。长长的矮桌，气派地盘踞中央。桌子上放满了盛着红枣、核桃、巴旦木、苹果、葡萄、无花果、冰糖、蜂蜜、果酱等各式各样干果、水果和蜜饯的小盘小碗。

主人周到地倒上一碗碗酽酽的茯茶，双手递过来，一一传到客人面前，茶碗直到宴毕也没有空过。这里喝茶没有又是闻又是品的那些繁缛过程，在一铜茶壶里沏好，依次频添。茶叶是那种最质朴的砖茯茶，加上一些诸如红花、玫瑰、冰糖等配料，味道醇香奇特。维吾尔族人十分钟爱这种湖南产的砖茯茶，它价廉、耐泡、化食，能软化澄清这里硬涩的水。你在新疆任何一个饭馆里吃饭，无论丰俭，一碗热茶是必不可少的，免费并且管够，这已经形成一种传统。到内地出差或旅行的时候，一些小饭馆往往是没有免费茶的，让新疆人觉得，一件理所应当的事情，为什么做得那么小气？我以为，新疆人对金钱的粗放态度，新疆人的豪爽、慷慨、好客，也表现在诸如吃饭喝茶这样细小的事情上。

经过眼花缭乱的水果、干果、馕、茶的铺陈，宴会才正式开始。热气腾腾的手抓肉端上来了，鲜香的味道骄傲地萦回在客厅每个角落。一个羊头赫然立于大盘之上。家宴上上羊头意味着宴席档次和对客人的重视。如孜操刀在羊头上一边切割，一边解说：前额部分给首席客人，你是最有面子的人；羊眼给犯过迷糊的人，要擦亮你的眼睛，看清朋友和坏人；耳朵则给年龄最小的，要听话，才能进步。前奏过后，如孜对大家说："朋友来了我高兴得很，一切都非常好！希望大家今天晚上高兴高兴。这是一只没有结婚的羊羔子，请开始劳动吧！"像是做了个餐前动员令。看着大家眼放绿光、又馋又急、没有见过世面的样子，他谆谆告诫："不要着急，慢慢来，先少吃一点。"这种警世明言毫无力量，大家已听不到他说什么了，也顾不上说话，专心致志手抓把拿，左撕右扯，只管辛勤劳动。一时间喧哗突然停止了，只有咀嚼的声音在人们的唇齿间幸福地溢出。

　　紧接着抓饭、包子上来了，焦黄、酥嫩的烤肉上来了。这时我才理解如孜"不要着急，慢慢来"的重要意义，谁知后面还有什么令人惊叹的丰富节目呢！这才是真正的烤肉，和大漠孤烟、长河落日、铁马秋风的意境相匹配，豪迈、壮阔、大气。它是将羊肉拌好鸡蛋清、皮牙子（洋葱）末，放在馕坑里用清香的沙枣木烤炙出来的。吃了这里的烤肉，让你觉得烤烤肉和吃烤肉也是有境界的。有人边吃边叹惋："乌鲁木齐的烤肉只有辣子、孜然和盐的味道，肉的味道哪个地方去了?"在大家啧啧的赞叹声中，干瘦的买买提江以见过世面的口吻不以为然地说："这算不了什么，叶城的烤肉才厉害呢！"他用自己绽筋的干手比画着："钎子胳膊这么长，这么宽，锯条一样，肉块有小巴郎子的拳头大，吃到嘴里就化掉了。我这样的好胃口，也只能吃两串。"维吾尔族人家的美食简洁、朴素而又隆重实在，没有七荤八素的烦琐，没有精雕细琢的花样，不为表面的形式，只为你的好胃口，你放开了吃且吃得投入就是对主人的尊重和礼貌。

当肚子里开始舒坦、心中的花儿开始绽放的时候，一箱"伊力特"及时启封了。如孜拿来小孩拳头大的两个小碗，倒上酒，说了一堆热情洋溢的话，自己先喝了。然后，斟满两碗酒，用托盘先从身边最尊贵的客人一对一喝起。有人如果不能喝，抿一口主人就替你喝了，但你可能要遭到席间讪笑，你还不能随便说话，得悄悄杵下，是你把自己的话语权给取消了。喝完一圈后，一对酒碗交给下一位，继续通关。当然，不胜酒力的只能被动接受递来的酒碗，没有胆量主动对酌。

美酒唤醒了我们隐秘的记忆，让真情撩开了面具，释放出生命中的欢乐与伤悲。买买提江说："酒这个东西嘛，在瓶子里头老实，进去肚子里调皮得很。"有的人受不了这个调皮，不知不觉就醉了，在隔壁房子高卧一个时辰，醒后听到隔壁欢闹的声音，忍不住又回到席间，继续端起酒碗五马长枪地喧嚣，山高水长地倾诉。

维吾尔族民间有着深厚的笑话土壤，酒酣耳热的时候，幽默快活的朋友都成了阿凡提，没有他们不知道的事，没有他们不能调侃的人。在宴席上对朋友调侃揶揄是一种友好的放肆，平时严肃、拘谨的人，不好直面批评的事情，在这个气氛中都可以嘲笑、讽刺、调侃，它是善意的，更是有趣的。有的嘲笑调侃是即兴的，如果不懂这里面的文化背景，会心理不适，面对这样的"攻击"会让你有些尴尬。席间有朋友揶揄：到喀什来了有手抓肉，到了乌鲁木齐见了面为什么只有手抓手？有人调侃买买提江：你不是美食家吗？咋长成戈壁滩上的柴火了？买买提江涨红着瘦脸反击，他打着手势，口吐莲花，唇上的两撇小胡子跳上跳下，眉毛一挑一挑，"外江、外江（哎呀、哎呀）"地喊着。人们脸上露出男人特有的那种喜悦诡秘的神情，突然间放肆的爆笑声起，调侃买买提江的那位则窘得满脸通红，也尴尬地讪讪笑着。偶尔有人给我翻译一两句，原来是男女情事一类的笑话。我为自己不通语言而无法享受那种不可言说的快乐而倍感遗憾，只能让那欢快气氛把自己淹没。

这么美好的晚宴怎么能没有歌声呢？醇畅的酒意和欢快深情的民歌永远是宴聚少不了的内容。年轻的歌手艾尔肯喝下一碗酒，擦了一把手，操起了那把状如切开的皮牙子般的都塔尔，调好了弦，略沉思一下，便拨动琴弦。那声音如细雨刷窗，又像粗砂落石板。前奏过后，低沉沙哑的嗓子唱了起来。对生命的达观，对爱情的痴情，对家乡的热爱，对正义的颂扬是民歌永远的主题。艾尔肯唱了一首又一首，调子时而欢快，时而忧伤，似缓缓流淌的吐曼河水。《花儿为什么这样红》《黑眼睛》

《阿娜尔罕》，他居然还会唱木卡姆版的《红灯记》，把李玉和的"临行喝妈一碗酒"唱得荡气回肠。"活着我们在花园里歌唱，死后我们在麻扎里睡觉"，诗人纳沃依这句诗诠释了这块土地上的人们特有的情趣和浪漫，他们的歌声留下了生命的诗情画意。

如孜没有那种我们在饭桌上见惯了的劝酒劝吃的殷勤，只是连续不断地用羊羔肉、薄皮包子、抓饭，用美酒佳酿，用美妙的歌声和快乐的笑话来表达他的诚意和热情。他递给我一碗酒，和我一碰，说："各民族要团结起来，把那些坏人消灭掉，毫不客气！"

这个周末散漫而悠闲，我们的快乐和时光一起绚烂地流淌，纵情享受着世间美食，享受多种文化的迷人魅力，享受多民族交融的美好，从傍晚直到深夜。

告别的时候，已是半夜时分，墨蓝的天上开满了星星树，轻风吹过，花香隐隐。我们一个个步履跟跄走出了如孜的房子，内心澄明地感谢如孜夫妇的盛情款待。如孜和他的太太，坚持把我们送出门来。他右手放在左胸前，倾着身子不断地"霍息、霍息（再见、再见）"，橘黄的灯光从屋里渗透出来，把他俩的影子拉得很长。走远了，不经意回头，还能隐约看见灯光中伫立的身影。

心中的大河

　　说起这条河，可能你没有见过它。它实在太偏远了，它出自昆仑山，全部行程几乎都跋涉在塔克拉玛干沙漠中，不是人人都有缘接近它。但你若是新疆人，你不会不知道它，你灵魂深处不会没有它的影子。

　　对了，它就是塔里木河。到了轮台县，终于有机会去看看这条大河。朋友说，不用跑太远，从轮台县沿着沙漠公路南下，行七八十公里就可以到达塔里木河边。

　　我们在轮台县城吃了饭，给汽车加满了油，就出发了。刚上路，不知谁提醒："灌些茶水带上吧。"真是有见地的提议，一路上可是没有人家的。车子靠路旁一家维吾尔族人开的小饭馆停下来。人还未坐定，主人便提来一壶刚沏的茯茶放在桌子上。我们将所带的瓶瓶罐罐全部灌满之后问老板多少钱，胖胖的老板眉毛一挑，大度地一挥手：茶，不要钱！我们告诉他，我们刚吃过饭，不在这里吃了，只灌些茶。"不吃饭麻达没有，茶嘛，不要钱。"他操着维吾尔语声调用明确的汉语表达着。我心中一下湿润起来，仿佛那条大河从我心中流过。

汽车在杳无人烟的荒漠上像鸟一样尽情飞驰。车窗外，塔里木盆地冬末的疾风干燥而凛冽。放眼望去，四野无垠，满目苍凉，太阳透过灰色的浮尘，模糊地发出白垩色的光芒。黑色软缎般的柏油公路，醒目地蜿蜒铺到天际。

视野中渐渐出现了高高低低的沙丘，继而胡杨林出现了。胡杨，维吾尔语"托乎拉克"——最美丽的树。但是我们看到的是另一幅画面，那狰狞古怪、刚烈枯槁的悲壮景象，仿佛刚刚结束了一场惨烈的搏杀，定格在苍凉的荒漠上。全不似它们的近亲白杨树那般清丽、挺拔、有秩序，"不是平凡的树"。在苍凉的荒漠上，胡杨林更像是一群无家可归的流浪者。

显然这一片是古河道。塔里木河是条无拘无束的河，河水流到哪里，胡杨就长在哪里。据说 50 年代，塔里木河流域胡杨林最茂盛时有 800 万亩之多，如今不及那时的一半。河流的每一次改道，便有一次灾难。这些枯而不死的胡杨被称为"枯后千年不倒，倒下千年不烂"。如果真是这样的话，它们一定是在等待，等待那遥遥无期的河水，有一天会不期而至。但无情的岁月带来更多的，是一点点吞噬它们的黄沙。有一天，它们终于倒下了。在被风沙掩没的最后一刻，它还在期待中……

胡杨林稀稀疏疏延绵了几十公里，林带渐渐密集起来，塔里木河就要到了。

这就是那条让我魂牵梦绕的大河吗？这里已经是中下游了。从远方流淌过来的混浊河水，在钢筋混凝土大桥巨大的胯下悄无声息地缓缓流泻，宽阔的河床上裸露着一层层水纹线，河滩里胡杨林密集而萧瑟。同行的老刘遗憾地感叹：水太小了，来得不是时候，一点景致都没有。他告诉我，他在塔里木河中上游见到的一次壮丽景象。那是一个夏天的汛期，河水丰沛无比，放眼望去，不见对岸。水天一色，烟波浩渺。岸边的胡杨林森然密布，芦荻竞绿……那景象使人恍然觉得不是在沙漠腹地，倒像是置身于江南水乡。老刘感慨地说。

我没有奢望塔里木河会一身珠光宝气灿烂地出现在我面前。那首经常出现在舞台、电视上，人们耳熟能详被称为《塔里木河》的歌曲，从来就没有走进我的心里，它太轻飘了，像一位不谙世事的少年在说自己童年的快乐。但眼前的塔里木河还是让我有些意外。它那么肃杀、平静，没有惊涛，没有喧嚣，就像一位饱经沧桑、洞悉世事，又平静异常、不动声色的睿智的老人。那是经历了大劫大难、遍尝了悲欢哀喜之后才有的平静和深邃。

掬起一捧水，我尝了一下，有一股淡淡的咸涩苦味。被大河养育的绿洲，就是在这种苦涩的营养中，一天天、一年年丰腴起来，成为家园、成为风景、成为精神的象征。在广阔的戈壁沙漠上，塔里木河宽厚而暴戾，随时都会任性地踏上一条陌生的路。绿洲和绿洲上的人们的苦难是突如其来的，又是经年累月的。新疆著名编导刘湘晨拍过一部纪录片《人在沙漠中》，很多年以前看过，久久不能忘怀。这部纪录片以原生态的方式，展现了依河而生的沙漠中人司迪克一家的生存状态。那种朴素、简单、丰厚而又充满亲情的生活方式，是最接近人类本质的。他们与这条河生死相依，日复一日的庸常生活，充实饱满的精神家园，一刻都与这条大河脱不了干系。当河流改道、家园荒芜、苦难来临的时候，沙漠中的守候者平静地接受了这一切。也许这就是命运，不可抗拒。他们仍旧那么从容，那么有耐性地劳作、生息、繁衍。

希望是苍茫大海上的帆影，它总会在人们期待的目光中出现。当塔里木河汛期一过，秋风掠过的胡杨林奏出金色旋律之时，收获喜悦的到来也是猝不及防的。塔里木人的苦难、委屈乃至怨愤，都在欢庆丰收的麦西莱甫歌舞中化为欢乐的动力，在蒙着一丝忧伤的木卡姆套曲中，凝结为对家园、对生命的礼赞。

塔里木河带给我们的岂止是绿洲、丰收、歌舞，还有更为悠长的情思、更为深邃的灵魂、更为广阔的天地。它那粗放、博大、深情、义无反顾的禀性，也影响着新疆人的气质和精神。它就像阳光、空气一样，悄无声响，在你浑然不觉的时候，渗入你的心灵。豪爽大气、诚恳达观，这些品质虽非新疆人独有，但我固执地认为，它们更多地体现在新疆人身上。因为一条大河在这里经年不舍地流过。

塔里木河大桥雄伟而壮观，全长有一公里之多。它为寂静的塔里木河平添了许多生机。过了大桥，沿着沙漠公路一直走下去，穿越茫茫的塔克拉玛干沙漠可以到达和田民丰。伫立桥上，我久久注视着平静的塔里木河，看着它泛着波浪，在胡杨林的拱卫下，缓缓流向荒漠，流向天际。

塔里木河源于巍巍昆仑，逝于茫茫沙漠。在我的心中它是不会消失的。在毫无察觉的时候，它已流过我的心田。你的胸怀有多大，它的流域就有多宽。

在阿勒泰飞翔

　　提起阿勒泰，我们首先想到草原，想到奔马，就像歌里唱的："我们像双翼的神马，飞驰在草原上。"我说的却是在阿勒泰飞翔，没错，就是飞翔……其实叫作乘飞机更合适。

　　我人生第一次乘飞机就是去阿勒泰。那是刚参加工作不久，大冬天和单位领导出差。按说一个小科员是没有资格乘飞机出差的，可那个时候阿勒泰离通火车还早着呢，整个南北疆都没有通火车。一般出差都是单位派车，长途奔波，穿州过县，少则一周，多则一月才能完成工作任务。怎奈当时冰天雪地，也没有今天的高速公路，任务又急，因此就特批我和领导一起乘飞机。我还没去过阿勒泰，同事告诉我，阿勒泰冰天寒地，雪大风劲，把大牲口都能埋掉，站着撒尿得用棍子敲打。一番话吓得我前列腺发紧，好像自己去的是西伯利亚。我怕自己瘦弱的身体扛不住寒冷，里外三层裹严不说，还带了一件刚发的羊毛皮军大衣，戴上棉军帽，差点就没穿个大毡筒。不知那年是个暖冬还是同事耍弄我，反正比乌鲁木齐还暖和，皮大衣根本就是个累赘，皮帽子也戴不住，托在手上，包都没办法提了，一路上可把我热坏了，满身直冒臭汗。

第一次乘坐飞机是我人生的重大事情，充满了兴奋、新奇，和儿时第一次在公园坐旋转木马差不多。除了憧憬天上旅行，还胡思乱想飞机会不会掉下来，会不会被劫持。记得乘的飞机是当时主流客机，英国制造的三叉戟。远远看到停机坪上的飞机如放大了的毛毛虫静静停在那里，我兴奋得像苍蝇一样不停地搓着双手。

飞机轰鸣着起飞了，我又紧张又兴奋，手上空落落的，不知该抓在什么地方，只好闭上眼睛听天由命。一路上胯间充盈，尿意盎然，光想上厕所。到阿勒泰机场上空，漫天大雾，天地昏暗，飞机昏鸦般绕梁三周哼哼唧唧落不下去，返回了乌鲁木齐。人没出机场，飞机喘了口气又飞向迷茫的阿勒泰，这次机场云开日出，顺利地落下去了。第一次乘飞机就把便宜占尽，买了一趟的票，居然坐了三趟，还多吃两份盒饭，用了五次厕所，怎么说都赚了。那天晚上住在克朗河边温暖的外贸宾馆，兴奋得有些失眠，半夜才睡过去。

20多年后的一天，在阿勒泰我又有了一次另一种上天的体验。那天陪着朋友从喀纳斯景区下来，到黑流滩机场，因飞机晚点，就到布尔津休息一下。布尔津是个漂亮的小县城，打造得有点欧洲情趣，白墙红顶，哥特风格。夏秋之际马路两边树影婆娑，紫色的薰衣草、黄亮的金鸡菊，芳香艳丽。一般乘车去喀纳斯都要经过这个漂亮的小县城，游玩一下五彩滩，吃点布尔津河的鱼。我给老婆发了个微信，告诉她从喀纳斯景区下来了，顺便拽了一下文艺腔："路在脚下，心在远方"，老婆回信很不屑："你咋不上天呢？"看起来老婆对我有更高要求。但世事难料，谁知道哪朵祥云会落贵雨呢？一不留神在布尔津我还真的上天了！

布尔津的朋友说，我们这里新开发了一个旅游项目，县上引进了一家航空俱乐部，正修建通用机场，推出低空飞行体验旅游项目，要打造航空飞行小镇。好，还有些时间，去看看，于是驱车朝布尔津县城东南方向四五公里远的一片空旷地方驶去。"爱飞客（新疆）航空俱乐部"基础设施正在建设，机场停机坪、跑道都已修好，有两架小型飞机停在停机坪，在太阳下银光闪闪。还有一架稍大一些的飞机停在远处。

一个挂着胸牌的工作人员介绍说：这两架小飞机是美国造的西锐SR20轻型私人飞机，可乘四人，号称"空中宝马"。小飞机个头不高，线条流畅，比越野车稍长些，像个精神的小伙子挺立在那里。宝马车我开过，也就那样，这"空中宝马"是什么感觉，必须体验一下。填写好各种表格、缴完费用办完手续后，我随着驾驶员一起登机了。

驾驶员是个年轻的小伙子，20多岁，操南方口音，脸上架了一副时尚墨镜，撇着嘴，作拉风状。起飞前他告知我，这个飞机巡航速度是每小时280千米，和高铁差不多，有200匹马力，这个力量放在地上，百马奔腾，尘土飞扬，那是一种什么景象？这家伙加满油一口气可飞1400公里，基本上可以来回跑个乌鲁木齐。驾驶员还嘱咐我一些注意事项，让我不要紧张，系好安全带。他点火、给油、松手闸，和汽车操作没什么两样。飞机轰鸣了一会儿就启程了，越跑越快，离地一刹那，疾驰的跑道一下子没了，眼前是蓝蓝的天空，飞机迎风而起。我想起什么了？《追捕》！杜丘开着半道上结识的女朋友真由美她爹的私人小飞机，晃晃荡荡飞起来的镜头扑面而来！耳边仿佛响起那首沧桑的主题音乐："啦呀啦……"那个年代过来的人都看过日本电影《追捕》，当时真是令人耳目一新，眼界大开。高仓健冷峻的神情、帅酷的立领风衣和墨镜都是抹不去的记忆。他带给我们全新的审美观，展现出一个男人应有的风采，男人就要敢于面对危险，勇敢战斗，一直往前，即使是天空，也必须飞过，融化在蓝天里。

现在我只是一名乘客，心情忐忑、身不由己地坐在红绿灯闪烁的仪表盘前，左顾右盼。一切都拜托身边这位戴着墨镜、撇着嘴的年轻大神了。远处是黄褐色的漫漫荒漠，白色的风力发电机醒目地排列矗立，飞机身下是房屋、密林和河流，像个绿色小岛……我对这一切居然没有什么惊奇感，没有应有的兴奋，真的是年华老去感官退化了？经常乘坐飞机，在舷窗边看村庄房舍渐小渐远，山川河流蜿蜒到天边，起起落落，云里云外，新鲜感渐渐和身体一起衰老，一起远去。一起远去的还有我们激荡的青春、刚硬勇敢的高仓健和美丽多情的真由美。当下能够体会一下的是乘坐在飞机驾驶室，眼前是湛蓝、高远的蓝天，身边擦过白云，"天上的风，不系缰绳"（席慕蓉），心情也像风一样自由。其实，青春只是我们人生的一个驿站，我也成不了高仓健。经历丰富人生，感受多彩生活，不奢望逆风飞扬，我们的全部生活和努力，不过是在走完一个普通人的普通经历。

漫游20多分钟后，飞机返回到地面上。这时看到几个男女青年换上了跳伞服装，正准备登上一架停在远处的"塞斯纳208"飞机进行跳伞活动。上前和他们攀谈了一下，得知他们来自乌鲁木齐，是跳伞爱好者，已不是第一次来这里。他们说，每逢假期或周末，他们就结伴而来，体验空中飞翔的感觉。一个姑娘说：跃出机舱的那一刻，心脏都要蹦出来了，简直太刺激了！真佩服羡慕这群年轻人，想干就干，说干就干，他们和我的孩子一般大，有着同样的朝气和勇气。前些日子在外读书的女儿微信上说，放假了，这次要玩个心跳的，去迪拜跳伞。吓死我了！不敢鼓励，远隔千山万水的也没法阻挠没法劝，听之由之了。

我给老婆发了个微信，并附上照片和视频：我上天了，仰望我吧！

有惊无险的旅程

1895 年春天，瑞典探险家斯文·赫定带着庞大的驼队和精良的装备，试图横穿从叶尔羌河到和田河之间的塔克拉玛干沙漠。然而，这次探险导致驼队全军覆没，在沙漠里断水七天后，5 月 6 日，赫定挣扎着侥幸在干涸的和田河床一积水塘找到了水获救。作为资深探险家，他显然高估了自己的能力和运气，沙漠的凶险无情、自然的诡异莫测给了他打击和惨痛教训。当然这并没有使赫定停下探险的脚步。当我读到斯文·赫定《我的探险生涯》里这段故事的时候，感叹之余，想起自己的一段经历，只能说是有惊无险的小插曲了。

塔城地区和布克赛尔县的地界上有一神奇的地方，当地人称为"龙脊谷"。这个"龙脊谷"在和布克赛尔县城西南 60 多公里的地方，地图上找不到。我们从塔城市出发，汽车沿 318 国道疾驶 200 多公里，在荒无人烟的戈壁滩上，朝南有一条正在修建的简易土石路，沿着路行进大约20公里，就到"龙脊谷"。所谓"龙脊谷"是戈壁滩上耸起的一块山谷，大约有20平方公里，是经过千万年地质变迁，经风化、间歇性流水冲刷和风蚀作用所形成的奇特雅丹地貌，在茫茫荒漠中像是蜿蜒起伏的巨龙。

我们到达时已经是下午6点多，初秋时节，天高气爽，阳光还灿烂地高照，山谷死一般寂静。千万年的风雨侵蚀，使得这里的地貌狰狞而神秘，有的像白垩纪的恐龙群，有的像经过战争兵燹的古城堡。盘桓在寂静的山谷中好像穿越了几个世纪，有一种时光倒流的感觉。突然好像到了魔幻世界，万千恐龙奔腾，壮阔激烈；又像到了美国西部电影的场景：荒凉奇特的山谷里，一个孤独的骑士跃马持枪从深邃险峻的峡谷中驰骋而来，远处的平原上传来汽笛的嘶鸣声……

转悠了两个小时左右，太阳开始落下，彩霞满天，空气通透，光影清晰，正是拍照的好时候。可是带我们进来的朋友说，得走了，不然出不去了。我们已经到了谷底，从原路回去有个大坡要爬，有一辆车不给劲，好半天都上不去。朋友思忖了半天，决定冒险从另一方向穿过戈壁滩直接到和什托洛盖镇，算了一下，也就五六十公里的路程，他白天走过这条道，比较有把握。

一路上晚霞映照，风光绝美，越野车在戈壁滩上撒欢疾驰。一路上彩石斑斓，俯身下去随手捡起都可能是一块"戈壁玉"。近年，在克拉玛依、阿勒泰等地兴起了捡玉热，克拉玛依市政府还将这里产的彩玉命名为"克拉玛依玉"，但人们一般更愿意称之为"金丝玉"，因其石质内部带有丝纹构造得名。这种玉主要分布在准噶尔盆地的雅丹地貌中，经常有人聚集在一起，开着车，带着干粮进入戈壁去寻玉，据说有的人还因此发了财。到了这人迹罕至的地方，遍地都是这种宝玉啊！随便俯身下去都会有收获，没有费什么劲，我已经寻得数颗晶莹透亮的"宝石光"。司机一直催促，该走了，该走了！大家只好收敛起贪婪的心，眼睁睁地让财富从自己手边溜走。

天渐渐黑了下来，我们的三辆越野车在戈壁滩上一会儿在灌木丛中穿行，一会儿沿着河床飞奔。在越过一个沙包的时候有一辆车陷进了虚土。幸好有三辆车彼此前后照应着，也没有太多的惊慌，在黑灯瞎火中，花了一小时，大家齐心协力把车从虚土中弄了出来。这时天黑得你我近在咫尺却看不清对方的眉眼，如一滴墨水滴进了黑夜。我们完全迷路了，像关在一间巨大的黑房子里，不知往哪个方向走。车在戈壁中绕来绕去，折腾了半天却发现好像又回到似曾相识的路上。手机没信号，也没法定位，四周漆黑一团，只有天上的星星在闪烁，远远的地方有一盏灯忽明忽暗，也不知有多远，也不知是什么方向。这时候才感觉野外生存能力太差了，不由得有些心慌。开始的时候大家都不以为然，想着不就几十公里路，再怎么绕也出去了。刚刚还对捡到的各种宝石热烈讨论比较，这时再没人对那些石头感兴趣了。一种潜在的不安如夜色黑黢黢地在每个人的心里弥漫开来。这时候大家都有些茫然紧张，没有一个人敢说怎么走。车子里没有人再惊奇兴奋了，都默然不语，一个个心事重重。我打开了手机音乐，放几首歌儿来听，以驱走沉闷的气氛。一边听着音乐，一边听天由命地任凭司机信马由缰地奔驰。还好，进戈壁之前车子都是加满了油的，还能消耗得起。

在空寂漆黑的戈壁滩上转悠了四五个小时，开始顺着河床走，走着走着河床也没了。大家心里更紧张，老刘说，要不别走了，等天亮就能看见方向了。大可说，我听说有电线杆就有路，因为修架电线必须有路。这说法很靠谱，我们采用了大可的方案。"骰子已经掷出，就这样了"，我也同意恺撒大帝的说法，就这样了！驾驶员在行车中顺着车灯寻找电线杆。不知瞎走了多久，终于发现了一根矗立的电线杆，简直就是黑夜里的明灯啊，霎时觉得天上的星星都更明亮了。沿着电线杆有清晰的车辙印，有了电线杆就有了出去的方向。看到了希望大家都放松下来，有的还开起了玩笑。这时司机已经顾不得目的地的方向，就顺电线杆和车辙走吧，总会走出去的。走着走着植被密集了，胡杨林也出现了，大家心里也越来越踏实了，又有人说起"金丝玉"的事儿来，后悔刚才没有多捡拾一些。

终于到了油田采矿区，看到了采油机，简易公路也出现了。顺着石子土路颠颠簸簸，渐渐路也越来越平展，后来就到了柏油路面，再后来到了乌尔禾镇。远远看到星星点点的昏黄灯光，心中竟有一丝激动，好像阳光普照。仿佛自己在一部电影里经历了一个世纪的黑暗，下一个镜头是一行字幕：多年以后……接下来就是越来越明亮的灯光和充满生机的林带、楼房，这些平常不过的东西使大家感觉亲切无比，感觉回归了久违的生活，回到了自己温暖的家。不知什么时候，车里面又响起了歌声和笑语。等赶到和什托洛盖镇，已经是凌晨 2 点了，这一趟我们多绕了 100 多公里。

这次戈壁旅行虽然迷失了一阵儿，但有惊无险，有种历险的快感和无助的心理落差。空旷的戈壁中极易迷失方向，其实距县城或目的地也就百余公里，但是有种近在咫尺却无力回天之感，在搞不清方位的时候不由得产生无助的恐惧感。

其实这也不是我第一次历险，那年国庆期间，驾车去可可托海游玩也经历了一次小小的波澜。向朋友借了一辆"道奇公羊"商务车，这是一台老爷车，宽大舒适，没想到会有什么隐患。带着老婆孩子和朋友一家，在可可托海的秋色里尽情享乐了两天，一干人马又累又乏，就想赶快回家美美睡一觉。一早就驱车上路，我和朋友换着开车，不出意外的话，天黑前就能到家。可是意外还是不期而至，车子出了山谷猛跑了一阵，到了一荒芜地方，听到左前车轮发出异响。停车检查，是轮毂刹车上一个卡子出问题了。车停在戈壁滩上，前后不着村落，除了偶尔可见悠闲的骆驼、牛马，一个人影都看不到。车要是坏在这里，那不跟沦落的难民一样了？老王是汽车玩家，对各种车还算熟悉，动手能力强，简单处理了一下，还能行驶。不敢开快，能挨到就近有人烟的地方就行啊。路上，一车人提心吊胆地看着窗外空寂的荒原，都不吱声，各在心中默祷。

恰库尔图适时地出现在我们的视野，悬着的心，放下来了。恰库尔图在准噶尔盆地深处，是阿勒泰到乌鲁木齐216国道边的一个小镇。把车开到路边一间修车铺，在我们看来是天大的事，师傅们觉得是尕尕的事情。因没有"公羊"车配件，花了好长一段时间找替代材料，然后打磨成型，再安装。一切就绪后，师傅擦着油手说："跑到乌鲁木齐一点麻达没有！"

在路上行走，我们有困惑，有恐惧，然而我们走过来了。回想起来，会把它当作一段有趣的经历来轻松述说，因为它已经过去了。当年斯文·赫定那次"死亡之旅"开启了之后跌宕起伏、波澜壮阔的亚洲腹地八年探险生涯，成就了其现代第一探险家的美名。《亚洲腹地探险八年》带给我们富有感染力、穿透力的传奇故事，使我们感受到当年独特的山川风物、风土人情和斯文·赫定的坚强意志、无所畏惧的胆略和探险精神。行走在西部广袤的大地上，这部书是很好的参照。凯鲁亚克《在路上》有这样一句话："在你面前，黄金般的土地和各种未曾预料的趣事都在那里静静地等待着你，令你大吃一惊，使你因为活着看到这一切而感到快乐。"其实人的脆弱和坚强都超乎自己的想象，人生中有了这些经历，才值得我们惊喜，值得我们回味。

我的村庄

艾力西湖的巴扎

一

　　艾力西湖算是南疆的一个重镇了，215省道从东北边的三岔口一路蜿蜒而下从镇中间穿过，上连麦盖提，下接莎车县城，历史上就是一条重要驿道，新修建的高速公路也是沿着这条路并列下来的。叶尔羌河在艾力西湖的东面迤逦南下，润泽四野。有大河惠泽，艾力西湖水源丰沛，田地肥沃，林木繁茂，桑葚、杏子、核桃、巴旦木从春到秋，花开芬芳，硕果累累，回馈辛劳，装点江山。20多个行政村相互依托紧紧连在一起，白杨夹道，沟渠纵横，田畴地亩，桑株荫荫。

　　艾里西湖镇上的街市也颇具规模，镇上的建筑物统一喷刷着黄颜色，明亮如秋天的胡杨林。"同胞餐厅"是这个镇上最豪华的餐厅，装修华丽，饭菜丰富，快餐大菜丰俭由你。十字路口有家"金角牛肉面馆",正宗兰州拉面的味道,没想到在这么偏远的地方,能吃到这么正宗的兰州牛肉面,一红二白三绿都有了,还能看到宽大的牛肉片,汤不是用调料调出来的,是用牛骨头熬出来的。重要的是老板不是马保子、白全福等行业世家,而是凯木尔丁、吾守尔这类名字的乡亲。一问老板,原来他在甘肃兰州一家牛肉面馆打工做学徒,拜师学艺,历经数年得到真传,带了一身武艺回到家乡施展拳脚,天下无双。他家的包子不敢恭维,一口下去咬不到陷儿,再一口咬到自己手指了,不知是跟谁学的。

星期三是乂力西湖镇的巴扎日,南疆农村乡镇的巴扎日是轮流排的。"巴扎"在内地一般称为集市、庙会、圩等,其实都是一回事。人们在这里交流信息,交换物资,买点什么,再卖点什么,剃个头,刮个脸,再吃上一盘抓饭、两个包子、三串烤肉,傍晚时候心满意足地回家。巴扎日那天是当地农民最快活的日子,逛巴扎和我们在节假日离开自己待烦了的地方,乌泱乌泱去别人待烦了的地方游玩差不多。

我到这儿的时间不算长,在巴扎上却感觉熟人很多。原来村里许多在家待烦了的人都到这里来相会,平常见不着的人在这里很容易碰到,碰到了就要握个手,关系近的还要站着聊一会儿闲篇。以前在去巴扎的路上见得最多的就是毛驴车，马路上驴头攒动，车轮滚滚，蔚为大观。有个阿凡提笑话说：有个衣冠楚楚的城里人来到巴扎，看到众多的驴感叹道：这个地方除了农民就是驴！阿凡提听到这话就问他：先生是农民吗？城里人很不屑：我不是！阿凡提怼他说：这么说你也是一头驴了？其实在农民眼中，有的人还不如一头驴呢。如今驴和驴车很少见了，家家户户都用三轮电瓶摩托，价格不高，可载物，可乘人，操作方便，男男女女都开着它追赶着时代。昔日南疆的标牌——毛驴，则成了稀奇动物，偶尔在田间地头碰到这个憨直的家伙，居然有种新奇感。

"积德行善去玛扎，开心快乐到巴扎"，这是一句维吾尔谚语，说得太好了！只要有空，每逢巴扎日我都会去镇上的巴扎上转一下，主要就是去饕餮一顿，感受一下人间烟火。我觉得那里才是最接地气的地方，烟火缭绕，人声鼎沸，美食飘香，还有……尘土飞扬。这里的美食简单粗暴，却让人垂涎欲滴流连忘返，羊肉不是煮就是烤，鱼就是一种做法：油炸。没有那种食不厌精的烦琐和形式大于内容的花样，关键是它还便宜，是农民的乐园。进了食品巴扎美味飘香，人流攘攘，混乱中有秩序，陋屋里有珍馐。在一个摊位前坐下，开始还觉得卫生不好，吃起来如捏着嗓子。待两串烤肉三个烤包子下肚，美味立马改造了我们的肠胃和观念，直到满口留香，腋下发汗，舒泰得无以言表。这个时候什么都无所谓了，端起油腻的茶碗就喝，喝完发现碗边还有手指印，真是看起来脏，吃起来香呢！

二

在一个油炸鱼的摊位上，主人在默默地炸鱼、切块。旁边一个脸膛红彤、白眉短髭的老者不停地嘚啵嘚啵招徕客人：一看你就是有身份的人，穿这么体面的衣裳！10块钱的鱼吃不起吗？又不是母鸡的奶水！让你觉得经过他的鱼摊，不吃点他的鱼，你都对不起他那张嘴，你就是欺负老人。这位就是传说中的"堂将"，我想它的意思应该是"食堂之长——堂长"。堂将是一个职业，在饭馆里专司吆喝、算账、招徕客人，眼观六路，耳听八方，每个人的消费都在他的脑子里，绝不会搞错，现在一般称为领班。据说一个优秀的堂将工资比厨师都高。当年乌鲁木齐红旗路市场"阿不都饭馆"有个小个子堂将，给我留下深刻印象。个头、形态都和电影里的卓别林相似，他站在门口，脖子上搭块手巾，腰上系着围裙，眉飞色舞，嘴不歇闲，热情迎宾，欢快算账，像是在说脱口秀，对每个进进出出的食客享用了什么，该付多少钱，一一报出，绝无差错。他又让我想起赫拉巴尔笔下的餐厅领班：他知晓一切，待客周到，每一位客人的每一个动作都能让他立即明白，他需要什么。客人一进门，就记得他并知道他什么时候离开，善于估计客人随身带了多少钱，他是不是会根据自己的财力来花钱。这是当好一个领班的起码条件。如今在城市里都用电脑机器来结账，堂将退出了历史舞台，那个时代吃饭时特有的趣味和快乐也随之消失了。

而在艾力西湖的巴扎上，我又见到了口吐莲花欢快幽默的堂将，他像一个活的文物，如见故人，喜不自胜。眼前这位堂将，让我穿越到布拉格的巴黎饭店，他的做派和作家笔下"侍候过英国国王"的领班在本质上并无多大差别。我一定要成全眼前这位堂将，也成全我的一段梦幻。我们几个坐了下来边吃炸鱼，边饶有兴趣地听堂将鼓动演绎，享受民间欢娱。

沸腾的油锅前，两个伙计把大大的鲤鱼或是鲫鱼切成块，轮番放在油锅里干炸，然后撒一点调制好的辣子、孜然，就成了。桌子左右各有数份炸好的鱼，左面的一份5元，右面的一份10元，也看不出有什么区别。问堂将两边的鱼有何不同？说是鱼不一样，到底怎么不一样？"哇牙不济道（我也不知道）"，他用不太流利的普通话说，"收鱼的时候嘛，这个 20 块一公斤，这个 10 块一公斤，卖的时候嘛，这个 10 块，这个 5 块。"

我说："都放到一块儿，海了麦斯（全部）10 块卖嘛!"

白眉堂将头摇得拨浪鼓一样："唉，那个样子不好!便宜了嘛我不行，贵了嘛，你不行!"

两种鱼都尝了一下，觉得味道、肉质没有什么区别。问主人，一天下来能挣多少钱？他伸出一个巴掌说，排档子（利润）嘛 500 多。巴扎上有不少炸鱼摊，除了油炸，再没有什么别的做法。简单、直接，这也是他们的生活态度。

吃了炸鱼，再尝两个烤包子，吃几串烤肉，不一会儿，肚子就滚圆如鼓了。走到一家拌面馆前，看见拉面师傅把一团面整得上下左右翻飞，像是在表演技艺，不由得停下来观赏。面下好了，这边的师傅抓起一把不停地抖，抖散后沾点凉水，继续抖，如此反复，把拉面的魂都抖出来了，筋道顺滑，看着都有食欲。南疆的拌面，不同于北疆做法的地方，主要在于炒菜，它不是一个面炒一个菜，而是大锅菜。菜在一口大锅里面炖着，白菜、辣子、土豆、西红柿等和肉块在一块快活地沸腾，待熟了就盛到一个车轮大的盘子里，一大盘菜大约可配十多盘面。师傅把烩熟了的菜一勺一勺舀起，又倒下搅和一

96

气，如此反复，直到最佳分量、最好搭配时，果断落勺浇到面上，然后再分别浇一勺用草果调制好的香醋和带着蒜瓣的油泼辣子，完成所有工序，递给你，你就美美地咥吧！看着看着，涎水忍不住顺嘴流了，不吃怎么能行呢，坐下吧。

"吃饱哩，喝胀哩，咱和皇上一样哩。"吃饱肚子才感觉幸福真正来临，悠悠万事，唯此为大。正快活地瞎想着，听到好像有人叫我的名字，是一个卖酸奶的大妈在叫我：你是麻蒙玉吗？又碰见熟人了。大妈家里养了几头牛，做了酸奶子，巴扎日拿来换些零花钱。大妈不让我走，一定要喝一碗酸奶。老乡家自制的酸奶是本地一特色，土法酿制，天然绿色，淳厚细腻。最上面是一层厚厚的奶皮子，奶皮下面是泛着微黄色的胶状酸奶。盛酸奶的是和头一样大的老碗，不同于其他地方用的是拳头大茶碗，这里的一碗酸奶够四个人分享。太值得喝一碗了，可刚才吃得太多了，胃里实在没地方盛了。我告诉大妈说，我太喜欢酸奶，可现在吃不下了，这样，我买两碗带回去，我知道你家，回头给您把碗送还。大妈左推右挡不肯收钱，我说，你不要钱我也不拿了。她收下了钱，却像做了错事，一边摇头，一边"喂耶、喂耶"说着什么。艾尼告诉我，大妈说你帮助村民办了很多好事，大家都记得呢，喝一碗酸奶子还能收钱吗？

大河边的小村庄

到村里都半年了，竟然没有去看看叶尔羌河。我知道这条著名的大河近在咫尺，村里云飞雨落都是它的气息，庄稼茂盛、牲畜茁壮离不开它的滋养。村委会大院里的那棵大柳树生长了60多年仍然绿荫四盖，生机勃勃，是这条大河在不远的地方给予的福泽。

我一定要去看看它。从我们村到河边，朝东南方向驱车10分钟就到了。这里修建了一座中游水利枢纽，大坝连接东西两岸两个村镇，调节着水流。现在已经入秋，正是丰水季节。从喀喇昆仑山奔腾而下的大河，挟泥带沙翻着浊浪，从我眼前疾流而过，极目远望，河面充盈宽阔，水天融为一体。

"哎呀，静静的顿河，你的水流为什么这样浑？"

不知怎么的，一下子就让我想起了《静静的顿河》里面的句子。这条大河和我在北疆见过的河流气质完全不同。额尔齐斯河从可可托海到布尔津，一路或静水深流，或激越奔腾，河水一会儿碧青，一会儿墨蓝，变幻着色彩蜿蜒北去。伊犁河畔有森林拱卫，草场铺垫，骏马在河边巡弋，牛羊在湿地出没。即使在炎热的夏季，河边的空气也清冽带有寒意。混浊的叶尔羌河，在冲出喀喇昆仑山谷时一定也是清澈明亮的。它切开沙漠，在广阔的大地上撒欢，在丰满的绿洲上婉转，一路风尘仆仆，挟沙带泥狂放不羁地来到这里。从清澈到混浊，就像一个人在成长，由单纯到成熟，经历越多越包容，越混浊越有力量，最后练就成老江湖。河水漫溢到村庄，你不知道，原来的庄稼地竟然是河道，延绵茂盛的胡杨林原来就是它的河床。眼下岸边芦苇丛生，水鸟鸣啾，轻风吹拂，苇叶起伏唰唰作响，一匹瘦驴在青草地上孤独地沉默着。

有一次冬天枯水时节，我乘车跨过数公里长的叶尔羌河大桥，河床收缩成一条河沟，让我很沮丧，当时还觉得这桥是不是建得太奢侈了。然而，据说洪水期的叶尔羌河狂躁不羁，激流咆哮，如万千野马奔腾。我没有机会见到它的狂野，它只存在我有限的想象中，真想亲眼看见一次。

艾力西湖镇位于叶尔羌河西岸，是一块丰腴的绿洲，亚勒古孜塔勒村在这块绿洲的中间。阡陌纵横的乡间小路上，高高大大的白杨树拱卫在道路两旁，搭起绿色长廊，从心田延伸到远方。村庄人家的院子，里里外外杏树、桑树遍布，绿荫蔽天。一到春天，桑葚熟了，白如羊脂，黑似铸铁，红如玛瑙。在阳光斑驳的树下停留一会儿，能听到噗噗落地的甜蜜，你会忍不住踮脚伸手摘下品尝，直到手黏嘴黑心中流蜜。走过桑杏树下，你就走过了春天。夏天，院里高高的葡萄架藤蔓缠绕，门前的牡丹和葵花映日盛开，笑靥迷人。田地里的麦子黄了，而田畴地埂上墨绿的核桃树、巴旦木树还在轻风中摇曳，好像在等待那个金色磅礴的时刻。

我请教过许多人，"艾力西湖"是什么意思？有的说是"杂居"之意，有的说是"半个勺子"，莫衷一是。总的说来，这里的人性格行为独特，异于其他地方。我觉得，这里人最大的特点是面对你时双臂环抱，颇有些"你想干啥呢"的意思。无论男女，和你说话聊天时，他们环臂抱于胸前，双手插在两腋之下，朴野不拘，似带有防护心理。这个动作在冬日则有取暖的功能：双手交叉穿过衣襟，抱于胸下，手暖和了，身上也暖和了，心里也踏实了。而每天生人熟人见面握手，或者说摸一下手、道一声平安则是必需的，握完手后，右手放在腹下，再谦恭地稍弯一下腰致意。每天不论见几次面，其他的事情可以马虎，握手问候决不敷衍。如果几天没有会面，则会细致地问候：家里牲畜好得呢吗（还好吗）？老人娃娃好得呢吗？而且问牲畜一定在问人的前面。有次我们几个人到阿不力孜大叔家走访，他正在羊圈忙活，见我们来便放下活计，拍了拍手，用沾满粪土的糙手和我紧紧相握。他心无杂念久久不愿松手，我则忖度着羊粪的新鲜程度，身后的老张见此情形，拿出手机转到一边作打电话状。

村里的妇女就更朴厚。你要是到她家，第一件事就是从屋子里抱出一堆丝绸锦缎的华丽棉垫，豪华地铺在廊檐下的木床上，然后恳切地请你先坐下，有事坐下再说。你坐在舒适的垫子上，她站在那里双手交叉在腋下，和你聊起来。突然电话铃声响起，她走到一边很自然地伸手入胸，从丰硕的乳下摸出一个热汗淋漓的手机来，"玛酷、玛酷（行呢、可以）"地说着什么。我发现，这儿的妇女一般不随身带包，宽大的护胸利器包住了沉沉的乳房，也盛下她们的细软，胸罩就是她们的手包、钱包。我见过南疆的妇女把钱藏在长筒袜子里面，撩起裙子泰然自若地取钱放钱，艾力西湖的妇女又让我见识了贮物乾坤，功能拓展，安全温暖，生活总是带给我们无尽的惊奇。

有点憨痴的吾斯曼每天都要来到村委会大院，无所事事就是他的大事。他喜欢到热闹的地方去，爱往人多的地方凑，村里所有重要活动，都能看到他胖胖的、蹒跚的身影。吾斯曼的肚子都吃成锅了，高高地挺着，大将军似的。冬天一件油腻的制服大衣从不离身，一直穿到开春。夏天的衬衣紧绷在胖囊囊的身上，半截裤腿露出脚踝，和当下时尚倒契合了。他大多时候都背着手，踱着步，闲庭信步，悠然自得。吾斯曼每天都要为院子里的树木花草浇水，把院子的垃圾收拾收拾，然后把自己手里的馕给瞎转悠的大黄狗掰一半。闲下来的时候，他就坐在大树下面，喝一瓶饮料，睥睨来来往往的人。偶尔会对陌生人严肃地指出：你还没有给我钱呢，快过节了，要给钱！

巴拉提老汉则不愿意在人多的地方扎堆。他住在远离村庄、靠近戈壁的棉花地里，那里有一间用于浇水看地的简易房子，给人看地打杂。老汉的老伴去世多年，无儿无女，无牵无挂，他不愿去养老院，就想远离村庄、远离人群，无拘无束地过一个人的生活。他帮人打短工，播种、收割、浇水、喂牲口，有什么活干什么活，主家待他也不薄，吃喝无虞。他在茂密的庄稼地里和棉花麦子窃窃私语，在田间地头对牛羊大声发号施令。有时在空旷的戈壁上和一只流浪狗对话，有时呵斥落在核桃树上的一群黑乌鸦。村民见他孤身一人不免心生同情，有时送去一些吃的穿的用的，他也神情自若不宠不惊地接受，本来以为他要说一堆感谢的话，竟有些期待落空的感觉。

在巴扎上经常能碰见身板粗壮且挺直的伊德力斯，他脸色黝黑，髭须剪得整整齐齐，有拳王阿里走过来的感觉。他很客气地和我打招呼握手，骨子里却有一种自尊和自矜，不像一般人那样谦恭，总是蹙眉眯眼，好像在审视你。伊德力斯年轻时当过解放军骑兵，虽已入暮年，仍然英武霸气。这样一个大英雄，生了六七个女儿，而且还和他一样黑，再努力也没有生出一个儿子，这让英雄有些气短。更让他郁闷的是，他的一堆女儿生下的也大多是女孩。但他的女儿在村里都不容别人轻看，有的是村干部，有的做了老师，就是当农民嫁的都非等闲之辈，在村里也是生活富足、说话掷地有声的人。有人说，伊德力斯家族在村里劳道得很，我想，不仅仅是他长得霸气。

每次到帕太姆家门口，都能看到这个老人拄着手杖几乎是瘫坐在那里晒太阳，满脸悲戚。她与一个儿子相依为命，吃着低保，她家院子里堆着垃圾，没有烟火气，甚至没有一棵像样的大树，一看就是日子过得很窘迫。村里乡亲提起她没有几句好话，并不同情她。一位老人告诉我，这个老太太年轻时可是个厉害的茬，浑身是刺，对人痛下狠手毫不留情。帕太姆后来成家有了儿子、女儿，孩子秉性做派都随她了，一群儿女如法炮制了帕太姆对待自己父母的态度和做法。风烛残年的她得不到善待，儿女很少上门来看望她。她是否在暖暖的太阳下回忆起过往？

阿不都热西提是村里有名的木匠，有一手祖传手艺。从他家的院落和住房就可以看出其职业特点，且生活富足。院子收拾得整齐干净，花草弥漫，藤蔓缠绕。房子盖得又高又大，木板条做顶，廊檐梁柱门窗精雕细刻，花纹多样，装饰繁复。他主要是做家用箱柜，还在镇上开了个木器店，村里白杨树是他取之不尽的原料，他家宽大的后院堆满了砍伐下来的树干。那些成形木器家具看上去很简陋，手艺也嫌粗糙，漆得大红大绿，喜庆而实用。据说销路还不错，还远销到莎车乃至喀什，适合这里的消费水平和审美情趣。他伸出骨节粗壮的大手拍了拍身上的木屑，说了一句朴素却靠谱的话：好好劳动嘛，抓饭包子啥都有呢！

第一次和司迪克在村里见面的时候，他居然掏出一张名片双手恭恭敬敬地递给我，令我有些小小的诧异。这个家伙挺着啤酒肚，几乎光秃的头上盖着几根落魄的头发，衣着干净整齐，身上还洒了香水，会说汉语，特别是会说恭维话：你们来了，我太高兴了，把我们家一个羊宰了，给我一个脸，房子里坐一下行不行？说不上是诚恳还是虚伪。他是一个包工头，在库尔勒干着一些小工程。他说，村里有的年轻人不愿种地，有的人宁可吃补助，也不愿去劳动。我带他们出去干活，盖房子、修路，让他们挣钱。但是这些"森扣"（牲口），他愤愤地骂道，这些"森扣"一发钱就跑了，吃肉喝酒去了，我的工程撂在那个地方没人管了。没钱了他们又回来了，你说，他们是啥东西？不是看在一个村子的份上，我才不用这些家伙。司迪克说着说着就愤怒了。

刚来到这里的时候，不适应这里有些咸硬的水，常闹肚子。一到夏天，那些跳蚤、蚊子以及说不上名来的小虫小咬，把我们当亲人，一点都不客气、不生疏。它们不愿意纠缠当地老乡，可能因为太熟悉了不好意思下嘴，就热烈地招惹我们这些可怜的外乡人。我的腰间、脚腕布满它们送来的红肿的礼物，无可奈何，却从来没见过这些小东西的真实面貌。时间抚慰着我们，改造了我们，使我的肠胃、我的心肠都坚硬起来，让我的身体、思想有了耐受力。乡亲们的厚道谦朴也通过平时的一碗酸奶、一篮杏子、一筐核桃、一个瓜，感染着我，触动着我，我们不像是初次相遇，更像是久别重逢。含沙带霜却又富有营养的日常生活，不断丰富我的见识，其实我们的脑子里有大片的荒漠。

田地里的麦子栉风沐雨，耐心而安静地成长，突然有一天就变成我们所期待的样子，腰肢柔软，金黄耀眼，空气中飘着麦香，荡漾着劳动的力量，"成长的真正力量隐含在麦子的颗粒里"，"疯子"凡·高的这句话一点都不疯，他看到了世间的秘密。收割季节可不等人，就几天的时光。大块的麦地需要收割机作业，收割机触不到的角角落落，就由人工挥镰上了。六月骄阳已然炎炎，太阳下烤一会儿就心潮起伏，汗流如注。有40多年没有摸过镰刀了，上次握镰刈麦还是在中学下乡学农的时候，此时镰刀掬在手上有点像和老朋友握手的感觉。我用拇指试了试刀锋，搂住麦秆，手起刀落，麦秆发出脆脆的断茬声，仿佛在啧啧称赞：宝刀不老。可毕竟不是青春无畏的年纪了，一垄割下来腰酸背痛，撑不了多长时间。我直起腰来擦一把汗，太阳高照，风拂麦浪，我好像看到了凡·高笔下阿尔的麦田，在金色的火焰中我感受大地的慷慨和丰厚的赏赐。

我有幸聆听过一次当地的木卡姆传人吟唱的木卡姆单曲。没有情绪的过渡，上来就高亢激昂，喷涌而出，"河流迅且浊，汤汤不可陵"，是那种不管不顾、拔地而起的节奏。那就是叶尔羌河汛期的河水，惊天拍岸，雄风浩荡。然而它的结束却是平缓柔软，一唱三叹，余音袅袅，辽阔而又辽远，如同大河在千里奔波、润泽四方之后，最终静悄悄地流进沙漠。

厨娘金花

开始我们驻村工作队还轮流排班做饭，渐渐地工作节奏越来越紧张，一个人要当作三个人用，请一个厨师管好肚皮势在必行。

我们请的第一个厨娘叫阿依努尔，细眉眼，深肤色，皮肤黑得不近人情。阿依努尔，月光之意，而在她脸上绽放的却是太阳的光芒，看不到月亮的皎洁。阿依努尔肤色虽深，做饭却清淡，除了咸盐，菜饭里绝少放酱醋调料之类，却也有滋有味。阿依努尔笑起来不露牙齿，高兴了，抿着嘴唇发出快乐的声音，再嗨一些就掩口胡噜而笑，憨态可掬。可能是牙齿太白，对比太强烈，也可能是牙床大了些需要掩饰，总之笑得妩媚而含蓄。阿依努尔不光笑得妩媚，做饭、收拾餐厅、擦擦洗洗都很勤快，待人接物也得体，除了和肤色同样稍重一点的体味，其他都让人无话可说。一次阿迪力江中暑想喝酸奶，阿依努尔说下午姐姐给你带些来。到了下午,阿迪力江见她两手空空地来了,问:酸奶呢?阿依努尔不慌不忙地把手伸进胸怀,取出两袋带着体温的酸奶交给了小兄弟。阿迪力江哭笑不得地皱着眉头调侃了一句。"哎,兄弟,胡里麻汤(稀里糊涂)的话不要说!"阿依努尔赶紧跑开,脸也肯定红了,但藏在深褐色皮肤下谁都没看出来。阿依努尔邀请了我们几次"到房子里面坐一下",她的意思是到她家去吃个饭:房子简单,饭菜简单,你们去了我就不简单。小卫说:你房子里的饭菜和这里不是一样嘛,都是你做的,都不简单,就算我们去过了。我们一再谢绝了她的好意,也没有为她"不简单"而成全她。为我们做饭不到半年,她要生孩子了,中断了工作,她的故事也终止了。

和工作一样不能耽搁的就是吃饭,需要尽快找一个厨娘。有村干部推荐了在村里护院值班的一名保安,叫阿勒彤古丽,金花的意思。先不说这位阿勒彤古丽饭做得怎样,光她漂亮芬芳的外表就让大家没什么意见,连试用都免了。漂亮女性总是让人很愉悦,我们都指望伟大的女性引领我们前进呢。阿勒彤古丽有一张欧洲人的脸,轮廓分明,五官精致,淡蓝色的眼珠和天然黄发使她俊俏又性感,稍稍收拾一下,苏菲·玛索的气质就出来了。如果在大城市，依她的外形条件，不是模特就是演员，只可惜生在了遥远的小村庄，让人嗟叹。

阿勒彤古丽一边值班值勤、干着保安工作，一边又系着围裙、挽着袖子兼职为工作队做饭。不知不觉两个多月过去了，直到有一天，上面因工作需要，将其调到另一个地方，阿勒彤古丽告别了我们的餐厅。回过头仔细想一想，才发现有那么些视而不见的问题。比如，做饭不按时，影响开饭时间。她在保安岗位值班，快到中午了才急匆匆赶到工作队餐厅开始做饭，好多次，我们和巴力一样，眼巴巴地坐在桌前等着赏饭。老刘每天帮厨，洗菜和面都提前做了准备，不然情况更不堪。因为保安值班工作，她没有更多时间打扫餐厅卫生，她的本职工作，别人都愉快地为她承担了。她每天下午还要到幼儿园接孩子，工作队除了管巴力这条狗的吃喝，还多了一个孩子吃饭。孩子和她妈一样漂亮，聪明伶俐惹人爱怜，每天一口饭的事情，大家觉得不是事情。她的保安同事对她非常不满，她的工作让别人承担了，她自己却兼了一份职，怎能会没意见？不光对她有意见，对工作队也是攒眉腹诽、散布流言。小伙子、大叔们每日餐秀饮丽，放松了对一个厨师的基本要求，对餐厅各项水准下降视而不见，真是色迷心窍啊。这个时候阿勒彤古丽调离了，大家也清醒了，有的矛盾也就自然化解了。

这时第三位厨娘隆重登场了，也叫阿勒彤古丽，又一朵灿灿的金花。这个金花我们都熟悉，是我们村"红歌队"的唱将，肤色白皙，体态丰满，是个杨贵妃般的美胖子。盛夏村里的大柳树下，红歌队练歌队伍里，她的体型最显眼，底气足，嗓门亮。六月底，红歌队到喀什市参加比赛，胖金花因身形庞大，演出服穿不进去，红歌赛没能上场。辛辛苦苦练唱了几个月，就等这一天登上梦想的辉煌舞台，却未能如愿，只能坐在台下看别人尽情歌唱。金花第一次后悔平时吃得太猛了，恨自己胖硕的身体，难过得吧嗒吧嗒直掉眼泪。

金花家境好，父亲麦麦提敏是村里的能人，在村委会门口开了一间本村最豪华的超市，家里还有拖拉机等各种农机具，收入不薄。麦麦提敏不种地，整天在村委会门口晃悠。春耕夏播秋收时节，他把自家的农机具出租，自己也亲自操，一年下来也是盆满钵满。金花生长在这样的家庭，衣食无忧，长成这样是水到渠成的事。金花刚20岁就嫁给了本村一小伙子，两家隔着一条路，这边高嗓子喊一声，那边就能听见。她男人阿不力孜瘦若冬日枯树，不多言语，沉默的眼睛下藏着许多心事。他家有两台大型拖拉机，或自己开，或出租。眼下农闲时节，没什么活儿干，老见阿不力孜蓬着头，穿着一件棕色皮衣，抱着两岁多的孩子瞎转悠。

金花是个勤快、爱干净的人，除了做饭，每天把餐厅里外、宿舍过道都打扫擦洗得干干净净，让大家很舒服。她做饭最拿手的是拉面、抓饭和薄皮包子等当地传统饮食。在家里伺候公婆，服侍丈夫，茶饭是拿得出手的。但架不住工作队里美食爱好者多，口味刁、厨艺好的不是一个两个。老刘是我们公认的大厨，吃得讲究，做得精细；阿迪力江的大盘鸡、大盘鱼水平可以开饭馆了；不轻易出手的小任土豆丝炒得那是一绝，要颜色有颜色，要味道有味道；亚雄能把吃狗粮的巴力训练得和他的口味一样什么都吃。所以，我们对金花有着更高的要求和期待。

古丽们做饭都是一样的，不放调料，让人口中淡出水来。如果放什么调料，就是油泼辣子，那是本地特产，不特别辣，贼香，可再香也是辣子啊。老刘义无反顾地承担起师傅的责任。花椒味精豆瓣酱，大葱小蒜黄生姜，各种调料一应俱全，活色生香。在不同的饭菜中添加不同的调料，让饭菜味道丰富起来，也让人生的味道丰富起来。吃拌面的菜不再是土豆白菜萝卜一锅烩，炒出的菜青是青，红是红，各有各的样子，各是各的味道。牛羊肉的做法不再是单一的清炖火烤，吃鱼也不光是切成块儿油炸。做不同的菜，用不同的办法，色香味营养的统一如果不是硬道理也是大道理。做菜吃饭方式的改变，也是观念、行为的改变。在几位大叔大哥的引导下，年轻金花的眼界在开阔，厨艺在长进。

老刘不光教金花做菜，还帮助金花学习汉语。金花在夜校学汉语、唱红歌，懂一点汉语，但还不能通畅交流。老刘下载了一款维汉双译的软件，在做饭的空隙拿着手机，两人你一句，我一句，茄子辣子、抓饭包子、劳动睡觉、幸福生活呜里哇啦地絮叨。金花还带了一本汉语初级教材，在餐厅劳动之余作孜孜不倦状。没过多久，老刘和金花就磕磕绊绊用杂糅的维汉双语相互听懂对方的意思了，芥末和白糖混在一起，味道怪异，可意思明白。我们要问金花的事情，主要靠老刘传递，金花要告诉我们的事情也经过老刘转述。

"逊达，亚呵西（很好）!"我们常常伸出大拇指热烈夸奖她，不仅仅夸她饭做得好，进步快，还另有所指。弟兄几个虽然理想远大，却也糟粕满腹。金花体格健壮，胸脯厚实，确实大，确实好，逊达，亚呵西！开始她还兴高采烈地"逊达，逊达"回应，后来发现这些大叔大哥们居心叵测，好像有些明白了热情夸赞后面的别有用心，

113

便不再马上回应，像巴力遇到生人投食一样，蹙眉思考，保持警惕，防止跌入陷阱。亚雄说，他喜欢金花的性格和工作态度，大伙儿便起哄逗她：亚雄说喜欢你，表个态吧？老刘给金花说：亚雄说，亚呵西，库热曼（喜欢你），她的脸一下红了起来，连连摇头：哎，老公有呐！不麦道（不行）……逗得大伙乐不可支。

天凉了，我们决定吃一次火锅。星期天老刘和阿迪力江去巴扎上采购了一堆食材，买来电磁炉和锅。晚上大伙围坐在一起，把金花也请来和我们一起涮锅。桌子中间，火锅欢快地冒着鲜红的热泡泡，各种菜肴七荤八素五颜六色堆满四周，一派过节的气氛。金花第一次以客人身份坐到桌前，她指着青菜蘑菇之类诧异地问：这个，羊一样吃吗？小卫说：哎，不一样，羊吃生的，我们吃熟的！这天晚上金花品尝了她从未吃过的美食，小卫问她：逊达，亚呵西吗？火锅有些辣，她一边吸溜着一边连连点头，还伸出大拇指：逊达亚呵西，逊达亚呵西！

确实很好！

木塔里甫和阿迪力江

时间的脚步真是比我们的想法还快啊。盛大的夏天到了，天蓝得不讲道理，虽然偶有沙尘调戏般地肆虐一下，但扛不住凛然正气的夏日阳光、空气和雨露。万物生长，不舍昼夜，不以物喜，不以人悲。村委会大院里的大柳树茂盛得超乎我们的想象，再也不是我们刚来时如阿迪力江头上的稀疏光景。

二月，春节刚过，我与木塔里甫、阿迪力江在冰天雪地里来到艾里西湖镇，入驻亚勒古孜塔勒村。我们是扶贫工作队的先头部队，不但要熟悉环境，进入角色，开展工作，还要收拾好房子，准备好吃喝，让后来的弟兄们一来就有家的感觉。一个月的时间，够我们忙活的，两个小伙子没让我失望。冰消雪融的时候，其他同志按时到达。他们可能想象不到，眼下干净、明亮、舒适的宿舍，一个月前和村里的羊圈差不多。

因为年轻，从他们身上看到的都是乐观昂扬，感受到的是青春气息和牛犊子一般的活力。从工作队宿舍窗口听去，木塔里甫正在大柳树下面给村里的青年教唱歌曲《祖国不会忘记》。歌声冲出树荫在暮霭中飘散，木塔里甫浑厚的声音回荡其中。阿迪力江刚刚给老乡送米、面、油回来，穿着 T 恤短裤凉鞋，光着头，车钥匙在手上转着圈，一副包工头的样子。他冲着木塔里甫喊了一嗓子：唱得好！百克亚呵西（非常好）！

这两位维吾尔族干部可是我们工作队的宝贝，有些工作离开他们就没法进行。熟练运用双语是他俩的强项，特别是阿迪力江的同声传译很厉害。在政策宣讲和各种会议中，他在我身边吧嗒吧嗒不停地传译我的声音，听到老乡鼓掌，不知是为我还是为他。有时不免狐疑，这是我说的吗？有没有他自己的私货？入户走访和村民打交道，更是少不了他的一根如簧巧舌。厅机关阿力木主任在一次文体活动中听了阿迪力江的现场翻译，啧啧称好：这小伙子可以，翻译得及时准确，很专业。主任的评价一下让我释然了。

木塔里甫则是严谨细致，工作有条理，这是职业做笔录带给他的好习惯。在脱贫攻坚入户走访中，他的访问记录最为规范，每件事都随手记下，问答分明，条理清晰。他的会议记录、工作日志也是一丝不苟，在维汉双语中自如转换。阿迪力江则年轻气盛，有点横行江湖、初生牛犊不怕虎的架势。村里的一个村民因受到欺凌，他和工作队员一起前去理论，遭到嘲讽，于是见到恶人压不住火，几乎要拳脚相向。在这件事上，阿迪力江不依不饶，在工作队的推动下，最终使那个骄横者受到有关部门查处。

木塔里甫长得很周正，黑眉毛，青下巴，有点像电视剧里的李云龙，颇有男人气概。他体毛重，胳膊上像戴着毛手套，胸毛也透过背心若隐若现。如果牙齿长得再整齐一点就更完美了。一次和村民座谈时，我指着木塔里甫说：我们这位同志就是从和田农村走出来的孩子，上了大学，进了国家机关工作。你们要抓好孩子的教育，只要努力学习，也有这种机会改变命运。木塔里甫如实传译了这段话，可下来后他对我说：哎，领导，我家不是农民家庭，我父亲是乡长，母亲是老师呢！我说，说你是农民的孩子，让乡亲们能看到眼前的榜样，让他们觉得没距离感。

木塔里甫和阿迪力江负责村里青年的文体活动和夜校的教育培训工作，不长时间就和村里青年打得火热，活动搞得风生水起。村里夜校经常都有他俩的身影和声音。他们还把支教的美女木尼拉老师拉来壮声势，又是教化妆，又是学打扮，搞得村里的姑娘们花红柳绿地聚在一起，暗香浮动，春光四溢。莎车是《十二木卡姆》的故乡，唱歌跳舞是这里人天生的强项，操琴可唱，起身便舞，这方面他们自信而自负。在一次联欢活动中，木塔里甫操起都塔尔，深情而又磁性的一嗓，惊艳四座，把请来的琴师歌手都弄得臊眉耷眼的。年轻姑娘、小伙那个兴奋，拍手呐喊，从来没这么放肆过。

阿迪力江和我成为同事之前，在企业摸爬滚打过一段时间，见过世面，头脑活，反应快。脑子用多了，头发就少了，聪明和机灵不可遏制地从脑门上闪闪发光地登陆。阿迪力江的孩子才三岁，夫妇二人同时到南疆驻村扶贫，他妻子在喀什市郊驻村，离我们这儿有200多公里。阿迪力江不但承担了我们工作队的翻译任务，每天晚上还要通过QQ、微信给老婆翻译材料，指导工作。有天早上他没按时起来吃早饭，睡眼惺忪、无精打采的样子，我问：怎么回事？翻译了一篇稿件，折腾了大半夜。我没有给你安排工作啊？是老婆安排的，你安排的我可以明天再干，老婆安排的不能过夜啊。每当有到喀什送人、出差的机会，他都会涎着脸央求：路上辛苦，让我去吧！谁不知他的心思？调侃一番后，大家都同意让他完成这艰巨的任务。每次从喀什回来后，阿迪力江都萎靡不振，呼呼大睡一场。小任眯着一双凤眼，同情且羡慕地说，真累了，好幸福。

木塔里甫是个爱学习的人，对新鲜事物保持着浓厚的兴趣和好奇。他喜欢弹琴唱歌，每天晚上都能听到他宿舍里嗯嗯啊啊的声音。一打听才知道，这小子在单位就是文艺骨干，所以能把村里的文化活动搞得有声有色。这次驻村，我专门带了一台高级相机，准备记录下人生难忘的一段经历。没想到这台相机成了木塔里甫的专用机，一有活动，他就牢牢抓在自己手上，人前人后地拍来照去。一有空，光圈啦、速度啦、构图啦，琢磨个没完。我不忍影响他的探求和爱好，只好启用另一部小相机，那部专业相机就让他去操练学习了。木塔里甫还对文字表达有着深厚的兴趣，坚持主动编写信息，还绕着圈请教如何写好一篇文章。一般来说，不是专门从事文字工作的，是不愿写材料的，费时耗神，更何况是少数民族运用汉语言文字进行表达。而木塔里甫以此为趣，以此为乐，他的汉语表达能力和水平也与日俱增。这份坚持和爱好也对得起他的名字——完美，全才。

阿迪力江见了孩子就想抱一下，无论是在老乡家中还是在幼儿园里。我拍了我们队员一些照片，我发现，阿迪力江和孩子在一起的照片最多。他喜欢孩子，是一个父亲思念女儿的真情流露，也是内心深处柔软的情结。他说，当他抱起和他女儿一样大的孩子的时候，觉得女儿就在身边，天使就在身边。这厮又爱老婆又想孩子，你能拿他怎么办？我觉得他离男神不远了，是个情种。

他俩都是那种外表粗犷、内心细腻的人，有一颗柔软、善良的心。到贫困户家走访，经常有不忍见到的情景，我们常常自己掏腰包给乡亲买米、面、油。要说谁对村民的情况最熟悉、和村民走得最近，非他二人莫属。我问他俩，驻村这么长时间有什么感受？木塔里甫想了一会儿说，哎，会太多了，一个月把在单位上一年的会都开完了，和群众深入接触时间还是少。阿迪力江说：这里乡镇干部比我们都厉害，办法有，脾气大。

工作队的午饭和晚饭是聘请了厨师做的，但早餐是工作队员每人每天轮值。队员个个都有看家本领：亚雄的野菜蛋汤，小任的青椒土豆丝，小卫的西红柿炒鸡蛋，老刘的烧奶茶……轮到木塔里甫了，他说，明天早上让大家吃个特色，一帮人雀跃期待。早餐上桌了，一盘砸开的核桃，几个干馕，一壶热茯茶。菜呢？这就是啊！谁也不能否认这就是特色，都默不作声吃了这顿"特色餐"，但谁在腹诽就不知道了。

而阿迪力江的厨艺可以和专业厨师媲美，这家伙开过餐厅。我们想改善生活，换个口味，全都指望阿迪力江系上围裙，拿起炒勺操练起来。当大盘鸡、大盘鱼、红烧羊肉摆满桌子，大家开始享受饕餮盛宴的时候，阿迪力江点上一根烟，拿起手巾一边擦汗，一边惬意地看着他的作品被赞扬，这时他的气质仿佛又回到了当年饭馆老板的样子。

日子像村委大院门前大渠里的水，静静地流着，不疾不缓，时而丰沛，时而浅涸。不知不觉夏收时节到了，我安排木塔里甫和阿迪力江统计一下村里缺劳动力、缺资金而不能及时收割的家庭的情况，有近20家。工作队决定帮扶这些困难家庭，联系好拖拉机、收割机，队员全体出动和老乡一起夏收。六月大燠，树青麦黄，在布谷鸟悦耳的叫声中，我们下地了。在收割机触不到的地方，弟兄们操起镰刀，挥洒汗水，把力量和感情倾力投入。在劳作中体验农民的辛苦，也分享收获的喜悦。

忙碌了一个夏天，很长时间没有歇息了。正好是周末，小卫提议，今晚弟兄们聚聚。阿迪力江当仁不让成为主厨，为大家整了一桌美餐。席间木塔里甫操起了都塔尔弹唱了一首又一首维吾尔族民歌，我听不懂歌词，但是能感受到深情和爱意。这时脑门儿闪闪发亮的阿迪力江搓着双手说，我也给大家唱首歌吧！俗话说：不会唱歌的司机不是好厨师，希望大家看到我多方面的才能。他唱的是儿童歌曲《一分钱》，每个过来人都耳熟能详：

> 我在马路边，捡到一分钱，把它交到警察叔叔手里边，叔叔拿着钱，对我把头点，我高兴地说了声：叔叔，再见！

阿迪力江是这么唱的：

> 我在马路上一分钱捡了，警察叔叔给下了，亚呵西（好，高兴）笑了，他也高兴了，我也高兴了，警察叔叔我跟前霍息（再见）再见了！

汉语词汇，维吾尔语句式，配以独特的语调，丰富的表情产生了奇妙的效果，那一刻两个民族的元素在一首儿歌里融合了。

聚会结束的时候，已是夜半时分。天墨月白，城里看不到这清澈的月亮和深邃的天空。

巴　力

巴力是一条淘汰下来的警犬。初春时分，它被迫放弃舒适安逸的生活，乘着火车从繁华都市来到遥远的僻乡陪伴我们。刚从铁笼子里出来的时候，巴力神情恍惚，眼中充满敌意，耳朵竖直，叫它狗有些贬低了，我们应该尊称它为犬。

我给我们的伙伴起了个名字：巴力。本来哥儿几个要把它叫成"虎子""大黄"之类，我觉得太土气，太一般。再怎么着，也是出身名门的昆明犬，一定要有一个和它身份气质相匹配的名字。巴力，叫起来上口，听上去和"巴黎"差不多，一听就是城里犬的气质。巴力明显和乡村土狗不一样，这是一条受过正规训练的良犬，外形匀称，体质结实，不屑与当地土狗抢食、嬉闹，不叫不喊，不怒自威。最主要是，这家伙养尊处优吃惯了专门加工的犬粮，剩菜剩饭决不沾，陌生人给的食品也绝不轻易下嘴，不食嗟来之食，搞得像贵族似的。

我们安排了人按时去县城为巴力买口粮。过了几日掐指一算，巴力每个月的伙食费快赶上我们了，得让这个家伙也转变作风，向本地乡村狗的生活看齐，坚决反对特殊化。于是尝试减少狗粮，掺和着喂。开始它只吃一些肉和骨头，剩菜剩饭仍然不沾，后来饿得不行了，就把食盆打翻，把里面的精犬粮挑着吃了，剩饭还是留下了。在吃的事情上，狗和人的智商是一样的。可是巴力还是抗不过人的执着，终于转变了作风，成了能吃饭菜的普通狗，一条有着德牧优良血统的昆明犬就这样沦落了。

巴力为我们站岗放哨，和我们一起巡夜，可以说是尽心尽责，是对得起那份狗粮的。它从不大声狂吠，也不仗势欺人，那是土狗干的事儿。当陌生人越过了它心里的警戒线，只是用低沉的声音发出警告，以威慑为主。巴力的辨识力很强，熟人和朋友，它见一次就记住了，目不斜视静静看着你走过它面前，看着你紧张兮兮的样子，它可能在心里嘲笑你。多次见面混熟了，就会轻轻地摇摇它漂亮的尾巴，相当于给你打招呼。

巴力7岁了，比照人的年龄相当于40多岁了，是大叔级的。它的牙齿已经不再锋利，牙龈老化，吃肉啃骨头都已经费力了，但仍然架子不倒，鼻面饱满，四肢俊秀，昂首挺拔。有一天我带巴力出去溜达，村委会门口一条年轻俊俏的小母狗欢天喜地地跟了上来，巴力没有了往日的矜持和自重，和小蹄子一路打情骂俏。突然巴力不听我的指令了，和小蹄子一路狂奔，怎么喊都不听，绝尘而去。我还幻想一会儿它会回到我身边，等了半小时还是没有踪影。倒不怕它会伤人，但会吓着人，特别是女人和孩子，还有就是这狗见了羊就莫名兴奋，追赶撕咬，我担心它把老乡家的羊给咬了。一路寻找，一路问老乡：有没有看到两条狗？终于有个老乡告诉我，看到两条狗跑到河对面的树林里去了。我费了很大劲追到河边树丛中，看到了不可描述的场景，这俩家伙正在恩恩爱爱地交配。从此以后，它们过上了没羞没臊的幸福生活，巴力在小蹄子面前总是低眉顺眼，以前的霸气、自尊荡然无存。我们在宿舍门前经常可见巴力和小蹄子秀恩爱。有人说，狗是人类最好的朋友，其实狗最好的朋友还是狗。

从大城市来到偏远农村，巴力对这里的生命形态充满了好奇。各种人见得多了，巴力甚至懒得吠叫一声，见了大大小小的动物则认真思考，思忖它们与自己的不同之处、可疑的长相以及谁的能力更强。见了和自己一般大，或比自己小的动物，如鸡、鸭、羊、牛犊，一般是主动出击，恶作剧吓唬小孩一样追逐一番，甚至穷追不舍，充满欺负弱小者的快感。一次，在树林里见到一群羊，巴力突然亢奋起来，赵子龙一般突入敌阵，左冲右突，厮杀起来。可怜的羊群不知遇上什么煞星，四散炸开，惊恐而逃，刚才明媚的阳光转瞬被暴力的阴云覆盖。见了比自己身架大的驴、牛等大牲口，巴力则停下对峙，观察半天，伺机试探性地攻击。那些大牲口是不怕狗的，它们才不管你有没有身份，吃的是不是皇粮。一次巴力在路边和一头黑驴相遇，双方不清楚对方底细，都高度紧张，耳朵紧竖，四目怒视。对峙了半天，巴力压低了腰身尝试进攻，没等到巴力动手，黑驴早有准备，它掉转身子，后臀高高抬起一记弹腿，巴力猝不及防，脸上重重遭一击，瞬时昏了过去，战斗就这么没有悬念地结束。回去路上，这高傲的家伙一直夹着尾巴，神情沮丧，步履慌乱。从此以后再也不敢在驴哥面前逞能，这一蹄子给了巴力足够的教训。

一天黄昏时分，我带着巴力出门了。上次，巴力被村里的黑驴哥教训了一顿，挨了重重一击，我想它可能心里有了阴影，不敢在大牲口跟前逞能了。然而，狗的心理真不好猜。我们走到一片收割后的庄稼地，薄雪轻覆，树木枯槁，一群乌鸦停在树枝上，像是在开会。突然巴力猫下了身子，耳朵竖了起来，这是发现了敌情！原来它远远地看到了核桃树下那头高大壮硕的黑驴哥。那哥们儿也看到了巴力，警觉地瞪眼竖耳，打着响鼻，发出不屑的声音。真是冤家路窄，仇雠相遇啊。我想上次受到大黑驴的袭击，巴力有可能会害怕，便牵着它站到离黑驴不远处停下观察。对峙了半天，黑驴哥长啸一声，四蹄奔腾，率先发起了冲锋。本来我以为那大黑驴是拴着的！更没想到这牲口能主动冲锋。

　　这时，巴力体现出一名警犬的优良品质和素质，沉着冷静，毫无惧色，与高大威猛的大黑驴扛上了。它挣脱了我牵着的链子，勇猛地向那个庞大的家伙冲了上去，顿时尘土飞扬，天昏地暗，田地肃杀，驴犬缠斗在一起，乌鸦惊叫着从树枝上纷纷飞起。大黑驴仗着身材高大，战术得当，一个回合下来，巴力挨了重重一蹄子，摔翻在地。受到重创的巴力没有畏惧，迅速爬起，伏身收尾再次伺机进攻。黑驴得胜一局，犟劲愈烈，穷追不舍，不但冲着巴力，还冲着我来了。巴力发出低沉的吼叫冲了上去，这一回合黑驴没占着便宜，鸣叫着跑开……我怕巴力咬伤黑驴不好向老乡交代，便招呼巴力回撤，巴力迅速撤回，匍匐在我面前等待指令，我决定不再恋战，带着巴力仓皇而逃。黑驴哥远远驻足，硕大的鼻孔喷着白气，不再追赶，它也领教了巴力的厉害。

离开了战场，我发现巴力的嘴角负伤，开了一个小口子，有鲜血流出。大黑驴看上去憨厚笨拙，不光会嘶喊鸣叫，还是有脾气有功夫的，人不可貌相，驴就可以吗？回去的路上我不断抚摸巴力的头，给它安慰和鼓励。巴力并不沮丧，表情肃穆，步履轻快，不断抬头用眼睛看着我，仿佛在说：没给你丢人吧？回来后，我饱饱喂了它一顿精粮。

巴力没有我想象的那么好，也没我想象的那么糟。它的苟且和勇敢，在粗粝生活的打磨下时而混浊，时而清晰。

二

盛夏时节，我又回到亚勒古孜塔勒村。一年的驻村工作结束后，我还有机会回到熟悉的乡村去看看。天上云卷云舒，地上影子疾走，饱满的雨滴突如其来把地面浮土砸出无数个小坑。期待的一场爽雨下得不够尽兴，地还没有湿透，雨滴已经无影无踪了。到了中午时分，阳光酷烈，流火熔金。

惦记着巴力，到村里第一个想着就是先看看它怎么样了。在村委会大院，远远地看到一群陌生人过来，巴力例行公事有气无力地吠喊几嗓子。突然好像在人群中认出了我，停止了叫唤，满腹狐疑怔了一下，把眼前这个道貌岸然的人过了一下狗脑子。我到了它跟前，它在我脚上嗅来嗅去好像在确认，然后尾巴热烈地摇起，狗嘴里呜呜咽咽带着委屈的哭腔，终于见到亲人了！接着就是把湿乎乎的嘴往我身上蹭，我一边躲着，一边告诫它，过了，过了！

我决定带巴力去田野溜溜。见我换牵绳，知道要出去，巴力像个孩子似的撒起娇来，又是躺，又是卧，发出快活的呻吟，好像青春期又来了。我原来是不怎么喜欢狗的，小时候被一条狼狗咬过，疤痕至今隐约可见，平时见到凶狗还是有些害怕。驻村期间，别无选择地和一条犬整日厮混在一起，改变了犬对我的看法，也改变了我对狗的态度，并和它成为朋友，还产生了莫名的感情。离开村子后，除了那里的兄弟、乡亲，最惦记的就是巴力这条狗。经常托人看望一下巴力，给它带些香肠之类的零食，让他们尽可能带巴力到田野里撒欢疯跑一会儿，遛遛腿，换换气，否则别人是没有时间和心情给它这个福利的。

一松手，巴力就迫不及待地冲出去，撒了个欢儿又转回来，欢快的眼神盯着我等待指令，我也煞有介事地令它坐下、卧倒，调教一番。巴力不知道多久没有这样屁颠屁颠地放纵了，它快活地跑在前面，不时扬起后腿在树桩或电线杆上撒一泡尿，留个记号，然后又跑开，在浮松的土路上扬画出一条烟尘。我带着巴力沿着熟悉的街道、林带、田地、果园、水渠重走一遍，一路上回味昨日的痕迹和气息。夏天的乡村在斑斓的色彩中起起伏伏，白杨林带遮天蔽日拱卫着乡村小道，林带下清凉的水渠分支分叉地引入庄稼地，田地里氤氲着潮气，田埂上荒草疯长，小路上浮土没脚。一切都是昨天的样子，才过了一个春夏秋冬，时光只是嘀嗒了一下，改变不了什么，但这一年的光阴里，却留下了最铭心而温暖的记忆。

在一水渠边停下，我要给巴力洗个澡。这家伙毛色混浊，周身散发着发馊的味道，不知道多久没洗澡了，太不讲究。印象中，一般狗都是喜欢戏水的，"狗刨"不就是狗游水嘛！不知巴力怎么回事，喜欢在尘土里打滚，不爱水，不爱洗澡，以前每次洗澡都要强迫利诱才就范。

我牵着脖绳，逼着巴力下水，它犹豫了一下，还算配合，拖拖拉拉地下到水渠里，水刚漫到它下颌处。水是刚从地下抽出来的，冰凉清澈。洗了有一分钟，巴力就不耐烦了，也许是水太冰了，受不了。这家伙从水里跃出，蜷身弓腰，狗躯一震，水珠四溅，舒舒服服地打了几个冷战，看样子爽了。再要将它往水里牵，却怎么都不肯了，该拒绝一定要拒绝，有点狗脾气。

一路上，巴力见到许多自己的老朋友：神闲气定的黄牛叔，脾气犟拗的黑驴哥，一脸无辜、小心翼翼的绵羊兄弟，以及昂头挺胸、装腔作势的花公鸡，当然还有艾买提、赛买提、努尔古丽、沙吾力等熟悉的乡亲。巴力用独特的方式分别打招呼，或互相瞪眼不服，或奔跑追逐一下，或摇摇尾巴示好。巴力的精气神明显不如去年了，声音不那么洪亮，毛色也不光滑明亮，正在脱毛，身上一块块板结像赖疤。我挺同情巴力的：日复一日苦守着一座房子，一条寂寞的链子把它和世界连接起来，伙食水平下降，也没有同类相伴。精神一委顿就没了威严感，有时为了一口狗粮连吃相都不顾了，让人感觉这家伙不行了。然而，人们还是轻看了这条良犬。巴力始终如一忠于主人，恪尽职守，有情有义，有原则，有底线，爱憎分明，是一条合格的犬。工作队驻地房门是它的绝对防线，任何未经认证的人，都别想跨过一步。除非有人告诉它此人可进，才会放你一马，否则，甭管你是谁都别想越雷池一步。我所知道的就有几个倒霉家伙，以为自己是有身份的人，没把这条看上去懒洋洋的狗放在眼里，擅自越界闯入，然后悲剧就发生了。巴力老嘴无情，几个家伙必须到县防疫站去打疫苗。

西边的太阳已经挂在树梢，跑了半天也累了，我在田埂上坐了下来。此时世界突然安静了，轻风拂过玉米地，摩挲出沙沙声响，一群鸟儿婉转啾啾地争吵，不知天上发生了什么事情。巴力不时用它湿湿的鼻子碰碰我，提醒是不是该走了。见没有走的意思，就伸展四肢卧在我旁边，瞪着一双狗眼看着远方，若有所思。我和巴力在荒草蔓延的田埂上坐了很久，忘记时间流逝，忘记繁复的生活和紧迫的节奏，有种千帆过尽的疲惫。此刻，彩霞满天，鸟语虫鸣，万千繁华，一地沧桑。

乡村植物

大柳树

那天早上，亚勒古孜塔勒村委会大院看上去和平常没什么异样。昨晚刚下了一场透雨，天空湛蓝，空气新鲜，阳光带着温暖的笑意，大院中央那棵大柳树在晨风中飒飒作响，周身散发着清香草木味。村里的一群青年男女从大柳树下集合完毕，刚刚散去。谁也想不到的是，意外就在宁静中悄悄来临。在一声巨大的轰响中，大柳树粗大的一半枝丫突然折断，像一个巨人被抽去了筋骨，没有征兆地倒了下来。幸好当时树下的人已经散去，不然一场祸患难免。

根据大树上的标牌显示，这棵树的生命始于1952年，算来有 65 年的历史了。这个村子叫"亚勒古孜塔勒"——译成汉语"独柳"——就是因为这棵大柳树。

60多年对一棵树来说算不上年长，但有足够多的故事发生。在一些老电影里，一个像样一点的村庄一定有一棵标志性的大树和一些传奇故事。《地道战》里高家庄的那棵老槐树，树上挂着一座巨大的铁钟，老钟叔发现鬼子进村了，疾跑到大树下拉响大钟给村里报警；《樱桃的滋味》里的那棵樱桃树则是美好生活的象征，那个要上吊自杀的男人，因为碰到甜美的樱桃而放弃了寻死。

初春时节，我们刚到村里的时候，一进村委会大院，最引人注目的就是这棵孤独的大柳树，直径两米许，两人环抱手不能拢，将军般矗立在大院中央。我还感叹了一下，竟然有这么一大棵树，一下子让我对这陌生的村庄有了好感。在寒风和薄雪中，这棵大树虬枝四展，树干粗粝，沟壑般的纹理像这里劳作的农人放大的脸。这么粗大的一个家伙，它应该和同伴在一起，组成蔚然的林带，趄趄于世。如今却独自兀立，被人们称为"独柳"，似有智慧的样子。在60多年的生长过程中，身边的同伴一个个都不知所终，只有它经风沙，沐雨雪，承阳光，长成了庞然大物，然后被人们圈供起来，成为村庄的标志和名称，是叶尔羌河边这个小村落生生不息的见证，也是这个小村庄的骄傲。

春风一过，大柳树绿芽初绽，一场春雨之后它迅速

134

被染绿，枝叶繁茂，攀天盖地，绿荫庞然，竟然超出了我的预期。一群蚂蚁在大树下开心又忙碌地奔波，浓密的枝叶里叫不上名的白背黑头鸟儿飞出飞进，不时有一块灰白色的鸟屎绽开在水泥凳上。一只硕鼠很不自信地爬出树洞，立起身来，双爪合拢，四处窥视一下，又赶紧隐遁。大树挡住了太阳的酷炙，婆娑的光影在浓密的树叶背后徘徊，它带给村里乡亲多少福泽啊。村民大会、文化活动、惠民资金发放都在这棵大树下面进行，来村委会办事的人也在这棵大树底下歇息。憨痴的吾斯曼每天都要来到村委会大院，打开水龙头认真地给这棵大树浇水，好像这是他的工作。浇完水后他就坐在树下凳子上，拿着一瓶水，不时看看蓝天，喝一口水。偶尔会对陌生人说：你还没有给我钱呢，快过节了，要给钱！我对这棵柳树也发出了不少赞美，向身边朋友介绍，在微信中发图炫耀，真是：半朽临风树，多情立马人。

然而我们相处还不到半年，它就不讲道理地发生了变故，一起连四季都没有走过呢缘分就断了？老乡说，柳树的寿命一般在 150 年，这么说来，它还正值壮年呢。它的"断臂"源于内部的朽烂，外面看上去粗壮凛然，然而树干里面已经被虫蚁噬食已久，早就发生病变，糟朽的枝干终于不堪茂密枝叶重压，轰然折戟断臂于盛夏。

柳树是文人常常赞咏的树种，它婀娜柔美的样子有些轻薄，适宜伤怀。酸腐文人的好词好句都是说给它的：杨柳依依，弱柳随风，袅袅古堤边，青青一树烟……所以它坚强不起来，好像也长错地方了，风慢日迟，拖烟拂水的地方才是它的所在。"杨柳岸，晓风残月"，既婀娜又落魄的情调实在是和这片粗犷的土地不搭。巴旦木、核桃树比它更适宜在这里生存，历经沧桑却不千疮百孔。和田市巴格其镇有棵500多年的核桃树，如今依然矍铄挺立，枝叶茂盛，质地坚硬，这才是这块土地上真正伟岸的树啊。

柳树折断之后，有人从安全考虑，要将残剩的树干彻底根除，以免枝干再次断裂，落下伤人。我们还是不忍让这棵伴随了乡亲们几十年的大树，在我们的眼皮底下和手中消失。最后的方案是，找来工匠把残枝清除，用钢铁支架把健康的枝干架起来。削去了一只臂膀，这棵大柳树得以苟延残喘，如今还能看到它巨大的树干矗立在那里，断裂处被蚁蚀的白癜很刺眼，顶上绿荫已稀疏，身下有数根杆子支撑。繁华尽收，不复当初，如家道败落的豪门，气质陡降，一副漏洞百出的窘样。

有时候，在残缺的柳树下，怀着悲伤的心情，看着不知悲伤的风物，不免会感叹一番，貌似生机勃勃的后面，有着怎样的不堪呢？我们的内心被锈蚀了的时候也是浑然不觉吧？曾经热情而充满生机的我们，昔年也是枝繁叶茂，十分牛气。然而，时光的毒手专宰无知无畏，毫不留情。仿佛一转身青春就没了，身体和魂魄渐渐被蚀空而不自知。人生还在跌跌撞撞中继续前行，不知哪一天，会不堪重负，折戟沉沙呢？人其实活不过一棵树。

柳树折了之后，我也莫名其妙地病了一场。进入七月，溽暑如期到来。那天中午吃过饭后，感觉不适，和外面发疯的天气一起发起高烧。那一晚又是出热汗，又是打冷战，一夜三遗稀黄，终于认认真真病了三天。

轰轰烈烈的夏天已到极致了，虽然依然酷热，但盛夏的全部热情快要耗尽了，微风中飒飒摇曳的大柳树还散播着清凉。吾斯曼坐在大柳树下面，拿着一瓶水，若有所思地一直抬头望着柳树折断的地方。

万寿菊

夏天是蓬勃的季节，生命在这个季节放肆而野蛮地扩张，大地在悄悄上升，庄稼、树木、鲜花、野草，都被这个饱满的季节席卷着走进辉煌。

麦子刚刚收割，金黄的麦茬在一片绿色的庄稼中燃烧；棉花的枝头上开了星星点点的红花、白花，青涩的棉桃还在蓄势；青葱的玉米株秆骄傲挺拔，平畴油绿，编织出浓密的青纱帐；橘红色的万寿菊像村里正值青春期的茹仙古丽，饱满明亮，正在张扬而蓬勃绽放。生命浩荡啊，这些庄稼活得比人自在，比人多彩，也比人从容。

火焰般燃烧的万寿菊，在夏日田野里格外夺目。大河边小村庄的人和地里的草一样低调，它们随遇而安、乐天知命，在风沙、泥土、阳光、雨水中伴随着庄稼耐心安然生长，不急不躁。万寿菊有着完全不同的气质，它本来就是从外面引进的，且扎根时间不长，在一片绿油油的庄稼地里绚烂夺目，分外张扬骚情。查了一下资料，万寿菊原产于中美洲、墨西哥一带。怪不得呢，它的气质和奔放的舞蹈、激越的足球、灼人的阳光是一路的。

村里引进万寿菊不过两三年，它主要是用来提取天然色素，用在食品、饲料、工业添加剂中，被称为软黄金。其生长环境和生长期和棉花差不多，耐旱、耐碱，可单位面积经济价值要比棉花高。侍弄它成长、收获也没有种棉花那么辛苦，因此，一经推广马上就普及，许多老乡都选择种它，是乡亲们脱贫增收的幸福花。每年夏秋，绿油油的田野里，总有金光灿灿的万寿菊兀立其中，独自燃烧，骄傲生长。

达吾提给我算了一笔账：他家有 12 亩地，其中一半用来种万寿菊，其他一半种棉花、玉米和小麦。他说，收购站收万寿菊每公斤 0. 95 元，一亩平均能收获 2000 元到 3000 元，一年下来光万寿菊的收入就上万元。和种植棉花一样，种万寿菊也要经过播种、铺膜、保湿、保墒、除草、间苗、打药、施肥、浇水、采摘等繁复的工序。从春到秋，这个过程偷一点懒，都开不出美丽的花来，那橘红金灿的火焰是用太阳下一滴滴咸涩的汗水点燃的。

到了六月中旬，万寿菊第一批次的采摘就开始了，一般可以采摘四到五次，一直到九月。金黄的花朵变为沉甸甸的收入，一年的生计就有了。我们到村里正好赶上第一批采摘。早上起来，天空堆着积云，难得气候凉爽，正好下地。达吾提家人手不足，雇人采摘每公斤 0. 25 元，一天下来要支付不少，成本大大增加，我们要帮这个忙。

前几天地里刚浇完一遍水，花骨朵怒放，笑靥迷人。我们十几人浩浩荡荡跨过田埂来到了达吾提家万寿菊盛开的田地里，每两人一组，沿着畦埂，张开蛇皮袋开始了工作。刚浇过水的地里，脚下有些湿泞。摘菊劳动不复杂，比摘棉花要简单，花朵高低就在腰间，不用下蹲弓腰，顺着田畴走过去，瞅准个头大的花朵，轻轻一折，茎枝发出清脆的声响，花头就下来了，正好撑满手心，饱满而柔软。那么热烈的花瓣握在手心竟有些凉意，嗅一下，不是那种浓烈的花香味，而有一种淡淡苦涩的艾草味，这和它的绚丽外表大相径庭。经过两个多小时的采摘，燃烧的菊花地里，只有星星点点的橘红色点缀在绿色茎叶之中了。"菊花残，遍地伤，你的笑容已泛黄"，歌里这样唱道。其实在广阔的田野里没有这么多伤感，阳光和心情在这个季节一样饱满。过不了几日这星星之火又会燃成一片金色，反复青了又黄，黄了又青，在冬天来临之前枯萎在田间，最终归于尘土。

万寿菊，从春到夏，酝酿了那么久，准备得那么辛苦，可灿烂绽放就那么几日。在短暂的时光里，它璀璨明丽，芳华尽现，带给世界惊鸿一瞥。这么饱满的生命形态，和村里那棵长了近百年的大柳树其实没有本质区别。

在树影交缠、浓荫拱卫的乡村道路上，不时会遇到一些电动三轮车、摩托车，满载着一袋一袋高过头顶的万寿菊从远处驶来。开车的往往都是年轻妇女，旁边坐着她的孩子。她们带着刚从地里收获的酬劳，满面风尘，神情安详，徐徐而行。开始收获了，扬尘的乡间小路，见证着人们的辛劳、欢喜和从容。

乡村女人

一

虽然窗外依然湛蓝，金黄的树叶在阳光下灿灿燃烧，但毕竟天凉了，早晨起来能感到深秋的寒意。布热比打发女儿来工作队，在一张纸上写了一些感谢的话，让我们看看是否合适，说要做一面锦旗送给我们。她女儿已出嫁到邻近乡镇，秋收时来家里帮忙。她告诉我们，新建的安居房电线已经布好，她母亲和弟弟从原来破旧昏暗的泥土屋迁到明亮的新房入住了。

布热比的丈夫刚去世不久，女儿出嫁，家里就她和上小学的儿子，一切都靠她操持。前两天，我们去她家走访的时候，发现新建的安居房还没有入住，问她为何不搬入新居，她说，最近一直忙着秋收，顾不上收拾家里，安居房的电线还没有布，所以迟迟未搬入。我马上

141

安排人，帮助她家尽快通电、通水，确保天气寒冷之前入住新居。

布热比是个勤劳的女人，她家种了 20 亩棉花，还套种了十几亩玉米、小麦。从播种到收获，地里的活、家里的事，都让这个瘦弱的女人承担了。来到村里，从春到秋，我第一次见证了那些棉花地从青苗儿垄到紫褐一片，再至白雪点点的成长过程。有时路过棉花地，可以看到把脸捂得严严实实的妇女在田里劳作，地上、大树下放着婴儿的摇床，旁边还有一辆电动摩托车。田地里几乎看不到男人，都是妇女在忙碌。男人们似乎不屑做田里的这些"小事"，他们更愿去外面打工，挣快钱。

我只是个旁观者，而布热比则像养育自己孩子一样，精心侍弄，百般用心，用一双粗粝的手抚摸着、呵护着它们成长。春天播下种子、覆盖上地膜后，就别想闲着了。过上几天先要蹲在地上把一株株棉芽挑出地膜，是慢工，又是细活，需要耐心，也需要力气，你的腰肌得好。然后是整枝、施肥、浇水，这些环节少了一项就别指望秋天白花花的收获。到了六七月份，天气炎热，庄稼开始疯长，棉枝已经过膝，这会儿是布热比最忙碌最辛苦的时候。要避开烈日曝晒，就得两头不见太阳，早晨顶着星星下地，晚上伴着月亮归来，在棉田里连续不断地弯腰、起身，掐芽、整枝，避免这些不听话的孩子尽长个头不结棉桃。

九月初，轻风吹来有些凉意的时候，第一株棉桃开始绽放了，收获近在咫尺。再下地三到四次，把白花花的棉花一兜一兜摘回来，明年的生计就都有了。那些日子布热比的脸更黑了，脸上被阳光灼得起了皮屑，每天摘棉要到天黑才回来。

我们决定帮助她一下。一大早，我们几人就到了布热比的棉花地，星星点点的棉桃懒洋洋地绽放，上面沾满了昨夜的露水。我们灰头土脸地在地里忙活了两个多小时，腰酸背疼的才摘满了三四个蛇皮袋。放眼望去还有那么大一片，什么时候才能摘完？我都为她发愁。布热比不太会说感激的活，只是不断地颔首抚胸，还宽慰我们说，已经快忙到头了，再摘两天这一轮就完了。今年的棉花价格不错，每亩棉花能收入 1000 元左右，算下来能有 2 万元左右的进款。这些钱除了还部分房贷和其他种地费用欠款，还有一些节余，她已经很满足了。

我发自内心地夸赞她，太能干了，也太不容易了。她说，我算不了什么，村里的布艾吉尔姐姐比我强多了。她说的布艾吉尔我知道，一位 40 岁出头的端庄挺拔的妇女，什么时候见到她，都面带微笑，有着和她年龄相称的自信和自尊。她家房子在另一条街上，宽大整洁，老房子和新的安居房严丝合缝地嵌在一起，廊檐环绕，华丽精致。院子里藤蔓缠绕，花草恣肆，黄泥地面上洒着水，散发着湿润的气息，一派居家过日子的安详。

布热比告诉我，布艾吉尔已经寡居15年了。布热比说，布艾吉尔和其他女人不一样，男人去世后，她一直没有改嫁，把三个孩子拉扯大，一直侍奉着年迈的公婆，日子过得有模有样。公公婆婆的家就在她的隔壁，其实她的公婆有三个儿子，儿孙成群，全部分户过着自己的小日子。养老的责任由寡居的儿媳承担起来。她说，这可不像进一趟巴扎那么轻松，很多人做不到的事情，布艾吉尔做到了，她比我强。布热比的话让我感慨，这些女人内心肯定有着某种力量，把自己和别人区别开来，在粗糙坚硬的生活下面，有一颗温柔而坚强的心。

布热比成天在田地里劳作，根本顾不上收拾打扮。她双手粗糙，满脸风霜，仿佛就是为吃苦而生的。但是内心的火焰时时在不经意处烁烁发光。每次到村委会参加集体活动，布热比都收拾得得体整洁，必然换上最好的衣服，有次我甚至闻到了她身上隐隐的香水味，和在田地里劳作的她完全不同，像换了一个人。从没有听到她抱怨过什么，她也没有主动说过自己有什么困难需要帮助。每次受到一点点帮助都让她感动不已，眼眶湿润，口中嘟嗫，头微摇不止，仿佛受了多大恩惠。一次在村里的文化联谊活动中，一名歌手深情的热瓦甫弹唱打动了她，我发现她泪流满面，以为发生了什么事。经阿迪力江翻译解释，才知道触景生情了。她抹了一下脸，有些腼腆地说，她想起了自己的男人，她男人的热瓦甫弹得很好，以前经常在家里给她弹琴唱歌。琴声和歌声能抚慰心灵，也是生活的给养……眼下，是丰收的季节，愿秋天的收获带给布热比宽慰，带给她秋天一样明亮的色彩。

村里偏远的一片沙土地上生长着一片胡杨树，春夏之时绿荫一片，还看不出它的独特之处，深秋时节走进林间，才感受到气象万千。胡杨落叶如黄金雨纷纷飘洒，又像簇簇火焰在清冽的秋天尽情燃烧，此时，阳光斑驳清朗，蓝天沉默高远。秋日灿阳也照进我心中幽暗的角落，让混浊的内心晴朗起来。这个季节容易让人感伤，也容易让人记住。

二

中午时分我们到了村里，正午的阳光穿过浓密的桑树荫，透过藤蔓缠绕的葡萄架，斑驳地洒落在布萨拉家的院子里。院子里空落落的，大门虚掩着。布萨拉一家是我去年驻村时结下的亲戚，每过一段时间，我就和同事们跋山涉水迢迢千里到村里看望亲戚，这已形成习惯。

布萨拉的儿子阿不都从屋子里出来，他说刚开着电瓶摩托车到村委会去接我，没见到人，没想到你们自己过来了。阿不都长得瘦高，唇有黄须，穿着牛仔裤，拿着手机，戴着耳机，神情迷离，普通话说得不错。他今年18岁了，在县里上职高，这两天回来休假。他父亲艾则孜是个手艺不错的泥瓦工，此时秋收刚过，正带了几个小工出去给人造房修墙，挣回一年的吃喝用度，这一干得两三个月。他说，妈妈一早去镇上职业培训班上课，晚上才能回来。他招呼我们住下，房子已经收拾干净，地上刚洒了水，并打扫过，铺盖都换了新的，一进屋就觉得温暖踏实。阿不都告诉我们，她妈妈知道我们今天到，叮嘱他收拾好房子，招呼好我们，下午等她下课回来一起吃饭。

傍晚时分，各家院落炊烟四起，氤氲缭绕。布萨拉回来了，她不爱说话，有些腼腆。和她一起来的还有一位小媳妇，肤色重，说话快，眼如葡萄，齿像石榴，兔子般机敏却一点都不认生。见了面先自我介绍：我是布萨拉的姐姐布祖拉，住在马路对面。今天听说亲戚来了，

146

我来帮助妹妹给你们做顿饭。我说，我们也帮忙一起做吧。姐妹俩表示不用：这是女人干的事情，你们坐在那里慢慢地喝茶。我们在技校学的就是厨师，今天尝尝我们的手艺。

生火、淘米、切菜，叮叮当当，姐妹俩忙活起来，一时间烟火缭绕，香味飘飘。不一会儿，饭就上桌了。主食米饭，炒了两个菜，一个是炒鸡蛋，土鸡蛋色泽金黄，味道鲜香；还有一个菜是大杂烩，将黑白木耳和一些奇奇怪怪的人造蟹棒、肉肠等烩在一起。一看便是经过厨师学艺的，火候、味道、色泽都在水平线上。只是食材凑合，没有牛羊肉，用"素鸡"之类的豆制品代替了。

我们一边吃饭，一边聊天，姐妹俩一个健谈，一个讷言，大多时候是伶牙俐齿的姐姐在说。她们说，为脱贫致富，广开就业门路，镇上安排村里的青年妇女在职业技术培训班学习缝纫、烹饪，她们姐妹俩都在烹饪班。从理论到操作要 50 天，结业后拿到合格证书可以推荐就业。每天课程安排得很紧张，一早去上课，晚上回来，中午不回来，培训班每天中午管一顿饭，可以专心学习不用操其他的心。除了大儿子在县上上职高，布萨拉的两个小孩都寄宿在学校，也不必太过牵挂。我问她：你们每天中午伙食怎么样，有肉吃吗？她说，有呢，主要是鸡肉和鹅肉，牛羊肉很少。眼下牛羊肉一公斤 60 多块钱，不是天天能吃到的。我对布萨拉说，今天你们请我们吃这么丰盛的晚餐，明天是巴扎日，我们也要请你们一家到巴扎上吃顿饭，你们可以中午课间休息时过来，请一定不要拒绝。

这顿饭吃了很长时间，外面已经漆黑一片，风吹树动，灯光如豆，乡村夜晚寂静如深渊。

乡村故事

一

　　到老乡家走访的时候，小孩子们都会围过来，"你好，你好"地叫个不停，这是他们在幼儿园里学到的基本汉语，仿佛要在我们身上检验一下。有的还伸出小手来与你一握，你得俯下身子，一一回应，一个都不能敷衍。在闹腾的孩子中，我发现有一个四五岁的小孩没有凑过来，在后面瞪着大大的眼睛，双手抱在腹下，脸上有与年龄不符的忧郁。

　　原来这孩子得了疝气，脬卵子比羊蛋都大，小朋友都笑他胯下之物与众不同，这让他很不开心。问孩子家人，说去年就发现了，虽然有农村合作医疗保险和城乡医疗救助等惠民政策，但先期自己要垫付一大笔资金，且要到县医院做手术。他们都没出过门，也一下子拿不出那么多钱，再说现在又是农忙时节，这事就先搁下了。还有比孩子脬卵子更重要的事呢，反正一时半刻死不了人。这可不是小事，咱得管。不及时就医，以后会发展成啥样还真不好说。这么漂亮的一小男孩，裆里吊那么大一个家伙，不光吓人，遭人讪笑，自己肯定也不舒服。驻村工作队专门就孩子治疗事宜开了个会，决定先拿出一笔惠民资金垫付，等忙完了眼前的夏收，尽快送孩子去医院做手术。

工作队员阿迪力江自告奋勇，这事儿交给他了。这家伙除了爱跑外勤，还有就是喜欢孩子。在村里看到母亲抱着孩子，他都要把孩子接过来抱着玩一会儿。入户走访，口袋里一定装些糖果饼干之类的小食品散发给孩子，村里孩子见阿迪力江来了都特别兴奋，好像邻家大哥哥来了。那天，阿迪力江把车洗得干干净净，把努尔丁——那孩子叫努尔丁，以及他母亲接上，一起送到莎车县人民医院住院检查、做手术。哪知，一检查，小努尔丁还患有肺炎，需要先治好肺炎才能手术。工作队安排阿迪力江放下手上其他工作，集中精力完成这个最重要的任务。

正值暑日，热天烫地，连巴力这条狗都静卧在大树下吐着红舌一动不动。阿迪力江则像服了兴奋剂一般亢奋，穿着 T 恤、凉鞋，背着小包，满头冒着油汗，手拿一瓶冰水，三天两头开着车从村里往县医院跑。寻医生找护士，询问情况，安慰大人，哄逗小孩。每次去医院都不空手，又是买食品，又是买玩具，那么上心，像是自己的孩子。阿迪力江回来给我说：这孩子特爱吃汉堡，比我都能吃，每次买一个都不够。阿迪力江的孩子也正是这个年龄，推己及人，他把对自己孩子的爱意延伸到了小努尔丁的身上，人同此心啊。木塔里甫感慨地说：没想到包工头气质的阿迪力江还有这么多情细腻的一面。

过了一个多星期，小努尔丁的肺炎治好了，疝气手术顺利进行，一刀除去了是非根。又过了十来天，盛夏的熄灯号吹响了，天气已不那么酷热，阿迪力江开车把小努尔丁和陪护他的母亲从医院接回了家。回到家，一见小朋友，努尔丁就脱下裤子炫耀：没有了！没有了！那个东西没有了！

那天下了一场大雨。雨后，我们再次来到小努尔丁家的院子，他正和几个小朋友嬉戏打闹。阿迪力江上前和他说了些什么，他一脸灿烂，如院子里盛开的丁香牡丹。阿迪力江告诉我们，小努尔丁说，再也没有小朋友笑话他了。

被雨洗过的土地，长满了快乐。

二

自治区南疆扶贫办的一位女同志来我们村调研扶贫工作时，给我讲了一件她亲身经历、并让她内心涌起波澜的事。她懂维吾尔语，以下是她讲的故事：

那天我们几个到一户农家走访。男人外出干活去了，家里只有女人和小孩。女主人30来岁的样子，见生人来有些拘谨。我们进了院子，她忙不迭地从屋子里拿出五彩缤纷的棉垫，铺在院子的"苏帕"（土坑）上，请我们坐下。然后又拿来核桃、巴旦木等干果，并用小刀敲开，递到我面前。接过盘子的时候，我的手和她的手在一起形成了鲜明对照。虽然生长在城市，但做饭洗衣等家务活我没少干，我的手根本谈不上细皮嫩肉，但那双粗糙的手和我的手放在一起的时候，对比太强烈了。如果用核桃来比喻，一个是七月刚挂果的青皮核桃，一个是摘下后除了青皮的熟核桃。那双手粗粝黝黑，青筋隐现，长长的指甲满是泥垢，不像是一个女人的手。在这背后有多少辛劳，又是怎样一种潦草的生活状态？我心里突然涌起一种说不清的感受，有些心酸，又有些不安，还有些惭愧，甚至想到了艰巨的扶贫任务。

我说，我帮你剪一下指甲吧。拿出随身带的指甲刀，拉过她的手，放在我的膝盖上，一边和她拉家常，一边帮她修剪指甲。聊着聊着，她不说话了，一抬头我发现她流眼泪了。我说错什么了吗？她摇摇头，不说话，只是紧紧地抓住了我的双手。我不知说什么好，用手轻轻拍拍她的肩膀。

我的包里带了一些自己用的护手霜、擦脸油之类的化妆品。告别的时候，我把这些东西全部留给了她，告诉她怎么使用，并叮嘱她要用起来，要有新的生活面貌，脱贫首先要从精神上改变。临出门，她让我们等一下，从屋子里拿出一袋核桃，一袋巴旦木，执意要让我们带上。挥手告别时，她站在布满绿荫的葡萄藤下仍然泪眼婆娑，不能自已。

其实我觉得自己做的是极平常、极普通的事情，没有刻意，不为作秀。一点小小的善意，能够从内心打动她，是我没有想到的。我们的脱贫攻坚任务、我们的群众工作，何尝不是从一点一滴做起，积小善而成大德的。设身处地，将心比心，平等相待，真心为民，老百姓一定会认同你的。

听完讲述，我觉得她说得真好，做得更好。阳光在哪儿，温暖就在哪儿。

三

　　农民工一般是指从农村出去，到城镇做工的人。这个农民工却是从城里来到农村承包种地的。

　　他承包的地和住的地方，在离村子十来里地的一片沙碛地上，开车去需要 10 分钟左右。出了村庄，在主干道边一沙包上有一开出来的简易道路，顺着高低不平弯弯曲曲的沙土路进去，远远就看到了兀立荒地上的大宅。一个高墙大院，里有四五间房子，两扇高大的铁门，院里院外各拴有一条凶恶的大狗，见人来狂吠不已，比我们工作队的那个巴力凶多了。房子里面有些凌乱，但各种生活设施齐全，是要在这过日子的架势。大院旁边是一个篮球场大小的水塘，旁边搭了一个简易棚子，下面停着一台大型拖拉机和一辆越野车。

　　老板长得很结实，黑红脸膛，身体壮硕，却有一个婀娜的名字：姚梦省，听上去像是一个女明星。他穿了一件老头衫、大裤衩，脖子上挂了一条毛巾，见我们来了，喝住吠犬，招呼进屋，让老婆切瓜倒水，不见外地聊了起来。这个老姚可不简单，河南驻马店人，几年前千里迢迢来到这个偏远之地，和其他几个老乡通过土地

154

流转协议，合伙承包了村集体和村里百姓名下的千亩荒地，开垦耕种，打机井、挖水塘、修滴灌，前后投入资金400多万元。我们恭维他，投入这么多钱开荒种地，你是个大老板啊。他嘴一咧：咦，说啥嘞，咱就是个农民工！

他老婆一看也是个精明能干的人，壮身躯，大嗓门，快人快语，一边忙活，一边抱怨：可不就是个农民工嘛！这辈子跟了他可亏了！我被他诓来的，说啥规模农业，机会大好，能挣大钱，可邪乎。来了一看，才知是戈壁滩上种树、种棉，一年四季困在荒滩上，风吹日晒，费灯熬油，走都走不脱，一点钱全都砸在这儿了。干点啥不好，偏要种地，从老家地上出来，到这又回到地上，这是啥事儿？老在做梦，啥时候能醒来？老姚嘿嘿一笑说，我就是种地出身，心里有数。这个地方土地多，日光充足，水源丰富，沙地下面打上几米就出水，你看我打的水塘，不光蓄水浇地，还能养鱼。一边说，一边摇着头，嘴里还啧啧着：唉，这儿的人守着这么一大片土地，却不知道去开发，还是贫困村，你说这是咋回事儿？

老姚以前是做建材、五金材料生意的，把生意做到这里后，发现有大片大片的荒地可以开垦耕种。和几个一起做生意的老乡做了充分调研评估后，决定来这里包地开荒。他掰着手指头给我算账：种棉花、种小麦国家都有补贴，收购也有补贴，只要肯吃苦，会经营，规模化种地是可以赚钱的，但先期投入大，要能扛得住，政策还不能变。

老姚开垦的是村里的沙碛地，离村庄很远，村里没有人在这里耕作。他每年要给乡镇和村里交一笔承包费，雇用本村村民田间管理、收摘，农忙时人多一些，农闲时就一两人，也帮助他们脱贫。老姚说，这儿的老乡老实，干活不惜力，叫干啥就干啥，就是不太动脑子，也不热心挣钱致富，钱够花就行，没有动力。这样子面貌怎么改变呢？

四五年过去了，经过排碱、深耕、施肥，眼下沙地已改造成良田。还打了多眼机井，蓄水于塘，用上了滴灌技术，细小的水管把淙淙水流送到每一株植物下面。眼下棉花快到了采摘时节，田地里棉桃已经吐出白花，星星点点闪亮在田野；田畦间种的核桃树苗已经有小孩那么高了，翠绿苗壮，在黄沙地里格外耀眼；大红枣已经挂果，红绿相间挂在枝头，隐藏在绿叶之中，让人忍不住要摘下尝一尝。老姚说，前两年没完没了地朝沙地里扔钱，别说老婆了，一段时间扔得我都心慌。现在好了，最难的时候已经过去，开始有收益了，棉花、红枣现在都有收成，核桃再有两三年也开始收获了。我的全部家业和全部梦想都投到这里，没有退路了，必须往前走。只要政策不变，回报肯定是丰厚的。我最担心的也是土地流转和承包政策有变。另外还有人眼红，吃苦的时候他看不到，要收获了，就有人挑事儿了。我挣上钱了，也把几户农民带着脱贫致富了，你说，这是不是也为脱贫攻坚做贡献了？

回报老姚的不光是一沓沓的票子，还有那一步步接近的亮闪闪的梦想，这个农民工靠谱！

离开的时候，老姚摘了几袋大红枣硬让我们带着。他说，这是我的劳动果实，能和大家分享心里才得劲。

行走大地

关于南京的片段

　　没去南京前，对南京的印象就是南京长江大桥。南京长江大桥建成之时，正好是我的少年时代，在电影、课本、画册里经常看到，桥头堡的红旗、工农兵塑像，都深深地刻在脑海中，那是一个时代的象征和印记。现在南京建起了多座跨江大桥，但最具标志性、广为人知的还是1968年建成的那座。第一次到南京，驱车行进在长江大桥上，脑海里立即闪现出"一桥飞架南北，天堑变通途"的诗句来。毛主席咏诵的是武汉长江大桥，放在南京也丝毫不走样，多少年来我一直以为是说南京长江大桥呢。

　　南京给我留下很好的印象。我喜欢这个城市，时尚、包容，充满着文化气息。这个被称为六朝古都的地方，历史悠久，文化深厚，随处都是古迹。走过南京的城墙和城门，不由得会被一种怀旧情绪所笼罩。《儒林外史》

中描绘的秦淮河、城南的夫子庙，至今还是那个样子。南京还是个悲情之城，历史上在南京建立的政权都是偏安短命王朝，繁华和破败在这块土地上轮番上演。生活在这里的人是不是有些听天由命的性格呢？反正，我认识的几个南京朋友都有这种气质和特点。做事不紧不慢，柔软中带着刚劲，心态开放又包容。

认识的第一个南京的朋友是蔺君，我第一次到南京，开始接触南京，了解南方人的脾性就是从蔺君开始的。蔺君上海戏剧学院毕业，一直做影视制片，家在南京，漂在北京。南京繁盛金粉留不住他不羁的心，他早早就别妻离子到北京发展打拼。他是那种内心宏阔、精神逍遥、灵魂自由的人，骨子里是艺术家气质，但外表上看又像个江湖大哥。他长着一颗硕大的脑袋，有一副魁伟的身板，头开始谢顶，索性留着光头。其实在粗粝的外表下，南方人心思缜密、敏锐细致、生活精致的优点他都具备。我和他相识20多年了，没有利益相交，没有过命的交情，就是投契，对电影的热爱、相近的趣味，使我俩"臭味相投"，不可遏制。平常难得见一面，偶有出差，总会联系，一见面就有说不完的话题，常有新鲜感。有的人认识时间长了也就是个熟人，而蔺君是可以称作朋友的，是那种淡如清流的君子之交，是那种相见亦无事、不见常念起的朋友。现在蔺君在他的圈子里也是小有名气。有他参与制作的影视片在电视上播映，我就坚持看完，我是在看朋友的心思和成就，让他的快乐不缺观众。

南京的空气里都残存着六朝世家流韵，当年大才子袁枚择南京而居是因"爱住金陵为六朝"。我认识的一些南京朋友在精神上确有名士之风，可以感受到他们身上的儒雅闲适之气。走在南京的街上，有时你会惊喜地发现胡小石、林散之等大名鼎鼎的书家题写的牌匾、市招。其实南京的公务人员、老师乃至引车卖浆者，在书画、诗词方面都有出手不凡的人，如吴敬梓所言："菜佣酒保，都有六朝烟水气。"老孙是在援疆挂职时我结识的一个朋友，玉树临风，清秀俊朗，一派儒雅。他写一笔好书法，古朴有调，功力深厚。有一次去南京和他联系，他告诉我，正在办一个书画展，让我直接到展厅去。按照他给我的方位，在一个商厦高层找到了展厅，展厅悬挂着书法和美术作品，老孙正在自己的作品前接待访客。这是他和几位书画界朋友联合举办的书画展。我不是圈里人，不太懂书画，可我觉得能够办书画展的人，一定是达到一定水准、在业界有影响，才敢向公众出示自己的成果。他的摄影水平也是不一般的，被无数人拍遍了的山山水水，在他的镜头中仍惊艳袭人。老孙援疆到伊犁挂职三年，工作没有耽误，收获满满。工作之余遍览伊犁美景，留下足迹，带走胜景，回去后就出版了一部摄影集。这部摄影集的独特之处在于：集摄影、书法、文学为一体，有文化的积淀，有学养，有灵气；创新之处也在于用书法、文学阐释摄影。这些东西是学不来的，因此，他的摄影作品就有了独特的品格和气质。他的微信很节制，发得不多，但凡发出，都是自己的书法和摄影作品，且很具艺术气质和品格，让人觉得他的主业就应该是文化艺术，身份应该是个艺术家。其实并非如此，这只是他业余的痴好。他在一个强力部门工作，还是个掌兵谋局的角色。提笔能生花，握枪可擒贼，看上去温文尔雅的老孙，骨子里潜藏着一种刚硬。所谓的"文武全才"就是指这样的人吧！

在南京，最能够触摸到的历史是民国的脉动和气息：总统府、新街口、马祥兴、长长的中山路、茂密的法国梧桐树等，都是民国留下的印记，时光流逝，风物犹在。尤其是在城区东郊，既有孙权陵、明孝陵，也有中山陵、灵谷塔等很多民国遗迹。还有一个不能忽视的地方是浦口火车站，在中国近代史上，浦口火车站是一个经常出现的地名，一座浦口火车站，半部南京近代史，我要去触摸一下它。有一次到了南京，我对朋友小张说，这次哪儿也不去，就去浦口火车站看看。小张说，那个地方破破烂烂没什么好看的，正在拆迁改造，还不如去栖霞山、阅江楼看看呢。他不知道我的心思，但还是带我去了。

我们在下关中山北路码头乘渡轮过江，这儿是一个重要的渡口，连接江南江北，也连接着过去和现在。而今交通便利，没有了当年走千山、过万水，风尘仆仆，羁旅行愁的艰难，也失去了"客路青山外，行舟绿水前"的意趣，朝发晚归，了无人在旅途的风尘感和行走快意。渡船不到 10 分钟就渡过大江，码头上锈迹斑驳，连接轮渡码头和车站的拱形雨廊还坚实地矗立着，遮风挡雨，长长地伸向月台。雨廊下，一些老人在下棋、聊天。破败而落寞的车站与繁华闹市的南京城隔江相望，喧嚣嘈杂都已随风飘逝。周边的大楼、电厂、煤港、邮局等老建筑斑驳陈旧，唯大道和月台两旁的法国梧桐和南京城里的大树一样，生机勃勃遮天蔽日，传递着昨日流韵。街道两旁的旅馆、饭店、店铺比邻紧挨，一派陈颓破败气息，恍然穿越到了 20 世纪 80 年代的疲惫时光。

浦口火车站在近代发生了许多重要历史事件，然而让大家最耳熟能详的莫过于朱自清的散文《背影》，读过这篇文章的人都忘不了父亲那胖胖的背影，忘不了浦口火车站那排栅栏和那个橘子。得到车站工作人员允许，我们穿过栅栏到了月台上。月台和雨廊风格接近，只不过是单柱在中间支撑，空旷寂静，好像一列火车轰轰烈烈刚开走，大地震颤之后，留下无尽的伤感落寞。月台下荒草萋萋，铁轨锈迹斑斑，岔道交叉纠缠，延伸，去向不明。这就是诗和远方吗？荣枯不须臾，盛衰有常数，风流总被雨打风吹去。

突然想和小张开个玩笑，我喊道：等我一下，我去买几个橘子！小张没反应过来，说，现在这里哪有橘子？商店都没有欸。我哈哈大笑，给他讲了月台上橘子的掌故。他明白过来，悻悻地说：这么说你占我便宜了？我们是兄弟欸！

南京的最南面有个高淳古镇。我熟悉这个地名是因为我钦佩的著名美学家高尔泰是高淳人。上大学期间他的美学著作《美是自由的象征》就给我巨大的思想冲击和启迪。我以为高尔泰是有风骨、有教养、思想深邃的中国人，他的《寻找家园》是我案头上经常翻阅的好书，常读常新。我也专门去了一趟高淳，感受了一下古镇的风貌，体会高尔泰先生笔下的家乡风情。这儿重点说的不是这个，我要说的是：高淳有个固城湖，固城湖有大闸蟹，南京人说固城湖的大闸蟹可以和阳澄湖大闸蟹媲美。我特别不理解南方人对大闸蟹那种痴心热爱，"不食螃蟹辜负腹"。听过这样一个段子：一上海人乘火车到南京，一路上用一根牙签吃一只大闸蟹，火车到了南京，他享了一路的口福，末了那只蟹壳还完整地保留下来。这种享乐和精细我体会不到，也理解不了。在我看来，这东西太鸡肋了，浑身硬壳，没有几两肉，一股子腥气，形式大于内容，吃的时候不小心还会把嘴划烂，总之，我对这种美食没有特别喜好。离开南京的时候，小张非要给我带几箱固城湖的大闸蟹，说是马上中秋节到了，正是吃螃蟹的时候，顺口还来了一句诗："对兹佳品酬佳节，桂拂清风菊带霜"，还说，和阳澄湖大闸蟹没什么区别，蛮摆嘀（挺好的)！我左拒右挡都不能让小张罢休，没法拒绝，就说实在要带点礼物就带只盐水鸭吧。小张说，盐水鸭要带，大闸蟹也要带，不带不可以的，阿晓得？好像今天不接受大闸蟹，我们之间的情分也没了。这个小杆子真是死心眼，可又是那么真诚实在。其实我是真的不喜欢那些张牙舞爪、"未游沧海早知名"的家伙。

要说在南京我最不能忍受的是什么，那一定是溽热。那年孩子到南京上学，我们两口子送她到学校，正是八月，火炉南京，热浪凶酷，空气仿佛都凝固了，没有一

167

丝风的流动，我们除了在空调车上，就是在空调房里，什么兴致都没有。我经历过吐鲁番的酷热，吐鲁番的热是太阳的灼烤，似万千条带火的钢针扎向你，一般皮肤是受不了那种炙烤的，汗珠在身上留不住，瞬间蒸发。但到了葡萄架下，甚至是一面有荫凉的墙下，便有沁凉漫泛开来。而南京的热是潮气逼人的桑拿天，湿热得让人喘不过气来，树底下更闷热，你无处可躲，身上湿漉漉，潮衫紧贴身，热得让人绝望，街面上任何一间店铺都离不开空调和风扇。真佩服南京人的勇气，他们是怎么挨过一个又一个溽热的夏天的？

风花雪月的大理

　　元月，新疆已是一片冰天雪地，从北国到南方的城市，像约定好了都躲藏在雾霾中不见天日。这个时候来到大理，如同穿越了一般，阳光明媚刺眼，气候温婉可人，真是令人神清气爽。

　　这些年东奔西走跑了不少地方，最喜欢的还是边疆地区，兄弟民族聚集的地方。我以为，美好都是在遥远的地方。这些地方除了民风淳朴，人心尚纯，自然生态还没有完全被糟蹋，尚有青山绿水，还有散发着迷人气息的多种文化形态，并且相互交融，特质鲜明锐利，又温和谦恭。

　　大理是著名的茶马古道枢纽，藏地文化、东南亚文化、中原文化、伊斯兰文化等在这里汇集融合，既有鲜明特征，又相互包容。在大理随处可见藏传佛教、汉传佛教和南传佛教的佛寺，随处可见隐在民居中的清真寺以及天主堂。在新疆也有一条丝绸之路，把东西方文明连接起来，把各个民族文化融合起来，形成一种新的特质文化。世界上那么多成熟的文明，在中国遥远的边疆相遇，使中华文明的内涵更加丰富多彩，因而这些遥远的地方充满了多样性的魅力。地处西南边疆的云南是这样的地方，地处西北边疆的新疆也是这样的地方。

到了大理才知晓"风花雪月"的解释是那么具体又那么浪漫，完全不是什么"爱情之事或花天酒地的荒淫生活"之类。曾央求新疆作家周涛先生给我留个墨宝，他写了一幅"风花雪月"，我还认为他在敷衍，随兴而书，现在看来是我的认知有问题。

大理人对家乡风花雪月的描述是一幅美丽的图景："下关风，上关花，苍山雪，洱海月"，迤逦苍劲，浪漫迷人。风花雪月的大理，地远天阔，山苍水秀。它在遥远的地方，但不荒芜边缘；古意盎然，又充满现代气息。天南地北的人蜂拥而至，却不显得过分喧闹。

离大理不远的丽江也是一座有魅力的历史文化名城，相比之下，大理更显得壮阔大气。一泓洱海，一脉苍山，有风的劲道，花的妩媚。更何况，大理有着唐宋时期的南诏国和大理国传承下来的丰厚的历史文化遗产，如雪一般，如月一般，岁岁年年飘映在今天。

在大理，随处可见白墙青瓦、串角飞檐、斗拱重叠的白族民居，充满了书卷气和多民族文化交融的芬芳。大理真是既适宜居住又适宜旅游的好地方。我接触的大理人，也和这里的气候一样，温润如春，谦和刚劲。黑红的脸蛋、艳丽的衣裳和好听的滇地口音，都让我对他们充满了好感。

那天中午，在古城一餐厅吃完饭后，我们转悠到街边的一间茶舍。一个女孩起身招呼：阿哥，来喝点茶，烤烤太阳。我说，我们不买茶。姑娘笑吟吟地说，没关系的，坐下喝点茶吧。

迷离的阳光和茶草香味在屋里弥漫，姑娘和茶香一样，周身散发着健康的气息。我们坐了下来，接过姑娘递过来的一盅一盅香茗，享受着窗外流进的阳光，仿佛在熟人家里一样。姑娘谦和和恰到好处的姿态让人很舒坦，我们在这个茶舍坐了很长时间。本来没想买茶，但走的时候，觉得有些歉疚，便毫不犹豫地买了姑娘推荐的一款茶。

走进一家户外用品店，店主是一个本地小伙子，脸上线条俊朗，有股精神气，却又很内敛。攀谈中得知，他在外面闯荡过，最后还是选择回到这里，过一种平静安生的生活。他一直谦和而耐心地和我们交流，并不在意会不会买他的东西。对于我们过分的讨价还价，他只是微笑地摇头。

大理古城石条铺的路两边，店铺、客栈、酒吧林立。更多是外地人，主要是年轻人来这里租赁经营，卖艺或实现艺术理想。这些人可能不仅仅是为了生存和挣钱，也许是为了一颗自由的燃烧的心，碰撞思想，寻找伊甸园；也许是为了实现远足他方、浪迹天涯的游侠梦想。纯粹为了一次艳遇也不一定。

少年无端爱风流，老来赋闲万事休，年轻时不折腾一把，老了会不会后悔？我感叹，要是再年轻十岁，我会不会像他们一样，对这里着迷向往。现在的我，身体每况愈下，力不从心，对远方不再憧憬，对出行不再兴奋，对陌生的景观不再惊奇。突然有种失落感袭来，我们年轻的时候怎么就没有这样的勇气和机会，背起背包无所畏惧地走出门去，由着性子做一回天涯浪子呢？

洱海东南角的金梭岛据说是洱海里最大的岛屿，住的都是白族渔民，他们除了下海捕鱼，还以航运砂石建筑材料为生计。给我留下较深印象的，是建在坡上的一座"完小"，校园不太大，朴素干净。白族建筑风格，高大门楼，雕梁画栋，飞檐翘角，两边是白色影壁，古色古香，门楣上有一匾"金梭岛完小"，恍然到了民国时代，我不知道还有哪些地方把小学称为"完小"。在蜿蜒起伏的小巷中，不时可以看到一个又一个戴着头饰、穿着民族服装的白族妇女，背着砂石料背篓，梗着脖子一阶一阶向上迈进，没有见到一个男人做这件事，白族妇女真是勤劳啊。岛上正在开发，沿海子已经或正在建设别墅或客栈，欲望打破了岛内的古朴宁静。

双廊古镇在大理东北部洱海边上。镇上街道、民居和政府机关都很陈旧破败。它又是个正在开发的工地，沿着水边已经建起或正在建"水景客栈"。到了双廊的时候天已黄昏，小镇只有一条街道，曲折逶迤，石板路映着夕阳斑驳陆离。三三两两的背包游客探头探脑地漫行。街上少有树木，绿色都被居民关在自己的院子里了。走过半掩的院门，可以窥见每家院落里绿意盎然，花红争艳。小街快走到头，朝右一拐沿巷走不远就到了新建成的水边餐厅、酒吧、客栈、别墅群一条街。这些建筑华丽多姿，装修豪华，倚水而立，和刚进镇的景象完全是两个世界。天已傍晚，远处苍山朦胧，洱海静谧，湖心岛屿上灯光绰约。据说灯光闪亮的那座高大建筑是著名舞蹈家杨丽萍的别墅。

在街上意外地碰到冯小刚，他被几个人簇拥着从对面走来，背着一双肩包，戴一棒球帽，一副老文青模样。

突然冒出要和他聊一聊电影的想法，表达一下我对他的电影的敬意。我知道这件事不会发生，仅是我的一个想法而已。我只是平静地上前打了个招呼：是冯小刚先生吗？他一边慢行着，一边朝我点着头：哎，哎……走进了路旁一家装修精致的小餐馆。几个小青年如同发现了仙迹，蜂拥般追了进去要签名，一会儿兴高采烈地奔出来，拿着小本欢呼激动。看着这些小青年兴奋欢快的样子，想起当年自己对电影的痴迷和热爱。我想要是倒回20年前，我也会不管不顾地冲上去，一定对他说几句话：我爱电影，爱对电影执着的电影人……那种决绝和激情已随风而逝，只在我的想象中。现在遗憾的是，当时没有及时和他留下一张合影，起码在我手中拍下一张冯小刚的照片。

我们住的客栈在一条小巷深处，临水而建。第二天，睡到自然醒，阳光从宽阔的落地窗穿进屋里，暖洋洋的，晒到身上，舒服惬意。清晨的太阳明丽刺眼，却不灼热。坐在阳台上，面对洱海，远眺苍山，晒着太阳，吹着轻风，沏一杯清香的普洱，看云卷云舒，真好。就这么住下去吧，远离红尘，宠辱皆忘。

隔壁房间住了两个年轻和尚，素衣绑腿，清癯安详。房间阳台只隔了一层玻璃，看到他们一个执书阅读，一个拿了个 iPad 在上面画画点点。心里嘀咕，和尚不去寺庙修行，也和我们俗人一样来这里享受啊？看来这里还真有点红尘之外的意思。但如此能修得"身如琉璃，内外明澈，净无瑕秽"的菩提吗？

这个明媚的早晨，我在一间看得见风景的房间，心如止水，思绪若云，想起了日本诗人宫泽贤治的一句诗：

不被赞扬

不用受苦

我只是想成为这样的人

初识南宁

离开乌鲁木齐的时候正是冰天雪地，唯恐穿少了冻着自己。到了南宁才觉得穿得臃肿，离开机场，路上剥笋子般一层层把赘衣脱下，到了住地，身上就剩一 T 恤衫了。

进入十二月，南宁的天一直阴着，淅淅沥沥下着雨，天气预报说，这是南宁 65 年来同期最冷的冬天，温度低于 10 摄氏度了。天啊，这就是最冷的冬天？基本上是乌鲁木齐深秋的温度。虽然不是北方典型的冬天气温，却是本地特有的"回南天"，潮湿阴冷，有的房子墙壁上都渗满了水珠，身上的衣服潮得要天天换洗。大街上绿树茂盛，鲜花恣肆，红绿相间，满地缤纷，人和植物在潮湿的空气中蓬勃成长，在大街上走一遭，身上都隐隐有草木清香。

初到南宁，让我感受到这个城市温情的，不光是冬天的温和的气候。南宁大街上的电动摩托车可能是省会城市最多的，特别是上下班高峰时候，金戈铁马洪流滚滚，蔚为大观。谁都知道电动车上路给交通管理带来的麻烦，芸芸平民百姓当然有权利使用便捷的出行工具。而一个把百姓的方便优先考虑的城市，不论什么季节都是让人感到温暖的。南宁的马路上有专门开辟的电动车专用道，红绿灯路口有专门停车等候的安全岛，商场门前有电动车停车场，它们占用了很多资源的同时，也提升了这个城市的文明程度。每当过斑马线的时候，都会有汽车停下来礼让，开始我以为是个别情况，没想到在任何时候，甚至在没有斑马线的时候，司机师傅都非常有耐心地停下车来让你先过。在纵横东西的民族大道的人行道路上，每行不远便有一专门供行人休息的座椅；路边随时可遇干净、精巧的公共卫生间。南宁公共卫生间是不收费的，并且有些卫生间建造得颇有格调，猛地看上去以为是咖啡厅或是茶室。这些细节让人感慨，什么是以人为本？它大写在南宁的马路上，它让南宁这个城市有了不一样的人情味，叫人无端喜欢。

让我喜欢的还有这个城市的书店。新华书店就不用说了，有时进入豪华商厦，与精致的书屋不期而遇，如"西西弗书店"、"涵芬楼"书馆、"概念书店"、"漓江书院"等，这些书屋典雅、精致、大气、有格调，不由得让人流连忘返，沉浸在书香氛围中。这个城市还有多少这样的书店我不知道，但这些书店一定在某些方面提升了南宁的文化品位。不知为什么我突然想起了红树林。在北海、钦州、防城港的海滩上生长着大片潮间带红的树林，那是一种常绿灌木和乔木群落。当地朋友告诉我，红树林对海水环境洁净度要求很高，稍有污染便会死亡。在红尘滚滚的商业中心经营特色书店，肯定不如热销时尚商品赚钱，但仍有人坚持这么做，关注心灵世界，经营精神家园，让我们对这个时代、这个城市抱有信心。在海边的人都知道，污浊的地方长不出红树林。

南宁福地，花开四季，绿树半城，通江达海，温润平和。早在宋朝，擅唱小曲的秦观就曾赞曰："鱼稻有如淮右，溪山宛类江南。"鱼米之乡怎么少得了吃呢？这座城市最具人气的一条街就是中山路美食街。有时晚上散步的时候就到了这里，看到熙熙攘攘的人流，不由得想起当年乌鲁木齐五一夜市的繁华缤纷。当地传统小吃、全国各地风味小吃，这里应有尽有，说是美食的天堂并不夸张。各种生蚝、扇贝、虾蟹等河鲜海鲜，各种米粉、烧烤、肠粉，各类热带水果、鲜榨果汁、甜品等五味杂陈的小吃摊，一街两行浩浩荡荡排列开来，伸向灯光的远方，点燃心中的味蕾。一些娇小美女，手里拿着本地被称为"酸野"的水果串边逛边吃，完全不顾吃相。当地有谚："美女难过酸野摊。"所谓"酸野"，是一种酸品，夜市和街巷到处都有摊点。它是把木瓜、菠萝、梨子、苹果、李子以及莲藕、芹菜、豆角、黄瓜等瓜果蔬菜切成块儿，放进大玻璃罐子，再用辣椒、白醋、白糖等兑水腌制，根据口味需求分别用竹签串成串，据说吃起来酸甜脆爽，是女孩子的最爱。狠吃不胖是多少姑娘们的梦想，有那么多的美食轰炸，南宁的姑娘仍然那么清瘦，真让天下姑娘羡慕嫉妒。

广西米粉更是天下闻名，以桂林米粉、柳州螺蛳粉和南宁老友粉最为盛名，普及程度相当于新疆人眼中的凉面和烤肉，"嗦粉"是当地人的日常享受。但无论他们如何嗜这一口，那隐隐约约莫名的酸腐味道，还是让我不能适应。我还是喜欢新疆炒米粉，那是一种改造过的、本地化的美食，一旦沾染，欲罢不能。最让人惊惧的是那些我闻所未闻、见所未见的"暗黑料理"：油炸蜈蚣、油炸蝎子、油炸蚂蚱、油炸蜻蜓等，那么不可一世、张牙舞爪的毒虫，还是毒不过人的一张嘴。夜市里充盈着海腥、油腥、臭豆腐味道，是当地特有的市井的气息和生活气息，在南宁过日子是有味道的。

我也吃了一次南宁美食：横切，也称鱼生，即生鱼片。以前以为生鱼片是日本料理，"刺身"便是。有幸去了一次距南宁市区近百公里的横县，到了横县才知道，中国人吃生鱼片的历史和《诗经》一样悠久，以两广为盛，号称"鱼生"。清人汪兆余有诗："冬至鱼生处处闻，鲜鱼脔切玉玲珑。一杯热酒聊消冷，犹是前朝食脍风。"《徐霞客游记》里记载了邕州鱼生吃法："乃取巨鱼细切为脍，置大碗中，以葱及姜丝与盐醋拌而食之，以为至味。"今天鱼生做法、吃法与几百年前并无不同。鱼是当地一条大河——郁河之鱼，片鱼需精细的刀工。鱼被切成蝉翼薄片，置于碟中；将生姜、香菜、小葱、紫苏、鱼腥草、柠檬叶等佐料切成细丝，以辣椒、蒜泥、酱油、醋、花生油做调料放入小碗搅匀。食用时，蘸上佐料和调料，与鱼生片一同入口，真的是味鲜可口，风味独特。与日本料理不同的是，鱼片更精细，不放芥末。美食让庸常的日子变得有意思，让人们对生活有了美妙的期盼，后来就成为一种最贴近老百姓的文化。

南宁是一座移民城市，多民族和谐共居，和这里的山水气候一样包容温和，人们在交流中说着大家都懂的南宁普通话，后缀着"咩""沃"等语气词，柔软妩媚，"不得"是我听到的表否定或不同意最温婉的用词。本地人个头普遍不高，精瘦居多，那么多美食佳肴也没使他们肥胖起来。我刚到南宁，就感受到当地"友仔"的浓浓情谊。阿民，工作中结识，经年累月交流沟通，喝茶、读书、品文玩，颇为投契，遂以友相待，联系不辍。我刚来南宁落脚，阿民闻讯携茶具、茶叶来晤。茶是六堡黑茶，壶是柴烧紫砂，无须沽酒，不必盛宴，一支熏香、几杯香茗足以慰风尘。阿民喝茶是喝出境界了的，可以说是真正懂茶、嗜茶之人，谈起茶来犹如马云谈互联网经济，极具深度。他不仅把茶作为谈资，坐而论道，还躬身实践，每年都到茶园选茶、动手做茶，还亲自烧陶制壶，把玩欣赏。每年我都能收到他寄来的亲手制作的黑茶饼，每当嗅着樟香味的六堡茶，眼前就浮现出胖乎乎、笑吟吟的阿民来。阿民外出都随身带着一个十分有民族特色、绣着锦花的背包，包里藏着大乾坤，茶叶、茶具、茶器一应俱全，随时可搞一个排场的茶道。在他看来喝茶是一件十分庄重的事情，就像对待朋友一样，要有仪式感，对水源、温度、环境、时间都几近苛求，如此才能对得起好茶和茶具，对得起朋友。在这种氛围中，喝到嘴里的茶仿佛有了情感和精神，一入口便在心中激荡弥漫起来。有人问他：整天背个大袋子不嫌麻烦？他说：喜欢就不怕麻烦。是啊，有人整天刷手机都不嫌麻烦，那是他太喜欢不能自拔了。阿民，来日方长，看我们如何把一壶茶喝出别样的境界，喝到地老天荒。

南宁有许多新疆人，见到他们感到很亲切。他们有的在这里创业、工作，有的在这里定居养老，直把他乡当故乡。岭南不再是瘴疠之地，"美丽南方"吸引着全国各地的人，也容得下天南地北的人。广西本地人也不再是"孤峭自喜，独成一家"（袁枚），在南宁市看不出谁是本地人，谁是外地人，包容、和谐使南国安宁。我住的地方离民族广场不远，每天晚饭后都要去广场散步。广场上各自成圈的老人、青年跳着广场舞；一群鸽子起起落落，飞累了落下，和几只麻雀一起吃着小朋友抛给它们的食粒。我突然发现，身为惊弓之鸟的麻雀，在这里竟然不怕人，给它喂食都快触到它了，它还是那么一派天真，顿感现实安稳，世界美好。

南宁藏龙卧虎，掌上明珠不定什么时候就拂去蒙尘闪闪发光。当年张艺谋、张军钊、肖风等中国第五代电影人就是在这里逆风飞扬，横空出世。《黄土地》《一个和八个》是那样惊世骇俗，重击人心，引领中国电影新潮流，把中国电影推向世界。广西电影制片厂的领导真是思想解放，爱才惜才，给了张艺谋、陈凯歌等年轻人出头的机会。还有那部广西电影制片厂出品的《血战台儿庄》，表达了对历史的温情与敬意。张军钊是从新疆走出去的导演，不幸的是他刚刚去世，他的作品《一个和八个》是第五代电影人开山之作，充满激烈的情感和汹涌的力量。南宁给了他们机会，他们也是广西的骄傲。

我将在南宁工作生活，对接纳我的这个美丽南方城市，送上我的祝福：温润南宁，美意延年。

桂林给我的惊喜

　　说起广西，许多人和我一样，第一个印象就是桂林山水，那简直就是广西的名片和符号。我了解桂林始于电影《刘三姐》，20 世纪 70 年代末这部电影复映，正是国家走向改革开放的时候，也是我从懵懂少年开始成长的时期。它打开了我柔软的心扉，感受人世间的美好。这部电影拍摄于 1963 年，故事是建立在阶级斗争的基础上的，但留在我脑海里的是美丽的山水，柔情的山歌，漂亮的三姐，还有酸腐的秀才。黄婉秋和《五朵金花》里的杨丽坤简直就是那个时代的女神，定格在脑海，岁月经年仍挥之不去。

　　若干年前第一次来到广西出差，是去桂林。乘船沿漓江到阳朔，"锦石奇峰次第开，清江碧溜百千回"（康有为），一路风光旖旎，美丽得让人晕醉。阳朔西街是典型的南方文化村镇，却洋溢着浓郁的西方情调。在我眼中，桂林就是这样一个秀丽多彩而精神饱满的地方。

有机会来广西工作，才认真领略了一下桂林的美。山水精致宛如盆景，小家碧玉温润可人，市区不大，两江四湖环绕全城。行走在桂林市区，没有大城市的感觉，楼宇不高，街道不宽，大桥很多，随时堵车。市区街道两边的树很密，散发着一股淡淡的清香，有人说，那是桂花香。

兴安县城有一座秦始皇塑像，这在关中秦地之外我还没有见到过，这是为纪念凿通南北、平定南越的一代君主而立的。早在秦代，秦始皇开凿灵渠，连通湘漓二水，举强兵征百越，设桂林、南海、象南越三郡，统一并治理岭南，桂林在那个时候就已经是岭南中心了。今天灵渠还在流淌，历史文化的余韵依然惠泽八桂大地。广西自元末设省以来，省会或治所一直在桂林，民国初年，旧桂系军阀陆荣廷一度将省会迁往自己的老家南宁，20多年后新桂系又重新迁回桂林。新中国成立后首府才又迁往南宁。桂林居广西中心久矣。

桂林市七星区漓江边有一家"新桂系酒店"，充满了民国风。大堂悬挂着一幅徐悲鸿创作于1936年的《广西三杰》巨幅油画复制品。李宗仁、白崇禧、黄旭初三人策马在桂林山水下，意气风发，踌躇满志，充满新气象。

徐悲鸿这幅画很有名，记录下了桂林曾经蓬勃的历史瞬间。20世纪30年代，新桂系首领李、白、黄以桂林为中心，治理广西。抗战时期，桂林成为中国的文化中心，大量具有全国影响力的文化人和文化机构涌进桂林。文化名人云集桂林，带来清新之风，形成了抗战文化，对以后桂林乃至广西的文化建设产生了重大影响。桂林被称为"抗战历史文化名城"也是名副其实，桂林人是有文化底气的。

桂林是中原文化与岭南文化交会点，水路交通便利，文化底蕴深厚，五方杂居，物阜仓实，好山好水尽收眼底，好吃好喝皆养佳人。生活在这样的地方，桂林人一定是有心理优越感的，自豪而自信。桂林人在广西被称为"桂林阔子"，说的是这儿的人富有，生活讲究。前些年，我曾经接待过到新疆游玩的几位广西朋友，其中两个桂林人就特别令人瞩目，倨傲自负，出手阔绰，口气比力气大，一副见过大世面的样子。当年青年才子袁枚从杭州投奔在桂林做师爷的叔叔，就看出桂林人与众不同之处："孤峭自喜，独成一家。"这让我想起新疆的伊犁人来，生活在天赐美景的河谷中，沃野见稻黍，遍山是牛羊，各民族文化交融涵养，使得这儿生活的人自信又自负。有时觉得他们特别浮夸，但又诚挚可爱，善于

186

自嘲，敢于承认不足。我想，桂林人和伊犁人如果在一起喝一次酒，一定会知音相遇，把酒共饮酣醉一场的。

桂林人讲西南官话，爽直、痛快。这和南宁人讲"南普"的慵懒、软绵完全不同。在梧州工作的冯局长牛高马大，结实健壮。第一次见面，因对工作看法相左，相互还没有熟悉他就和我抬起杠来，还说一口略带川腔的普通话。我判断他不是本地人，一问果然是桂林人。他说，到梧州工作十多年了，可以听懂当地白话，但至今不会讲。老冯健谈、开朗，很短时间就和我熟得像睡在上下铺的兄弟，仿佛我们认识了多年，这和在接触中普遍慢热型的广西其他地方的人还真不一样。桂林市公安局七星区分局的老马是个老警察了，从派出所干起，干过治安、交警、刑警、政保，虽然上了年纪，但仍然有着警察的机敏、干练，和你说着话，好像对着一个耳音不好的人在愉快地吵架。他身上既有警察特质，又有桂林人特有的火暴性格。想不到的是，老马的书法、治印也颇有水准，温良敦厚，雅致大气，笔下的艺术感觉与他的职业身份似乎不搭，和他滔滔不绝粗声大气的形象也不符。我当然很诚恳地向老马求了一幅字和一方篆刻，让我这个俗人来装点一下门面，附庸风雅。

和其他省份一样，广西也有一个师范大学，不过这个师范大学不在首府，而在桂林。广西师范大学在历史上曾经十分耀眼。20世纪30年代初建立，六次更名，八次迁址，40年代初成为"省立桂林师范学院"，继而升级为"国立桂林师范学院"。到今天为止前后算来有80多年的历史了。杨东莼、胡适、李四光、薛暮桥、陈望道等这些如雷贯耳的历史文化名人都曾在这里执教治学，可谓名师荟萃，底蕴深厚。我去靖江王府独秀峰游览，发现这里竟是该校的一个校区。王城校区有着千年文脉，曾是广西首座府学，后又在此设立乡试贡院。独秀苍苍，书声琅琅，该校校区放在这样一个文化底蕴丰厚的地方，也是聚山水灵气，承学仕风骨了。

桂林是国际化的旅游城市，有山水一样的包容和温柔。在桂林的街头不时可以看到新疆风味餐厅和特有的羊肉烧烤摊点。维吾尔族兄弟把家乡的美食带到这里，也把自己对新生活的憧憬和希望带到这里。"热合曼美食城""阿布都新疆特色美食"，看到这些熟悉的牌匾，让人恍然觉得走在乌鲁木齐的大街上。烤羊肉和大盘鸡的味道与酸米粉、炖老鸭的味道混杂在一起，飘散出异样的鲜香。

在桂林经商做生意的新疆维吾尔族乡亲是广西各地最集中、也是最多的。桂林用明丽山水一样的情怀包容接纳了这些远方的客人。我的这些乡亲，从干爽明亮的故土来到湿热潮闷的他乡，在南方的水汽潮瘴之中，又一次"掀起盖头来"打量世界，重塑自己的精神和身体。他们以独特的手艺和辛勤的劳作，在这里扎下根来。有的举家迁来，租下铺面，安居经营；更有的人在这里买下房子，娶妻生子，融入当地社会。有的人在这里经营生活了十多年，已经适应这里的气候、生活节奏和人际关系。他们和孩子在这里成长，说一口本地方言，过着舒适便捷的城市生活。他们离开家乡的那一刻，别离亲人，别离传统的生活，面临着新的嬗变，一定有酸楚惆怅和不舍。前面是美丽新世界？还是不可知的未来？但他们鼓起了勇气走了出来，走进婀娜美丽的山水，走进桂花飘香的街道，融入更宏大广阔的主流文化脉动之中。无论怎样，就如漓江的水一样，流动起来，生活才能清澈明亮起来，充满生机。祝福我的乡亲，愿你们有更安宁美好的生活。

桂林城区山水环绕，可我一直没能抽出时间好好游览品赏。在广西工作结束前，我一定要把桂林市两江四湖、大街小巷好好游玩一下，不能留下遗憾。

在广西学喝茶

　　这一两年对喝茶越来越上心了，陆陆续续置了青瓷紫器硬木盘等一堆茶具，还花了一笔不菲的钱，淘了些可心杯盏。也经常去茶市，装腔作势，挑挑拣拣，买些心仪的茶叶，貌似很懂的样子。浸淫久了，吃饭都可敷衍，喝茶决不马虎，以至每晚睡前不喝一壶都睡不踏实的。

　　长期在新疆生活，对茶的认识是单一的，醒悟得太晚。从小到大，茶留给我的印象就是那种盛在大壶里浓酽的茯茶，对茶的认知就是茯砖，那种产于湖南安化，大叶粗枝深褐色的黑茶，当年专供边疆的特需品。价格不高，味道醇厚，解腻消渴。无论在家吃饭还是在外用餐，基本上都是喝茯茶。在我的印象里，新疆大小餐厅吃饭前必定先上一壶茯茶，免费，让你一边喝着，一边等着饭菜。特别是出门行旅，走进一家馆子，吃饭前后喝上一壶浓酽的茯茶，足以慰风尘。小时候的记忆里，绿茶被称为"细茶"，和细粮同义，对应就是粗茶，平常人家不常喝，属高档精品。家里每当有客人来了才沏细茶。

新疆不产茶，但边疆各族人民离不开茶。食乳酪畜肉，无茶不消。很多时候喝的是奶茶，往往和吃饭连在一起。在北疆伊犁、塔城、阿勒泰等牧区，你走进哈萨克毡房，会喝到正宗的奶茶。一圈人围坐，旁边一位大婶或大嫂在擦得锃亮、烧得沸腾的"萨玛瓦尔"（铜茶炊）旁边为客人侍弄奶茶。正宗的哈萨克奶茶是这样烧的：先在一个锅里把鲜奶煮开，一碗一碗盛在碗里，再兑入熬好的浓酽的茯茶，再添加黄油、奶皮、盐，然后再用铜茶炊里的沸水冲兑，最后依次送到客人手中。像是另一种茶道，很有仪式感。如果简化程序，则是将烧好的鲜奶和煮好的奶茶掺兑在一起，再倒到每一只碗里，然后递给你。蒙古族煮奶茶、喝奶茶的方式和哈萨克的差不多，但要放炒米，也颇有特色。

南疆维吾尔族人喝奶茶与北疆明显不同，程序简单了许多。它是把茶烧好后，在壶里兑上鲜奶，再熬煮。喝奶茶是用大碗盛，不同于哈萨克族人用小碗。此外，维吾尔族人不似牧区哈萨克族人那样嗜喝奶茶，更多的是喝清茶。维吾尔族人对食品讲究"热性""凉性",一般认为凉性对人身体不好,都要凉热搭配平衡。对茶也是这样,以红茶、黑茶为主。他们喝茶往往要放冰糖、蜂蜜等配料。有时在维吾尔族朋友家里做客吃饭,茶碗用托盘送上来,条桌上摆满了茶伴侣:蜂蜜、冰糖、果汁、果酱、藏红花、玫瑰花,等等,让人眼花缭乱,不禁都想放一些尝尝。南疆最具特色的无疑是维吾尔药茶了。维吾尔药茶是用丁香、栀子、豆蔻、胡椒等中草药和香料配制,健脾养胃,调和身体,消食化疾。在南疆的巴扎上,随处都可以见到维药药摊,一个白胡子老人坐在那里,一袋一袋敞开的茴香、豆蔻等草药和香料,和老人一起如同文物一样散发着古老的气息。配制的茶叶都来自这些传统药材,都有一股浓郁的草药香料味道,甚至超过茶的味道。那年我在莎车县一个乡村驻村时,天天喝的就是这种药茶,喝久了身上都有股淡淡的蒿药味,时间长了就变成了一种味道浓郁的思恋。

喀什市老城有个百年老茶馆很有名,是游客打卡的地方,作为新疆人来说觉得并没有特别之处。茶馆是砖木结构二层楼的维吾尔族传统建筑,里面分割成大小不等的"苏帕"——低矮的木床,没有桌子,客人来了脱了鞋就在铺着地毯的"苏帕"上盘腿而坐。茶以茯茶、红茶为主，茶具也不讲究，一个搪瓷花壶，几只印花瓷碗，一盘冰糖放在眼前毯子上。来茶馆喝茶的差不多都是当地老人，盘腿围坐在一起，沏一壶茯茶，叫对门的烤包子店送上一盘热乎的烤包子或馕，啜着茶，就着馕，聊着天，消磨一个下午。茶馆里很安静，外面的喧嚣声不断传进来。茶馆服务的小伙子不多言语，不见推介茶品，搞什么茶道，风轻云淡地引座、添水，闲下来则袖着手坐在一旁的木床上打盹。

在广西我也品尝到了当地少数民族特有的茶品：油茶。桂北一带的侗、壮、瑶等少数民族，生活在高寒山区，喝油茶是为了御寒防病，千百年来形成的习俗。最有名的是桂林恭城油茶。在桂林市，当地朋友老马请我们到一家侗族人家开的油茶馆，品尝了正宗的油茶。喝茶前，老马如数家珍地详细介绍了油茶的做法和吃法。一般是先把茶叶炒热，用油爆香，放入适量生姜、盐、葱白略炒片刻后加水熬煮，其间用木槌反复敲打锅里的茶叶和配料，水煮开后，用文火再熬一会儿就成了。给我们端上来的一盆油茶已经是加工好的，分别舀入小碗，喝时配有小食品：炒花生、脆果、炒米、盐，等等。这种油茶味道辛辣，涩中含香，别有风味。

喝茶内容和方式的变化，也是生活方式的变化。现在新疆南北疆少数民族饮茶习惯也随着时代发展进步而发生变化，喝茶也从单纯消渴化腻驱寒祛暑，渐渐上升到回味留韵、调整心情、体味人生的精神层面上，茶的品质也在不断提高。作为一种文化风尚，喝茶悄然涌入了乌鲁木齐，以喝酒闻名的边城，人们都风雅地喝起茶来。茶舍、茶楼、茶城遍地开花，比酒吧都多。先是各种绿茶，后是铁观音、岩茶，再是普洱，绿红白黑走马灯般地轮换流行，也给人们选择的余地。喝茶的人多了起来，各种所谓茶道也兴起。一些茶楼、茶店经常可以看到身穿唐装的小伙和身穿旗袍的姑娘坐在茶海前烧水泡茶，念念叨叨什么"韩信点兵""关公巡营"，头头是道，煞有介事，把"一小撮茶叶末子，弄来弄去，折腾半天，无聊之极"——这是钱锺书说的，直戳要害。有的还与佛、禅联系起来，供个菩萨点炷香，扯茶禅一家什么的，好像喝个茶就不食人间烟火了，就闲云野鹤了。有人说，这是茶文化，是不是文化不知道，但肯定是一桩生意。

到了广西，我才迈入了喝茶的大门，广西的朋友对我之于茶的认识来了个全面启蒙。有时逢周末或节假日，朋友便张罗，约三五好友到一茶室，各自带来一些搜罗的好茶，还有刚淘得的泥陶瓷器、玉石文玩，相互品评鉴赏。通过以茶会友，我对茶的种类、产地、特性有了大致了解，也懂得从汤色、香型、口感、回甘、茶气诸方面去感知品鉴。喝茶影响着我的审美趣味和人生态度。通过喝茶，我对粗陋的生活方式有了观照和自省，体验人生之丰富和自然之妙趣。朋友们聚在一起时不再是酒肉陈桌，更多的是品茗喝茶，"同二三人共饮，得半日之闲，可抵十年的尘梦"，周先生说得极是。喝久了，人也似乎和当地的青山绿水一样风雅起来。有一次，一个朋友说约我喝早茶，却是摆了一桌子点心、菜肴，喝茶倒在次要了。这让我想起在新疆，有朋友请你吃饭，也说请你喝个茶。看来，喝茶的确比吃饭要风雅。

广西大江大河丰富，气候湿热，雨水丰沛，日照充足，北回归线横贯全区中部，适宜于茶生长，许多市县都产茶。我去过南宁附近的一座茶山，算是真正见识了茶园。大明山茶场，在去上林县的国道边，是一处观赏性的茶园。茶园里山峰连绵，云雾缭绕，青青茶树起起伏伏，修葺整齐，错落有致。游转一圈，茶香沁人，神清气爽。在这之前我只去过武夷山景区的茶园，没有眼前的规模和气势。横县是六堡茶的主要产地，既种植又加工，但横县更有名的是茉莉花。我曾在五月花开的季节去了一趟横县。因为茉莉花，横县成为茶叶集散地，并形成产业集群，吸引着全国各地茶商。他们把茶叶运到这里，用这里产的茉莉花窨制成茉莉花茶，再分发到四面八方。据说全国 80%的茉莉花茶产自横县。在我的认知里，只有毛尖、碧螺春、龙井等绿茶才是窨制茉莉花茶的原茶，到了横县才让我开了眼界。原来，滇红、普洱、六堡等红茶黑茶都可以窨制成茉莉花茶。对于花茶，有资深茶客说：茶里掺花，属"求雅不得的俗"，虽一时香气浮碗，却为一些茶人不屑。其实喜好什么都受地域和个人口味的影响，没有高下之分的，你喜欢吃海鲜我还爱吃羊肉呢。津京一带的人就特好茉莉花茶这口，称之为"香片"。你喝你的工夫茶，我喝我的茉莉花，喜欢就好。

广西最有名的莫过六堡茶，许多地方都生产制作六堡茶，南宁、梧州、桂林就有几家大的六堡茶生产厂家。让人疑惑了，六堡茶到底是因地名、茶种而得名，还是因它的加工工艺？我有机会去了梧州，到了六堡茶的故乡苍梧县六堡镇，对六堡茶的认识才算清晰起来。

六堡镇的名气和六堡茶极不匹配，到现在也没有建设得像模像样。一条小河穿过镇子，小镇有些破败，连个标志性的建筑都没有，"茶船古道"合口码头勉强算吧。当年与"茶马古道"齐名的"茶船古道"就是在这个小镇码头启程的。六堡产的茶叶通过水路一路辗转入贺江、转西江、进珠江，直到广州"十三行"，再出口南洋和世界各地，可以想见昔年这里舟楫往来熙熙攘攘的繁盛。如今的六堡合口街寥落寂寞，没有一点"当年曾经阔过"的大户人家的痕迹。

码头石堤上边有一棵大树，奇特的是这棵树上没有一片树叶，光秃秃的像没穿衣服的老人，瘦筋弱骨，经脉毕现。镇长告诉我：这是一棵香樟树，在这儿生长了一百多年，曾经绿荫蔽天，雄踞码头。去年这里发了一场大水，水位数十天不退，这棵标志性的大树竟淹死在水里了！在新疆戈壁滩上，我见过无数因缺水枯死的树木，我还是第一次听说，百年树木被水淹死了！世界真是奇妙，我的见识真是太少，没有树叶也能障目。合口码头的繁茂衰败，那棵香樟树的命运，某种程度上也是六堡茶兴衰沉浮的象征。

在六堡镇附近的一个茶厂，我们听了茶艺师的介绍和品尝，对传统六堡茶以及现在大众化的现代工艺六堡茶有了一个了解。

六堡茶属黑茶类，有生熟之分。熟茶作为现代工艺茶，因制作中渥堆等特殊工艺，在色、香、味、形等方面形成了独特品质，有人用"红、浓、陈、醇"来概括。经人工发酵，茶性变得温和，口感温顺，正宗一点的带

197

有松烟和槟榔味。我们平常接触较多的、广西各地产的六堡茶应该属于此类，即广义的六堡茶，也称为"厂家茶"。它的原料来自"苍梧县群体种、广西大中叶种及其分离选育的品种"——这是官方的说法，也就是说茶种不限于苍梧县。这类六堡茶更多体现在工艺上，是以标准生产和规模作业、快速发酵为特征的。据说普洱的渥堆技术还是源于六堡呢。

传统六堡茶，简单来说就是原产地六堡原种、有机种植和传统工艺制作的茶。不加水发酵，充分利用自然的天气条件渥堆，较一般现代工艺六堡生茶的渥堆时间长，也被称为"农家茶"。因此，我理解：六堡是地名，也是茶名。出在六堡的茶种当然是最正宗了。

在六堡镇一茶厂，我品尝了用传统工艺制作的正宗六堡生茶，果然不同凡响。茶的年份不长，茶叶条索油润，呈黑褐色，还有若有若无的一点绿意，泡出的茶汤橙黄，闻着清香，带有一丝板栗和槟榔香味。喝着顺滑，回甘醇厚绵长，有一种荒野草木气息在其中。这里喝的茶，完全没有市面上一些六堡茶特有的"陈仓味"，或者大家不愿说的霉味。这儿的茶老板说：那是忽悠人的，有霉味就是发霉了！

眼前的茶山，绿油油一片，它从青枝绿叶"一枪两三旗"，变身为黄亮深红的茶汤，经历了怎样的蜕变？摊青、杀青、揉捻、沤堆、干燥，经过时间风霜的淘洗，从生涩到成熟，才有了醇香厚重、陈酽庄重的品质。在春夏之交的某段时光里，它与跋山涉水、从天边而来，满目风霜、步履蹒跚的陌生人相遇，让我们的人生流年又一次波光潋滟，岁月漫长值得期待啊。天行有常，世间万事万物不都在经历这个过程吗？有个外国人把这个过程延伸得更长，似乎说得更透彻："生命好像茶一样，你越是深深地喝下去，你便越快要看到那杯底的渣滓了。"

广西茶有六堡，壶有坭兴，这两张名片让广西人颇感自豪。六堡茶据说有 1000 多年的历史了，盛名于嘉庆年间。"茶船古道"也是兴起于彼时。历史上黑茶类的如普洱茶、安化黑茶等，多销往祖国边疆，六堡茶则是外销茶，它在东南亚一带的影响，大于在中国内地的影响。新疆传统上是喝黑茶的地方，但很少听到或见到六堡茶。坭兴制陶早在隋唐就有了，号称四大名陶之一。

余秋雨先生说：一个地道中国人的安适晚年，应该有普洱茶伴随。普洱倒未必，周作人还讲"喝茶以绿茶为正宗"呢！他们名气大，但也皆为一家之见。还是周家大先生说得好："有好茶喝，会喝好茶，是一种'清福'。"什么是好茶呢？我觉得能和你的生活融为一体，带给你愉悦的体验，"释躁平矜，怡情悦性"（袁枚），激发出你的幸福感的就是好茶。故而，六堡茶真的不错！

腾冲： 安详与激越

知道"腾冲"这个地方，还是看了电视剧《我的团长我的团》以及延伸阅读之后。顺着这条线索，我触摸到滇西抗战的悲壮历史，管窥到中国远征军滇缅抗战的一些碎片。在感到惊心动魄的同时，又有一种无语的悲凉。腾冲，这样一个有着光荣岁月的英雄故地，这么晚才进入我的视野。也许我地处偏远，坐井观天，西南边陲发生的故事对我们来说是遥远而陌生的。但历史在几十年匆匆忙忙的穿行中，有意无意地遮蔽了一些需要整个民族恒久记住的东西。

从此向往腾冲。电视剧中那个叫"禅达"的地方，到底是怎样一个地方呢？

子春时节，终于来到了腾冲。一下飞机，天色钢蓝，绿合四围，阳光明媚刺眼。被徐霞客誉为"极边第一城"的腾冲给我第一印象是安详。

到了腾冲才知道，这儿真是个旅游的好地方：温泉大滚锅、火山群遗址、银杏树林、北海湿地、东南亚著名的玉石加工地和集散地等等。而给我留下最深刻印象的，是和顺古镇的文化气质与滇西抗战历史。眼前，远离都市的安宁和闲适，抚慰着我一直平静不下来的焦虑和躁动，而不甚久远的一段尘封往事，则燃起了心中漠然了许久的星火。这种心情好像就是腾冲的气质，宁静安详与激越悲壮怎么就在腾冲相遇了？怎么就铸造了腾冲独特的文化气质和精神品质了呢？

导游是个肤色黝黑的姑娘，阳光在她脸上留下印记，也在心里放着光芒。她没有一般遇见的导游那样喋喋不休地编故事、讲传奇，谦恭而寡言，说一口云南特有的普通话，带着红土地的粗粝和灼热。看上去像当地的少数民族，然而她却说自己是汉族，祖籍河南。她告诉我们，腾冲人90%以上都是汉族，这在云南这个边疆少数民族聚集区还真是让人诧异了。导游姑娘一路上对我们讲了腾冲汉族的传奇来历。明洪武年间，为拓边开发，江淮、两湖、巴蜀、河南等大批军民被朝廷征派来到腾越边地。他们翻越怒江天险和高黎贡山，来到腾冲戍边屯田，从此扎根，在这里繁衍生长，把文明的种子撒播在了蛮荒之地。正是通过迁徙和交融，才成就了腾冲，腾冲人的家国情怀、文化气质才显得格外独特。

在和顺小镇，可以深刻感受到中国传统文化的历史积淀。粉墙黛瓦、牌坊祠堂、楼台亭阁、小巷青石这些文化符号，在这里完好保存。河边依然浣衣，黄牛还在耕田，图书馆有人读书，收割后的麦田寥落宁静。一派田园山水，耕读生活，让你恍惚到了百年前的江南。在寸家祠堂的石墙上隐约残留的"文革"时的标语"千万不要忘记阶级斗争"，斑斑驳驳地告诉人们，这里不是世外桃源。

让人惊叹的是，这里有一所颇具规模的乡村图书馆，据说是中国乡村规模最大的图书馆。图书馆的前身，最早是建于1924年的"阅报书社"，1928年扩建为图书馆。此外，胡适先生还给它题写了馆名，廖承志、熊庆来等文化大家纷纷题字留墨。一个个如雷贯耳的文化名人，躬身为一个小镇图书馆题名，可见其魅力之大，影响之广。和顺小镇的一面照壁上，时任总理朱镕基的题字"和顺和谐"赫然在目，像是和顺的铭牌。

在离和顺小镇不远的绮罗村，还有一座历史更悠久的乡村图书馆，始建于1919年，这是离开了腾冲才知道的，没有一访，颇为遗憾。到了腾冲，谁还敢说自己有文化？这又让我想起我的家乡，曾经有一座自治区级的图书馆，前后竟然建了十年才完工。

和顺图书馆的隔壁是文昌宫，建于清代道光年间，曾经是益群中学旧址，学校是 20 世纪 40 年代由华侨捐资创办的。有铭文记载：和顺历史上出了 8 个举人，403 个秀才。天啊，连空气里都飘着文化的味道啊！著名蒙古族哲学家艾思奇先生就出生在腾冲，他的故居就在和顺镇水碓村，我的脚步也到了艾先生的故居。在那里休憩的时候发现相机落下了，折返去寻，早被工作人员收备好，等着来取。

腾冲的另一面是血性。住到宾馆，我迫不及待地找来一些书籍和资料补课，梳理一下滇西抗战头绪。抗战期间，腾冲曾经沦陷日本人手中两年多。1944 年 5 月，中国远征军发动了滇西反攻战役。在收复腾冲的战役中，整个腾冲城被毁。资料显示，在攻克腾冲战役中，毙敌 6000 余名，远征军第二十集团军共阵亡 9168 人。

腾冲县城战后已经成为焦土，面对破碎的山河，腾冲人首先选择的不是自家院舍的重建。在时任国民政府云贵监察使李根源先生的倡导下，腾冲人民捐出 40 多万元的款项、捐出风水宝地，为牺牲的烈士建墓园。1945 年 7 月 7 日，抗战还未结束，墓园就已落成。李根源先生为烈士墓园题字"国殇墓园"。

墓园就在繁华喧嚣的县城边上，却是那么安静肃穆。园内松柏密布，幽静肃穆。园里中心建筑是忠烈祠，忠烈祠前有一大石碑，刻有蒋中正题、李根源书之"碧血千秋"，十分醒目。忠烈祠的环境和语境与南京中山陵相似，纯粹的"民国风"。蒋介石、何应钦、于右任等人题写的匾额、碑刻、碑记、楹联随处可见。

　　忠烈祠后面的小山丘就像是一座巨大的墓冢。在这里长眠了3000多位中国军人以及19位美国军人的英魂。从山脚开始，墓碑纵向排列，延向山顶，似整装待发的战士。石碑下面都曾经是一个个有血有肉的躯体，他们远离故乡，为挽救国家民族危亡，精忠报国，血洒山河。

　　西南联大教师、诗人，同时也是远征军战士的穆旦，为牺牲的战友写下这样的诗句：

　　　　静静的，在那被遗忘的山坡上，
　　　　还下着密雨，还吹着细风，
　　　　没有人知道历史曾在此走过，
　　　　留下了英灵化入树干而滋生。

　　眼下，我们站在墓碑前，阳光正灿，而我心里的雨一直在淅淅沥沥下着，难过而伤感。

你们的身体还挣扎着想要回返，

而无名的野花已在头上开满。

    他们再也回不去了，长眠在这里，且被遗忘得太久。无论什么时候，这些为国家民族牺牲的军人都值得我们尊敬纪念，山顶仁立的方尖碑上刻写的"民族英雄"就是他们的身份证。此刻，我们享受着和平的阳光，为在炮火连天的战场上倒下去的英烈献上一束鲜花，表达我们深深的敬意。

    以我的陋见，这可能是国内为抗战牺牲的中国军人建造的最大、保存最完好的墓园了吧？腾冲人是有家国情怀的，舍生取义、抵御外侮、忠孝良知、治国平天下这些中国传统文化精粹，在极边之地盛开出美丽的花朵。腾冲名士、民国元老李根源先生和时任腾冲县县长张问德先生，通过他们的《告滇西父老书》《答田岛书》，两篇掷地有声、振聋发聩的不朽文字，书写了中国人的家国情怀和凛然风骨，使他们成为腾冲的骄傲，中国人的骄傲。

    其实，还有许多人也值得我们尊敬和铭记。一个叫段生馗的腾冲人，从 80 年代开始收集滇缅抗战文物，近

30 年来，不弃不舍，千辛万苦，以一己之力从民间收集抗战文物 5000 多件，为此负债 80 多万元。2005 年，一家旅游公司与他合作，在和顺镇中国远征军第二十集团军的指挥部遗址建成中国第一个民间抗战博物馆，为后人保存了一段几乎要丢失的历史。我来到和顺镇的时候，博物馆已经搬迁出去，院中只剩下放大了的美军战士用重机枪弹壳制作的和平鸽雕像，时任国民党荣誉主席的连战先生题写的"滇缅抗战博物馆"匾额还在。

还有一个人，叫戈叔亚。网上有关他的资料很多，百度百科上说：戈叔亚是从 80 年代中期开始，一直以民间学者的身份从事与滇缅抗战相关的历史研究，足迹遍及云南省、缅甸、印度几乎所有中国远征军涉及的战场，为滇缅抗战历史的发掘和保护做了突出贡献，同时他还发起关爱抗战老兵的活动。戈叔亚的博客现在几乎成为滇缅战区松山战役最为翔实的综合信息来源。他就像一个圣徒一样，做着圣徒的事情。

我来到刚刚落成不久的"滇西抗战纪念馆"，它就在"国殇墓园"的东侧。"滇西抗战纪念馆"是云南省的一个大项目，经过多方努力，得到国家拨款和多方筹集的资金，2013 年 8 月 15 日建成正式开馆。据说总投资达 1.5亿元。纪念馆宏伟大气，馆藏丰富。陈展实物以段生馗先生收集的抗战文物为主。如果没有段先生几十年的努力，它不会有今天这样的规模和底气。

最近又看到一条消息：云南昆明市圆通山公园内，纪念缅甸战役和滇西战役的"缅甸战役中国阵亡将士纪念碑"（又称"安澜纪念塔"）和"陆军第八军滇西战役阵亡将士纪念碑"，在社会各界热心人士、政府官员、专家、学者、媒体以及远征军老兵等的共同努力下，历时27个月的修复，终于重现了历史原貌。这两座纪念碑分别是1945年和1947年建的，后被拆除。还有消息说，滇西松山战场遗址公园也开始建设，主要有远征军纪念馆和纪念碑、滇缅公路纪念馆和纪念碑。这些好消息让人心生喜悦，块垒释然。

"历史是一堆灰烬，但灰烬深处有余温"（黑格尔），需要有一个地方安放那段历史，让它的余温绵绵不绝。

中国腾冲，天下和顺。

鼓浪屿

厦门给我留下很好的印象：干净整洁、交通顺畅、人心平和。第一次去鼓浪屿的时候遇到大雨，半途仓皇离去，没能静心体味。又去厦门，专门抽出半天时间上岛，以补前行之憾。

"一早我就奔向你呵，大海/把我的心紧紧贴上你胸膛的风波……"大清早在去鼓浪屿的路上，想起舒婷的诗句。她是鼓浪屿人，一直住在岛上"安安静静孵自己的蛋"。舒婷曾经是我喜爱的诗人。当年，舒婷和北岛等人冲破思想文化禁锢，开"朦胧诗"先河，启蒙了一代人对社会的思考，如钻石般的光辉，穿透坚硬的壁垒，复苏了我们僵硬的想象力。

鼓浪屿是个小岛，面积不到2平方公里。上鼓浪屿之前海风劲吹，雨洒江天，等上了渡船过鹭江时，风停雨歇，天蓝云白。上岛时人还少，便沿着蜿蜒的青石小径走进巷陌。早晨的阳光在雨后格外明亮，空气新鲜湿润，心情如风轻快。路边绿树婆娑，皂角树、大榕树、龙眼树，都是只有南国才有的树种，高挑、清秀、婉约。即便是遮天蔽日的榕树，也是南地特有的苍劲，有的与红砖门楼攀附缠绵，有的融入坚硬的岩石里面。诚如蔡其矫先生在《鼓浪屿之歌》描绘的那样：

> 每一座墙头全覆盖新鲜绿叶，
> 每一条街道都飘动醉人花香，
> 蝴蝶和蜜蜂成年不断地奔忙，
> 花间的鼓浪屿，永不归去的春天。

鼓浪屿有"万国建筑博览馆"之称，曾有十多个国家在这里设立使领馆，洋人、华侨、富商在这里建别墅、修教堂，西洋融合闽南的建筑风格，使这里的建筑风格既欧化又中式，多彩多姿，据说现在鼓浪屿保存下来的老别墅有上千栋。一路上不时可以看到风格各异的天主、基督教堂。当年西方教会在岛上很红火，纷纷创办学校、医院，使鼓浪屿成为国内较早接触西方现代文明的地区之一，这个小岛上诞生、开智了林巧稚、林语堂、卢嘉锡、马约翰、黄萱等一大批社会文化精英，应该不是偶然的。"马约翰体育场",据说是中国最早的专业体育场之一,岛上专门为马约翰塑了像,以资纪念。有记载说,一个叫保罗·哈钦森的美国人1920年来到鼓浪屿,他发出这样的赞叹:"这是一个令人惊奇的小岛,在如此狭小的岛屿上,居然拥有如此之多的风格迥异的建筑,如此之多的英才与风云人物。可以说,无论是在艺术、教育,还是医学、建筑,鼓浪屿都扮演了一个时代先锋的角色……"今天我们来到鼓浪屿仍然会发出这样的赞叹。

让我略感吃惊的是鼓浪屿豪门出身的才女黄萱的故事。20世纪50年代初,黄萱在中山大学被陈寅恪先生聘为助教,在黄萱13年的帮助下,陈寅恪先生完成了百万字的学术鸿篇力作。陈说:"我之尚能补正旧稿,撰著新文,均由黄先生之助力,若非她帮助,我便为完全废人,一事无成矣。"陆建东在《陈寅恪的最后20年》一书中亦断言:"如果陈寅恪先生晚年所找的助手不是黄萱而是其他人,则陈氏晚年著述便无法预料了。"黄萱晚年从中山大学退休回到鼓浪屿并在故乡仙逝,没有喧哗耀眼,低调到了尘埃,让人唏嘘。

如果没有游客,这里是幽静的花园,每扇铁门都紧锁,仿佛藏匿了多少秘密。循着隐约飘来的琤琤琴声,就到了位于菽庄花园的钢琴博物馆。我不知道这是不是全国独有的一家钢琴博物馆,但肯定是最有特色的,且是私人收藏，收藏者是澳大利亚华侨、鼓浪屿人胡友义。馆内琳琅满目地摆着百多架古钢琴，其中不少是稀世名贵的钢琴。近代以来，在鼓浪屿这个弹丸之地，有200多名音乐天才和钢琴家出生、生活、工作。据说，岛上钢琴覆盖率居世界第二。著名钢琴家殷承宗就诞生在鼓浪屿，五六十年代出生的人对他都不陌生。他的出名不是因为出生在鼓浪屿，而是因为创作、演出了钢琴伴唱样板戏《红灯记》，此外，由他创作并演奏的钢琴协奏曲《黄河》在"文革"时名噪一时，至今影响不衰。

这里又是寻常百姓生活的地方。巷陌里斑驳的老墙、藤蔓爬满的古屋，都散发出古朴的气息。不时可看到院子里三角梅一丛丛探出墙来，仿佛在招呼你。街边有人悠闲地靠在椅子上喝茶、看报，寻常生活闲适淡然。也有小狗横卧街头，看来往行人急急匆匆可能心里在窃笑吧。人工海滩上，海浪起起伏伏推着细沙。雨后的阳光锐利而又新鲜。游人在海滩上嬉戏，海水拥过来没过脚踝，引起一片惊叹，肯定都是像我一样远离大海的人。

一些奇怪的店名，如："赵小姐的店""张三疯奶茶""黑猫餐厅""懒人与海"等，既普通又有个性，别具一格。在一家画室停下，经不住游说，坐下来让人画像。本想让一上了年纪的画师来画，但一个梳马尾辫的殷勤地把我安置在他那里。我第一感觉是不靠谱，因为四个画师里，这家伙打扮最夸张，最像"艺术家"。果不然，15分钟后，我看到画纸上的人就乐了：是我吗？怎么跟影楼化妆摄影一样啊？年轻俊美了，但确实不像我。"马尾辫"说，再加30元素描一下细节就像了！这什么啊？二半吊子技艺也敢开店混饭啊！

鼓浪屿和西街、丽江、凤凰城等著名文化景点一样，经过打造，充满了小资情调和商业气息，有时尚文化、快餐文化的特点，特别吸引年轻人，是他们挥洒浪漫、发呆冥想、渴望艳遇的地方，特别是文艺青年打卡的理想地。这些地方之所以有魅力，是历史文化片羽萃聚而散发出来的光芒，然而又有多少人是为此而来？也没有多少人知道并关心鲁迅、巴金、林语堂、李叔同、郁达夫等文化名人曾在这里驻留的踪迹，金钱和浮躁消磨着人们探索一个地域文化的耐心。当下人们更需要的是调笑好玩的快餐文化，"诗意地栖居"在粗鄙庸俗的侵蚀下已经变味，古典魅力和人文色彩正在慢慢消退。当然，人们有权利庸俗。

没有去日光岩，主要是走累了。上次来冒着雨上去过，弘一大师纪念园就在上面，还有很多摩崖石刻。清代著名书法家何绍基题写的"脚力尽时山更好"还记得很清楚。脚力跟不上了，只远远地眺望，远远地致意，"问余何适，廓尔忘言"（李叔同）。

文化乌镇

　　来桐乡乌镇前，我想江南水乡的小镇可能都差不多，越来越同质。经过翻修改造，返璞仿古，成了旅游小商品集散地，不会给人太多的惊喜。小镇都有精致的格局，小山小水小心思都在里面，这也决定了这里人的生活情趣乃至性情。和我见到的一些南方人一样，他们聪慧灵敏，心思缜密，做事周详，讲规矩，善算计，繁复琐碎，缺少了一种襟山带河的气度和质感。

　　然而我看到了不一样的江南小镇，这还是超出了我的预期。一个冬日，我来到浙江桐乡乌镇，正是"江枫渐老，汀蕙半凋"的时节，寒风砭骨，关河萧索。主体上乌镇的格局与味道同周庄、西塘、同里等江浙水乡小镇差不多，端的是一条河道，两街石径，粉墙青瓦，垂柳石桥，典型的江南水乡景色。东西两街，其实就是两条小巷，宽处可行车，窄处仅过人。书院、商铺、酒坊、染店等一应俱全，比肩两旁。宅院深深，门槛重重，天井般的庭院里，疏枝怪石做窗壁，修竹排云绿过墙。历经千年沧桑，依然是一簇烟水，万种风情，依稀"又踏杨花过谢桥"。沿青石小径，穿岸边寒柳，看乌篷船游弋，欣赏着沿河而建的青瓦木屋，方觉此乃涵养文化、清心养性之地，适宜徜徉诗酒，操琴舞墨，吟风弄月，是出才子佳人的地方。

然而一样的古镇，却是不一样的乌镇。眼前的乌镇，传统与现代交融，使它有了独特的精神意蕴和文化魅力。知名的茅盾故居以及他笔下的"林家铺子"就在小巷深处，栖居于日常生活，散发着旧日时光。茅盾是我们熟悉的作家，少年时期，他的《白杨礼赞》就在课本里与我们相遇，在我们成长的过程中，给了我们文学滋养。"白杨树实在是不平凡的"，茅盾也是不平凡的，他和巴金、老舍、曹禺一道是中国现代文学的代名词，是天上闪烁的星星。

而另一位诞生在乌镇的文化名人则让人唏嘘。木心，这个名字进入新世纪后，才像文物一样被发掘出来，进入我们的视野。"凡心所向，素履可往"，才华与颜值并重的木心，历经坎坷，不改初心，在文学艺术领域，他的世界散发出绚烂的光华。罗曼·罗兰说："世界上只有一种真正的英雄主义，那就是认清了生活的真相后依然热爱生活。"了解了木心先生的经历后，你会觉得木心就是那个英雄，无论外界如何狂风骤雨，内心始终有一方田园。新建在东栅的木心纪念馆、西栅的木心美术馆，现代感十足却又简约素朴，为小镇平添了一丝现代气质。2006年木心回归乌镇后，乌镇的文化意象有了新的高度。乌镇因为有了茅盾和木心，与其他小镇就有了区别。文学大家茅盾散发着耀眼的光辉，奠定了文学乌镇的地位。而优雅智慧的木心则纯粹、恬淡、低调、有态度、爱生活、精艺术，将文学乌镇又推向一个新的维度。

还不止这些，在乌镇，传统在散发着魅力，开放则带来新的气象。乌镇不仅保留了中国传统古镇的风貌，不光有小桥流水，青石小径，更是一个现代化设施齐全、有着畅通网络的新型文化小镇。乌镇还有更大的野心。2013年乌镇戏剧节拉开了帷幕，更是为小镇平添了文化气息和格调，如今乌镇戏剧节已成为国内规模最大、影响力最广的戏剧盛会。从2014年开始，作为永久举办地，每年召开的世界互联网大会，也使这个传统小镇有了国际化的世界格局。

有了这一切，我们才能说乌镇的胸怀是广阔的，乌镇的眼光是开放的，它用独特的自然与人文环境、文化精神品格向世界打开大门。唐诗宋词的流韵和科学理性因子在这里相遇，让同一个世界有不同的梦想，这些都是诸如周庄、同里等江南小镇所不具备的。如此看来，乌镇不再是那个传统意义上的江南小镇了。

走过郑州和开封

乘飞机于傍晚时分到了郑州新郑机场。候机大厅空空荡荡、冷清寂寞，与几小时前沸腾热闹的乌鲁木齐机场仿佛不在一个星球上，让我诧异，这可是一个航空枢纽啊。出机场上到高速路，碰上雾霾天气，五米开外就看不见路了，四处寂静，马路迷蒙，车子幽灵般打着昏黄的灯行驶在去市区的路上，我好像在一部惊悚电影中行走。

虽然我有许多河南籍的朋友，自身却是第一次到河南。阅读中的河南，是华夏九州中枢，群雄逐鹿之地，历史文化丰厚，但同时又多灾多难。至于郑州，之前给我印象最深的是，这里发生过京汉铁路工人二七大罢工，铁路和革命是郑州的符号。黄河从这个城市穿过，1938年为迟滞日军进攻，蒋介石下令炸开花园口堤坝，黄河水倾泻而下，阻止了日军，也给百姓带来灾难。我还知道的一点：郑州是中原重要的铁路、公路和航空枢纽。

时间仓促，第二天就抽空在郑州市中心转了一下。郑州著名的商业圈就在二七广场一带，记得很久以前央视常播的一个电视广告："中原之行哪里去，郑州亚细亚"，说的应该就是这一带了。那个重建于20世纪70年代、60多米高的标志性建筑——连体塔还矗立在广场中央。此地离火车站不远，高楼密集，商厦比肩，华灯迷离。大街两边，到处是小商小贩摆摊叫卖，人声鼎沸，烟火缭绕，一派热闹祥和的市井气息，是老百姓过日子的地方，有种伧俗的繁华。繁华的德化街一带正在建地铁，街面被挖得沟壑纵横，凌乱不堪。在这里神奇地看见了一处"刘胡兰招待所"，肃然起敬：河南人还记着山西女英雄啊！一打听才知道，原来带着革命标记的"刘胡兰"曾是郑州著名的老字号商业品牌，栉风沐雨走到今天，初心不变。

我知道，眼前的这一切并不完全代表郑州，郑州一样有各种豪华商厦、高级会所、城市地铁；郑州有全国数一数二的大型国家级博物馆，绿化面积比重大……郑州是一座铁路带来的城市，在政治和文化地位上似缺乏底气，作为一个省会城市气场不足，又没有一座叫得响的现代化大学做支撑，早上一碗"方中山胡辣汤"，中午一碗"合记烩面"好像就是郑州人民的生活。其实郑州的汽车、机械制造、电子信息、食品、纺织服装等都是其优势产业。郑州还有富士康,你手中的苹果手机可能就是从郑州的生产线上下来的。在信息泛滥的海洋里,有多少信息是正确的?有多少是对称的?我倒是期待,类似富士康这样的现代企业集团在为当地贡献着经济数据的同时,也对郑州进行脱胎换骨的改造,让它散发出更加现代化的味道来。

从郑州到开封相距六七十公里,交通很方便,城铁、高速路都很便捷。一路上对开封抱有很高期望,那里曾是七朝古都,更是繁华的大宋王朝 160 余年的首都,也曾经是河南省会、中原核心,"背靠一条黄河,脚踏一个宋代",一定会有别样的惊喜等着我。

这是那个东京汴梁吗?是那个《清明上河图》里描绘的繁华的都市吗?是《东京梦华录》中"暗想当年,节物风流,人情和美"的开封吗?朋友告诉我,我脚下的开封摞着六座城池,最下面的是战国时期的大梁城。许是我的期望值太高,怎么连一点当年的脉息都没有发觉呢?在仿建的旅游景点清明上河园、龙亭园,触摸不到沧桑,感受不到历史,只能惊叹此地的仿造水平。从清明上河园出来后,朋友说,还有包公祠、开封府、天波杨府等，我谢绝了朋友的好意，对这些仿建的古董没有兴致了。真是"情不敢至深，恐大梦一场"啊！后来得知，开封还有一些真正的历史遗迹，如繁塔、山陕会馆，一个建于北宋年间，一个建于乾隆年间，还有明清时期的古城墙，没有去看看有些可惜。开封的朋友只把光鲜的景点推荐给我们，该去的却失之交臂。

唐宋时期开封占据着水运优势，北据燕赵，南通江淮，水陆都会，形势富饶，但是，黄河水患和无险可守的格局对开封来说都是致命的，它注定要走向没落，其兴于水，也衰于水。靖康二年（1127年），宋高宗赵构仓皇南逃之后，开封就与它昔日的辉煌作别了，兵燹水患使它越来越边缘化。1642年李自成攻打开封城，掘黄河灌开封，彻底毁灭了开封城。如今此地以文化典籍作载体，以修旧如新为视窗，有多少人还沉溺在悠久的历史传统中沾沾自喜，却又在现实中因价值失落而茫然。

唐代大诗人白居易就出生在新郑，他故地重游时曾感怀："郑风变已尽，溱洧至今清。不见士与女，亦无芍药名。"那天，我离开郑州的时候，雾霾依然，郑州和开封还是云里雾里不见真面目，对我来说，它只是史书里出现的遥远的历史文化名城。

西藏二题

　　一直向往西藏，就因为那是个有高度、有态度的地方。海子的诗句"高原悬在天空，天空向我滚来"，带给我西藏诗性的想象。去这样一个神圣的地方是需要长时间的思想和物质准备的。而对我来说则是一次机缘巧合，机会来得很突然，没有任何准备，说走就走了。回来后还让人感到恍惚，仿佛去梦游了一回。说是去了一趟西藏，其实就去了两个点：拉萨和林芝，根本涵盖不了广袤的西藏。我心里一直好像有什么东西遗落在了那里，思忖要写点什么，不然真的辜负了这次难得的远行。信马由缰写哪儿算哪儿吧。

拉　萨

　　拉萨的天空湛蓝，雪峰闪亮，寺庙众多。寺庙里、街道上随处可见披着红色袈裟的喇嘛匆匆而过，就像一位诗人形容的："犹如一堆堆燃烧的红铜从街上淌过"。围绕布达拉宫和大昭寺等圣地转经的藏人络绎不绝，他们步履匆匆，目光坚定，面孔粗粝而又安详，满脸锈迹却又神采飞扬，一个个都心无旁骛，口中念念有词。对他们来说，神在高处，人生的终点在上面，一直向上内心就不会腐朽。

八廓街是围绕大昭寺的环形转经道，又是拉萨的商业中心和旅游中心。世俗与神性在这里完美地结合，天南地北的浪子游人、装备齐全的背包客、转经叩首的虔诚信众，熙熙攘攘奔走在同一条街道上，怀揣各自的心思，完成自己的梦想。八廓街的建筑基本都是两三层楼的白墙，唯一的一座黄墙建筑，据说是六世达赖仓央嘉措的密宫。按照藏俗，黄房子不是寺庙，就是高僧之所在。相传六世达赖仓央嘉措曾在这里与一个月亮般纯美的少女玛吉阿米相会，留下了浪漫情诗若干。现在"玛吉阿米"被开发成一个品牌景点，黄楼下层挂着"玛吉阿米"牌匾的屋子里贴满了照片和画，像其他商铺一样，摆放着各种斑斓的串珠项链、银戒指、绿松石、藏香以及仓央嘉措的诗集和其他各种书籍。

布达拉宫位于拉萨闹市中心的一块高地，与山体融为一体，仿佛是长在岩石上的神作，山即是宫殿，宫殿即是山。它巍峨磅礴地矗立在那里，在这座城市每一个方位都能看到它，城市的楼层都不能高过它。在藏人的心中，它是观音菩萨居住的地方，因此被称为布达拉（普陀之意）。走近它你才能感受它的神圣和庄严，到了它的脚下，你不能不仰视。它像是连接人间和天界的天梯，那种铿锵与柔软既饱含着力量又充满了悲悯，难怪那么多人把它作为灵魂的安放地。"这佛光闪闪的高原，三步两步便是天堂"，据说，这诗一样的句子是六世达赖仓央嘉措写的。不知道这个诗人气质的仓央怎么成了仁波切？

布达拉宫供奉着从五世达赖喇嘛一直到十三世达赖喇嘛的灵塔，唯独六世达赖仓央嘉措没有。这个可怜的仁波切死于政治斗争旋涡，死时不到 25 岁。他的故事非常传奇，不仅在西藏地区是一个家喻户晓的人物，在内地，近些年也因他的情诗被文青们追捧。其中不乏炒作起哄，连一些带有西藏文化符号和佛教意味的诗句，都被称为仓央嘉措作品，出现在各种媒体上。一个远离世俗的活佛竟然成了滚滚红尘中被消费的偶像，实在是令人哭笑不得。其实一些广为流传、被称道的"仓央嘉措最美的诗句"，与仓央嘉措本人没有什么关系。

西藏流传的一首民歌这样说仓央嘉措："莫怪活佛仓央嘉措，风流浪荡；他想要的，和凡人没什么两样。"他把佛性和人性统一在自己身上，把信仰追求和社会生活很好地融为一体，诚如他所言："一个人需要隐藏多少秘密才能巧妙地度过一生？"他没有灵塔供信徒朝拜，但他的爱意和善良、他的美好的诗歌，根植在人们心里。

读到一本关于西藏的奇书《艽野尘梦》，作者是曾为"湘西王"的陈渠珍，沈从文先生曾做过他的文书。这本小册子，不仅描绘了藏地山川风物、绝地求生的传奇，更有一段肝肠寸断刻骨铭心的爱情。陈将军在驻地邂逅藏地女子西原，一路生死与共，万里锻造真情。历经磨难到达西安后，西原却患染天花而逝，陈肝肠寸断仰天长号，全书戛然于此，"余书亦从此辍笔矣"，切肤之痛跃然纸上。美丽深情的西原不就是玛吉阿米吗？绽放在高原上的爱情之花都是凄美的。

东方的工布巴拉，

多高也不在话下。

牵挂着我的情人，

心儿像骏马飞奔……

读仓央嘉措的这首诗，你不会把他当作高高在上的仁波切。无论凡人、贵胄，在美好的爱情面前都会低到尘埃里去。

> 在那东山顶上，
> 升起白白的月亮。
> 年轻姑娘的面容，
> 浮现在我的心上。

再听到这首歌曲，知道是来自仓央嘉措，便有了不一样的感受。流年不语，一直有风霜和阳光。

林 芝

就游历来说，林芝没有带给我太多惊喜，乏善可陈。远处的雪峰，近处的林海，草甸茂盛，河流清澈，这些景色对新疆来说不足为奇，天山北坡这样的景色举目皆是。天下闻名的雅鲁藏布江大拐弯、秘境墨脱未得成行，也许会有更多更大的惊奇在那里等着我呢。林芝被人称为西藏的江南，气候条件和自然环境都是西藏最宜人居住的地方，森林覆盖率在50%以上。林芝市政府所在地以前叫八一镇，现在称为巴宜区。在市区有一个与其他藏族聚居区不同的特点是,这里的宗教色彩不浓厚,没有拉萨那种填街塞巷的喇嘛的火红身影,也看不到寺庙和手拿转经筒的藏人。巴宜区是一座新城,海拔也不高,只有2900米左右。它是近些年在广东和福建两省的援助下,沿尼洋河重建的一座新城。城里有两条主要街道,整洁干净,建筑风格汉藏杂糅,白墙红檐,整齐划一,看上去更像一个川西的县镇,似乎汉族人居多,满街的四川口音。

林芝最有名的美食是石锅鸡,我们在鲁朗镇一家青海人开的饭馆吃到了这顿美食。锅是用一种产于墨脱、叫"皂石"的云母石手工凿成的,鸡是高原土鸡,配有松茸、党参、贝母、百合、枸杞等食用菌和中药材。鸡肉紧致,味道鲜美,汤有山中药材的清香味。据说石锅中的微量元素在烹饪时逐渐分解于汤中,这些微量元素可以起到防癌、延缓衰老、增强体质的养身功效。厉害了,我的石锅!吃了鲜美的石锅鸡,就有了要带回一个石锅的冲动,让老婆孩子都尝尝石锅带来的美味。同行的一个年老成精的老江湖提醒我:这里的石锅鸡好吃,关键还是"鸡",这可是超凡脱俗、在树上睡觉的鸡!还有那野蛮生长的山菌、药材和厨子的精湛手艺,你到哪里去寻?再厉害的锅,哪怕是金锅银锅,如果用的是生产线上一个月长成的速生鸡,也炖不出什么好味道。老江湖洞悉世事，阅人无数，要听劝呢！我打消了背一口石锅回去的念头，晚上又到饭馆深情地咥一顿本地鲜香的石锅鸡。再说，那家伙也够重了，千里背石锅，这是一种什么精神，我是"背锅侠"？让人讪笑倒也罢了，带着行走确是极不方便的。

林芝还有一个被炒作出名堂的东西，即被称为神药的玛卡。这玩意儿看上去有点像土豆或红薯，原产于南美洲高原地带。据说林芝引进玛卡已十多年，有种植基地，所以玛卡是当地特色产业。一家经营玛卡的老板用川普花言巧语向我们推销：玛卡有很多功能，如抗氧化、抗肿瘤、抗忧郁、抗疲劳，还有美容等功效。和我一起的老陆马上就回报了他，一下子就买了2000多块钱的，其实也就一小袋。当时我从心里祝福老陆，愿这东西能管用。可总觉得一个东西被吹赞得过火，烟火的后面可能就不是真菩萨。后来看到些资料，说玛卡在南美智利、秘鲁等国家，就是一普通的高原植物，主要用来喂牲口的，如果说有什么功效，也就是如同西洋参之类，起个保健作用。老江湖告诉过我，什么时候都要尊重常识，内裤外穿不会变成超人，这次我又保持了定力，没有被忽悠，可也没有拦住老陆。

到了林芝，如果没有机会跑远，有两个地方可以一去。一是巴松措。在拉萨通往林芝的318国道，翻过海拔

5000 多米的米拉山口，先到工布江达县的巴河镇。陈渠珍记载，此地"民情朴厚，气候温和，物产亦尚丰富"。然后再向北约 40 公里就到了巴松措景区。巴松措位于巴河上游高峡深谷里，荒远幽僻，是藏传佛教称为"宁玛派"的一处著名神湖和圣地。雪山和蓝天映着翠绿的湖水，令人心旷神怡，湖中心有一座庙宇，层楼错落，金碧争辉，绿树环绕，寺庙的四周挂满了彩布幡，寄托着福愿。

还有一处景致就是距林芝市区 80 公里左右的川藏路上的鲁朗镇，翻过色季拉山就到了。典型的高原山地草甸，草木葱茏，云杉繁密，雪峰重峦，灿如银堆，和新疆伊犁尼勒克、唐布拉、库尔德宁景区差不多，沿途满眼都是旖旎的风景，一直置身画中，和你印象中的西藏完全不一样。

南伽巴瓦峰是西藏林芝市最高的山峰，也是藏族聚居区佛教信徒的一处圣地，每年都有大批信徒从四面八方前来朝拜。都说南伽巴瓦峰神秘灵异，难得一见尊容，山峰终年积雪云雾缭绕，从不轻易露出真面目。那天有幸，云层忽然间就飘散开来，南伽巴瓦峰主峰在蓝天下高昂着雪白的头颅俯瞰云海。我的相机拍到了它。大山依然寂静，人间还在喧哗。

我的大学

李富安

那个淫雨绵绵的秋天，我的心底充满了阳光，揣着一纸入学通知书，带着一堆行李和一团混沌的梦想，来到了大学校园。

报到的时候，见到一个穿花衬衣、喇叭裤，留着长发，蓄着小胡子，嘴上叼着烟，脸上透着一股凶狠的家伙也在附近溜达。心想，社会上的流氓怎么也混到大学校园来了？

第一次班会，辅导员点名让大家相互认识，又见到那个家伙了，一脸阴郁，不苟言笑。原来是我一个班的同学！他还有一个很市井的名字：李富安。一听就没什么大志向，小富即安嘛！我仔细端详了他：小长脸、高鼻梁、细眯眼。因为瘦，脸上颧骨突出，额头上有几道深深的抬头纹，一腔河南话，显得凶巴巴的。

李富安长了一副好身板，高挑个，细长腿。我们那个年代出生的人，小时候卡了食，发育不良，普遍腿都长不直，有的甚至是罗圈腿。富安那两条平直的腿，让我们煞是羡慕。富安没有亏待他这副好身材，很注意形象，总是穿着得体。白衬衣永远是一尘不染，长长的喇叭裤裤缝永远是棱角分明，皮鞋总是擦得锃亮，一副绅士派头。有时候，挺括的衣服不是穿，而是披在肩上，一只手扯着衣襟，很拉风。除了穿着用心，其他干什么都是随心所欲。在宿舍很少叠被子，上课不记笔记，有时几天见不着面，还喜欢和辅导员、学生干部抬杠，并且经常醉得不省人事。总之，在组织上和学生会干部看来，他不是什么正经人。

入校头一年，富安爱和高年级同学厮混。那些家伙都是老江湖了，有的下过乡，有的当过兵，有的做过工，他们思想敏锐，阅历丰富，处世有分寸。富安混进他们的圈子，是他觉得同班同学都是生瓜蛋子。不见他用功学习，尽读些与考试无关的闲书，晚自习室也很少见他，直到毕业，他的英语成绩都没有过关。但是一旦认真讨论起文学美学问题则很有见地，让人觉得好像李富安是两个人。对我们花花草草的文学习作他都看不上眼，从来没有肯定过。这让我们很恼火，一个这么不靠谱的人居然眼光这么高。

他喜欢俄苏文学，身上也有普希金和聂赫留朵夫式

232

的忧郁，这忧郁一直刻在他的额头上，抹也抹不去。《这里的黎明静悄悄》《方尖碑》和阿赫玛托娃的诗歌都是他极力向我推荐的。我翻出了当年学校文学社编的一份文学刊物，里面收了他的一首诗《里程碑》。现在看来，那份刊物里的东西都充满了风花雪月无病呻吟的学生腔，而他这首诗放在现在来看也是成熟的。其中有一节是这样写的：

我第一次红脸/是看见大家都在脸红/我也许不甘落后/就作了这样的补充

他的笔名是"扬尘"，问他为何取这名儿，他说，撒一把土，我就是要给这世界找点小麻烦。

他唱歌、跳舞都不在行，但爱往人多的地方凑热闹。只要年级和系里有舞会，他都和我们一起去参加。常常一直坐在那里聊天、抽烟，偶尔吹个口哨、喝彩起哄一下。那年，中国女排首次获得世界冠军，学生们不听校方劝阻冲出校门庆祝游行，像过狂欢节。这家伙混在人群里疯狂闹腾，喊哑了自己的嗓子，敲坏了系里的大鼓，差一点把自己的衣服都烧了。在同龄人里，富安的社会阅历更丰富，出去游玩时，他是大家的主心骨，有他在身边就不怕社会上的混混。一副凶相加上一口狠硬的道北话，没有人敢挑衅。

不知为什么，他总是内心充满痛苦，老是一副悲天悯人的样子。在街上看到一个乞丐他都要感慨半天：怎么就没人管呢？仿佛那些孱弱的灵魂里都有他的影子。一次在学校同学小聚时，他喝得红头涨脸，语重心长地向大家说了句貌似很有哲理的话："人就是为痛苦而生的，要做好承受痛苦的准备。"当时大家都很不以为然，大学生是天之骄子，前景美好，阳光灿烂，有什么可痛苦的？认为他是"为赋新词强说愁"。其实那是他自由飞扬的灵魂在现实中处处碰壁的结果。哪位思想家说过，"人生而自由，却无往不在枷锁中"，富安可能最先体验到了。诚如崔健《时代的晚上》里呐喊的：

没有新的力量/能够表达新感情/不是什么痛苦/也不是天生爱较劲/不过是积压已久的一些本能反应

他喜欢上了学校某系的一个美丽素雅的姑娘，那可是学校的校花啊。这家伙不知深浅地爱得死去活来，不惜放下大男人的身架，写了一篇又一篇诸如"我的爱人是温柔婉雅的/它是暮辉中闪耀的水光/隐入玫瑰色的空气中"等肉麻的诗歌，托人送去，每日痴痴地隔着操场遥望对面楼群的女生宿舍。我们都劝他，你都长成这样了，怎么还有这份妄想？开始女孩很害怕，以为是流氓骚扰，还报告了校保卫部。富安用他诚挚的心和时间证明了他的纯真感情和他是一个好人。后来，如我们所料，根本不会有结果，但二人成了朋友。那年秋天，外语系楼前的枫叶红透了的时候，他摘下一片红叶对我说：不谈一次恋爱怎么能成熟起来？遇到心仪的女孩怎么能放过放飞感情的机会？

常在社会上游走，富安身上有一种江湖侠义之气，豪爽仗义，吃软不怕硬，遇到看不惯和不讲理的事情便破口大骂，甚至动手。一天中午在食堂排队打饭的时候，一个学生蛮横地插在队伍前面，没有人敢吭声。富安从后面过去，揪住那人的领子从队伍中拖了出来，对方也是个火暴性子，没过两句嘴，两人轰轰烈烈五马长枪地挥起了硬拳。打完后，富安擦着嘴角上的血，钦佩地说：这家伙有种，敢和我动手！没承想那学生告到了学校，要求开除李富安。就在学校要顾全大局，息事宁人准备处分李富安的时候，这个学生又到校党委那里求情，不要给这小子处分了。原来，不打不相识，那边学校正紧锣密鼓准备开处罚单的时候，这边二人惺惺相惜、臭味相投，已多次"会晤"，不但和好，还成了朋友。校方火了，学校是你家的庄园？你说啥就啥了？李富安必须处分，给予严重警告！

毕业分手时，班里只有富安最悲伤。在人去楼空的教室，我看见他伏在桌子上像个孩子般痛哭流涕，脆弱得像失去了生命的支点。是不舍给自己带来温暖和快乐的同学，还是留恋阳光明媚的大学生活？那风吹不到的角落里藏着怎样的秘密？后来他不止一次说过，大学四年像梦境一样，是这一生中最美好瑰丽的岁月。

　　把同学一一送上西去东往的火车后，富安最后离开学校，去了西藏，这一待就是十年。他认为十年的西藏生活重新铸造了他的灵魂，使他自由随性的天性充分得到了释放，也只有在那里他才能无拘无束、天马行空。庸常的生活常常被他过成传奇故事。有一年夏天，一个留着络腮胡子的年轻人贸然闯到我家，说是从西藏拉萨来的，李富安让他来找我。他告诉我，他是李富安的朋友，是从川大毕业援藏的。晚上吃饭时他给我聊起富安的事。20世纪八九十年代已有不少人去西藏探险旅游，那时吃住行还很不方便。富安无所牵挂，仗义大方，他在西藏拉萨的家成了旅行者的驿站，成了交结天下豪杰的聚义厅。这些行者回去后口口相传：到了拉萨遇到难处就找李富安。找到门上，只要报上是谁谁让我来的，就住下了。有一天他下班回家，竟然有几个陌生人在他的宿舍里开火做饭。富安诧异地问："你们是谁？"回答："我们是李富安的朋友。"

"我就是李富安，我不认识你们啊？"

"噢，我们是从北京来的，是某某让我们来找你的。"

那就啥也别说了。煮肉沽酒，一间陋室成了华丽的宴会厅，一群江湖游子在风寒的高原找到了温暖。

在西藏混迹了十年，在那里他结婚成家，有了自己的儿子。下山前，他头发稀疏了，脸灼黑了，抬头纹更深了，嘶哑的喉咙再也唱不出清越的歌了。带着一身疲惫和一车野牦牛头骨，回到了西安。据说带回的那些野牦牛头骨放在地下室，没有及时处理都臭了，后全部丢弃。在高原工作拿的是高工资高补贴，那时西藏也没有多少消费的地方。但下山时，他没存下一分钱，千金散尽，裸身而归，连媳妇都没有带回来，他和老婆分手了。

回到西安，他的精神和身体调整了很长一段时间。流逝的岁月和纷繁变化的社会没有改变他，他还像过去一样，随性、倔强、不妥协，没有耐心和这个世界对话，所作所为和按部就班的社会节奏很不匹配。我们都担心他：同学、朋友可以理解你、包容你，可在单位、在社会，你这样的生活状态，还有人允许你这么任性吗？

一次我到西安出差，他来到我住的宾馆，与我畅谈。已经很晚了，我说，你回吧，明天还要上班。他说，不回了，今晚我就住这儿，明天不上班了。躺在床上，他手

237

中的烟一根接一根不离手，房间里云腾雾罩，熏得人头晕。我实在忍不住了："能不能少抽点，烟雾报警器马上就要响了！"他小眼一瞪："不能！咋了？忍着！"就这么随心所欲地聊着、扯着，一直到后半夜。渐渐听得他鼾声大起，见他已经睡熟，我起来关了电视。突然他就醒了："谁关电视了？把电视机打开。"听着电视他又睡着了，我却头脑昏昏瞪着眼睛等天亮。

几年前的一个夏天，他随着单位安排的一个旅行社来新疆旅游，到了乌鲁木齐就离团了。去他的山水风景，去他的旅游观光，哪有我的兄弟重要，我要和弟兄一起畅叙畅饮，我要和同学们共度好时光！同城几个同学，分别放下手中的工作，整天和他厮混在一起，吃吃喝喝，纵情欢乐。整整一个星期，我们都快受不了了，这家伙还兴致盎然，看样子还想再住一个月。在与同学的不舍中，我看到的是他深深的孤独。听南国的同学说，这家伙到深圳出差，和同学啸聚畅饮，酒酣耳热之际，竟把第二天的火车票掏出来撕了，说，明天不走了，我们再聊一个晚上！

岁月荏苒，富安那颗躁动不安的心也该平静下来了吧？残酷而丰厚的生活带给他伤痛，也平添了他的力量和智慧。儿子长大了，聪明可人，小名"抱虎"，多嚣张的名字，寄托了富安刚勇自由的理想。抱虎从西安交大毕业，富安卖了家里的一套房子，凑出钱送孩子到国外去念书。学成后供职于国外一家高科技公司，属于高端人才，比他爹强。富安又重新成家了，他老婆我见过几次，贤惠开朗，能容忍他那么多毛病的女人，真的是个好女人。眼下富安已退休，但那颗火热的心仍在激越跳动，那悲天悯人的情怀仍然没有退潮，他比当年更像一名热血青年。

> 你曾经是这样一个朋友
>
> 与我这么近，这么亲密
>
> 不知不觉却悄悄远离
>
> 是在哪儿，我们步入了岔路
>
> 我走过那昔日的校园
>
> 无奈接受着这人世维艰
>
> 没有你在身边

那天读到吟游诗人鲍勃·迪伦的这首《人世维艰》，心中充满了伤感，久久不能释怀。我在网上找来这首歌，静心谛听，一遍又一遍，往事如烟，若隐若现。

王琪玖

七九是在他爷爷79岁高寿时出生的，故名七九，一直叫了20多年。上大学后，改为洋气炽盛的"琪玖"。班里改名的同学不止他一个，基本上都是农村来的学生。

琪玖是我们班上年纪偏大的一个，长得牛高马大，粗喉大嗓，声音带着一点沙哑，额头上有浅浅的皱纹，带些沧桑感，茂密的黑发中夹杂着白丝，为人耿直。虽然个高，可胸老挺不直，总感觉负着重物。琪玖是关中道上富平人，上大学前种过地，做过工，卖过货，教过书，一直在农村讨生活、挖光阴。改革开放改变了千千万万个像琪玖一样的农村青年的命运，使他们看到人生希望，有机会摆脱高加林（《人生》主人公）一样的宿命。其实何止是琪玖呢，我们那一代人都受到改革开放春雨的润泽，整个中国都受惠无穷。

我们上中文系，当初就是奔着文学梦想来的。而琪玖喜欢文学不同一般，他是虔诚的喜欢。琪玖是校报文学副刊编辑，文学社团骨干，他与当时在文坛已崭露头角，后来名闻天下的贾平凹、路遥、高建群等人都进行过交流切磋。不时有豆腐块小文发表，曾发愿要和那些文学同好一起写出惊世作品来。真是身穿半件长工衣，怀揣一颗地主心啊！我佩服他的执着勤奋和努力，但对他写的东西不以为然。在学校见过他写的散文诗，婉约肉麻。奇怪，这个高大的糙汉，怎么写出这么清丽的文章？反差太大了！看到他常阅读现代文学史上丽尼、陆蠡、戴望舒这类"低细的声调，玲珑的文字"，我很不以为然，不免一番腹诽和讪笑。这也许是初入文学道不可避免地先从辞藻华丽入手吧。但琪玖不为别人看法所动，坚持不懈，做自己的事，从未放弃过。

琪玖率真地认为，凭自己的本事立身不需要讨好任何人，他就这么直戳戳地做了。这份品行和愿望，在毕业时残酷地碰壁了。他的耿直得到的回报是：分配到当时最艰苦的地方陕北延安。和他一起共赴延安的是他的女朋友，后来成为他婆姨的淑萍。这个女子也是我班的同学，如同她的名字一样贤淑，个子不高，长得结实，说一口字正腔圆的秦腔，好像从来就不会说普通话。"为爱情巴格达不嫌远"，淑萍本来是可以留在西安的，至少可以留在关中，但她还是义无反顾地跟着琪玖走了，不是去享福，而是为了一份爱情去面对所有的苦难。不由让人感叹：到哪里去寻这样的好女子？

离开富庶的关中平原来到贫瘠的陕北延安，琪玖夫妻俩在一所高等院校教书育人，在这里整整蹲了十年。用琪玖的话说是"最灰暗的一段日子"。然而，他青涩的果实是在这里催熟的，在这里娶妻生子，在这里成家立业，在这里被锻造成为一个真正的男人。生活的磨砺使他的行文刚劲起来，成熟起来，更使他的人生刚硬起来，坚韧起来。即使在最灰暗的日子，琪玖也没有停下文学的脚步，写下了生命中值得纪念的激扬文字。

琪玖两口子辗转回到西安后，磕磕绊绊，风风雨雨，干过记者，当过老师，做过文员，春风得意过，张皇失措过。最有意思的一件事，是琪玖在《女友》杂志社行走过一段时间，这本杂志在90年代和《读者》《知音》等一道可是当时的年代品牌。这又不禁让人想起琪玖在大学里写的那些婉约文章，倒是和这份杂志很合卯呢。

琪玖后来到西安市大雁塔下面某个党务部门供职，同时兼任了几所高校的教授，他身上堆着七七八八的头衔，这个杂志主编，那个学会会员，每日里编刊、教书、写文章，忙在其中也乐在其中。琪玖已不限于文学创作研究，有了更加宽阔的视野和触角，涉猎现代文学、秦文化、长安学等方面的研究，已名满长安城。前些年到西安，琪玖送我一本他的新书《沐惠村纪事》，文中感情真挚，文字老辣，少了矫情，多了沧桑。洋洋20万字，一读便知是下了功夫的，是一本真正意义上的书。还有两本书是在网上看到的：《大秦帝国的崛起》《骊脉归秦》，都是厚重的历史文化大作。不由让人感叹：这厮出息大了。但琪玖对自己有着清醒的认识："你是石子，你就完全没有必要硬充金子的角色，也不要去羡慕金子的荣耀，当好你石子的角色，做好你石子的本分，你就足以自慰了。"这是一句抄自琪玖小文的话，他在自省。其实，琪玖已经不可遏制地闪闪发光了。他的一位友人评价琪玖："王先生是典型的秦人，属于'半城文化半城神仙'中的神人，他砖头一样的书一块块摞上来，那下气力的样子堪比民工，但建筑的却是秦人久远模糊的精神殿堂。"

眼下已退休的他，整日含饴弄孙，种花养草，喝茶会友，过上了逍遥自在神仙般的日子。一日，琪玖在微信上转发了一条消息，说延安南泥湾干部培训学院正组织编写一本红色教材，特聘王琪玖同志为项目组副组长，承担该书编写主笔。琪玖又不得闲了。延安是琪玖成长的地方，他人生最好的十年时光都掷在那里，他会用自己的智慧和才华回报延安的。

到西安参加同学聚会，琪玖两口子都来了。还是那个琪玖，仍率直热情，但平和多了，不夸饰，不张扬，保持着农民本色，又具备知识分子的独立品格。酒喝过，上了一盘包子，每人拿一个吃了。琪玖太太又用筷子夹起一个给琪玖，琪玖说，已吃了。妻说，再吃一个，刚才光喝酒了，没吃啥。琪玖不语，默默又吃。见这两口子当众秀恩爱，同学嫉妒了：咋不让一下我们？我还没吃呢？琪玖一笑：你没这命么，咱有个好婆姨。对于同学们的夸赞，琪玖自嘲：咱就是个农民么！在凝聚了多种能量后，琪玖不再像过去那么激越了，他的沉静中有了更多内容、更多力量。

吃饭的时候，闲扯到书法，他说一直在写着，谦虚中又有一些自得，便央求给写一幅。琪玖应承了，说在我离开西安之前给写好。但迄今我没有见到一点他的笔墨。

陈汉生

2019 年秋天，霍松林先生的塑像在西安栖凤山墓园名人园落成。霍先生是一代宗师，中国古典文学专家，声名远播。上大学时有幸聆听过大师的謦欬，是我和我同学一生的荣幸和骄傲。还让我骄傲和感慨的是，这座雕塑是我的同学、陕西龙吟雕塑院院长陈汉生完成的。老师塑造了我们的灵魂，学生为景仰的老师造像，几十年后穿越时空，师生再次相遇对话，可谓冥冥天意，也是一份美缘。

毕业 30 多年，汉生是班上几个为数不多一直没有再见面的同学。大学时，汉生和我同宿舍，他来自陕南商洛山区。那个地方是先秦时商鞅的封地，又有洛水逶迤而过，故得此名。商洛不仅出了商鞅，他的《商君书》驭民五术让人不寒而栗，是历代集权统治者的驭民利器。商洛也是出绵厚文人的地方，大名鼎鼎的贾平凹就是从商洛走出去的，他的锦绣文章名满天下，成为秦地的骄傲。汉生就是生长在秦尾楚头这样一个南北文化交汇、犷悍灵秀相济的地方。他的口音和其他陕西同学明显不同，性格和处事方式都异于他人。他身体健硕，性格刚强，意志坚定，内心敏感，见强不怕，遇弱不欺，有强烈的英雄情结。

我和汉生都喜欢画画，当时我有明显的优势，上大学前曾在业余美术班学习过，有基础。而汉生我觉得他只是喜欢，没有见他画过什么像样的速写素描。然而大学临毕业，我却发现他买了毕加索、塞尚、凡·高、莫奈等西方现代画派的画册在研读。我想，你连古典主义的基础都还没有，就现代主义了？很不以为然。

大学毕业，我们各奔东西，开始了各自的生活。汉生先是分配到家乡一所中学，后来又到了商洛师专任教。前些年同学聚会，老是约不上他。只听说汉生辞了学校公职，去了南方做环境雕塑，而且做得风生水起。

前年中秋放假，我携妻到西安旅游，和同学相聚。席间，又问起汉生。富安说，汉生现居西安，是咱这里的文化名人了。中秋回商洛看父母去了，你晚一天走，我约他回来见上一面。第二天，我推掉了其他应酬，下午就在宾馆恭候静等。一会儿富安电话打来，说他和汉生在宾馆大堂候着。一见面，我俩情不自禁地先来了个男人的拥抱。拥着汉生宽阔有力的肩膀，我眼睛竟然有些湿润。我们有30多年没见面了吧？34年！他说。眼前的汉生，声音还是那么熟悉，身体还是那么健壮，一张蒙古族人的阔脸，一头乌黑落肩长发，还有黑白间杂的髭须，猖狂、张扬，典型艺术家的范儿。我们这个年龄，岁月的毒手已把人摧残得惨不忍睹，同学们不是光头谢顶就是满头飞雪，浑身松弛，老眼昏花。而汉生长发披肩，目光炯炯，双腿笔直，肤色黝黑，胸肌和臂肌像要从身上的T恤中迸裂出来，就是个老小伙儿。

寻一安静餐厅坐定，富安又约来同学九诗。汉生拿出一瓶好酒说，到这年纪，身体不行了，一生的酒都提前喝完了，现在一般情况下不喝酒，今天兄弟重逢，破例。窗外秋月正圆，屋里数人方酣，三五知己，万千思绪，回忆美好往事，诉说人生艰辛，话题滔滔，往事历历。

我问汉生，还记得我们游泳的事吗？咋不记得！咱班上的那谁精沟子跳到游泳池就是当着咱俩的面干的啊！我俩一起习武，一起游泳，身体是最棒的。我的胸肌是圆的，你是方的，你比我瘦些，腰上的肌肉练不出来，这让我有成就感，哈哈。

忆起游泳较劲的事情，话题一下打开。那年学校成立了冬泳队，开始人很多，不到一个月就剩十几个了，再过几天只有几个人了，就像我们班辅导员郭汉文说的："开始还可以，越来越不行。"汉生和我是硕果仅存的敢于挑战冬天和自己意志的冬泳者。我们俩互相激励，又互相较劲，互相佩服又互相不服，看谁先认怂。汉生说，那时我很推崇你，来自边疆，多才多艺，倜傥不羁。特别是你的画画得比我好。你记得不？一次你穿了一件很时尚的港衫，我羡慕得不行，中午趁你睡觉时，悄悄穿上在操场走来走去扎势子。当时我心里在翻腾，啥时候我才能想穿啥就能穿上呀。他不说，到现在我都不知道汉生穿过我的衣服。

我也想起一件事。有一年暑假前，汉生和我约好假期骑自行车到青岛去一趟。不料，我在校园骑自行车，下大坡时失控撞到大树上，把半个脸弄成了棉花包。我没去成，汉生约了别人去了。开学后见到汉生，面孔黝黑，双腿硬粗，竟然有些沧桑感。他给我们说一路见闻，天地开阔，百般妖娆，遇见过数个奇人，骑坏了一辆车。我悻悻然，小心眼地不愿细打听他一路的传奇和经历。

酒酣耳热兴致所至，汉生情不自禁朗诵起诗来，伴以手势，恣意挥洒。惹得我和九诗也跃跃欲试，高吟低唱，一时间恍惚又回到过去学校时光。

一直好奇，汉生怎么会走向雕塑艺术之路？

不像你们，一毕业就进了大城市、大机关。我毕业后回到老家山阳县一中学任教，后来又到商洛地区的师专。美术是我儿时的兴趣，一直是我挥之不去、萦绕在心的情结。谁说我就不能学好美术？毕加索也没上过大学，凡·高还是个病人哩，这都没有妨碍他们成为一代大师。记得尤西林吧？咱们的美学老师，他对我影响很大，坚定了我的志向。

汉生说的尤西林，是我们七七级的学长，也是我们青年时代的精神导师。他毕业后留校，给我们开了美学选修课，开风气之先，让我们很早就聆听到人类最重要的思想。康德、海德格尔是他的最爱，也深刻影响着我们。每逢他的课程，大教室都满坑满谷，过道上都站满了人。尤先生现在是国内著名的美学和文艺理论专家，汉生几十年来与他保持着师生之谊，常常拜访交流。

在商洛师专任教时，汉生开了一门西方美学史的课程，那时条件有限，没有幻灯片，甚至没有图片。汉生竟自己手绘制作图片上课，这不仅让他系统学习了西方美术史，也增强了他的艺术感觉。汉生心怀天下，一隅商洛岂能拴住他。两三年后，他辞去公职闯荡到南方，把美学和艺术理论付诸实践，在广州、东莞等地做起了环境艺术雕塑。在技艺、资金都充盈了以后又杀回西安，开办公司，建立工作室，锤泥敲石，熔铜铸铁，挺立时代潮头，锻造精神品格。陈丹青有句话说得好：艺术家是天生的。"天生"的意思，不是指所谓的"天才"，而是指他实在非要做这件事情，什么也拦不住，于是一路做下来成为他想要成为的那种人。我觉得，这话就是说汉生的。

我想起前一天我们在汉中勉县定军山、诸葛墓、武侯祠等历史文化景区游览时，看到几组三国故事铜雕，《神兵天降》《黄忠刀劈夏侯渊》《马超》等，觉得很有气势，写实传神，为景区增色，却不料这是汉生的作品。当下，汉生在陕南乃至整个陕西都声名鹊起，陕西南部的汉中、安康、商洛有大量他创作设计的历史文化景观雕塑和历史文化名人雕像。汉生的英雄情结、家国情怀在他的经历和作品中得到充分的释放。

如果仅仅是这样，汉生还不能称为艺术家，只是个雕塑匠人。这个手艺、这些雕塑是他赖以生存的饭碗，为稻粱谋的生计。汉生追求的岂是这些？

席间，汉生郑重地送我一本画册《大匠之道》，题眉是"中国当代最具实力艺术家"。里面收集了汉生的重要作品，前半部分是艺术作品，后面是环境艺术工艺作品，还配有他写的诗，从中可窥其艺术格调和成就。汉生诗人气质浓郁，本身就是个诗人，曾有诗集出版和学术文章发表。哲学、美学、诗性、文学、历史完美地在汉生的身上和作品中体现出来。"告诉在场的男人们，英雄的命运就是/不屈"，这诗，多攒劲！《老子出关》《追忆似水年华》《刑天》《太公之钓》《苏武牧羊》等作品已具大师气象，从具象中出来，融通天宇，直指人心，洋溢着浓浓诗性和思辨精神。这些艺术佳品或获奖项，或被国内艺术机构收藏。

第二天离陕前，汉生邀我一定要到他在长安区的工作室和制作工厂去看看。在这里我见到了画册中的几尊原作艺术样品，其中就有那座《追忆似水年华》。那座汉白玉雕的马就在我的面前，我平复了一下激动的心情，注视着它，让它走进我的心里。那匹烈马安静下来了，临渊驻足，隔着一江寒水，压颈长啸，有悲风从身后拂过，惆怅而忧伤。时间之锯，伐倒一切，我们逝去的灼灼年华啊！这个作品特别契合我的心境。汉生雕塑的马很传神，我在草原待过，由衷地喜欢这个人类亲近的朋友。我不容推辞地直接就向汉生张口了：我要一尊你雕塑的骏马。汉生为我挑了一匹他亲自设计制作的铜铸骏马，将它郑重赠予我。那是一匹年轻的骏马，正值青春年华，肌肉饱满，丰臀细腰长腿，尾巴微翘，一蹄前探，势欲飞动，又似有浩茫心事。这不就是昔年的我们吗？

汉生有一首诗写道：

不管风从何而来
也不管沉渣最终落往何处
你始终以裸露的骨骼
架起一副朝圣者的灵魂

这是汉生人生的写照，也是他对艺术崇仰膜拜的写照。

陆夫奎

陆夫奎是我大学同学，在北京一家中央媒体工作。毕业一别，近 30 年没有见面。每次到北京约同学聚会，都没有他的身影。消息说，或出差外地，或出国公干，总之一般是约不上他的，让同学们觉得这家伙是故意躲着大家。

我们上大学的时间正好是改革开放初期。我们那届大学生有几个特点：第一是年龄悬殊。一个班的同学，有十六七岁的黄毛稚儿，有近 30 岁的老半壳子。我们上一届竟有父子同时上一所大学的奇事；第二是学生来源复杂。有刚从中学毕业的，更有不少上学前是工人、教师、演员、军人、体育工作者、基层干部等，各色人等，人才济济。每天校广播播音时间，你会听到中央人民广播电台播音员一样字正腔圆的声音，在你诧异的时候，有同学会告诉你，播音员是从某省电台考来的学生。第三个特点是农村来的学生多。入校报到时，让我最惊奇的，就是一群一群背着自织粗布行李、穿着蓝黑色对襟粗布衣裳的同学。因农村学生多，这所大学被戏称为"农讲所"。从这一点也可看出，当初的教育起点是很公平的。

夫奎是西安市人，高个，大头，说一口好听的西安话，不疾不徐，不激不厉。四方脸上，疙疙瘩瘩长了些小东西，像电影《甲午风云》中的英雄邓世昌，平添了几分男子气。上大学前，夫奎是一名中学老师，年龄在班里偏大。除了用功学习，他似不大愿意和同学有更多交流，很少参加班上的各种文体活动和社会活动。常常心事重重，忧郁如托尔斯泰笔下的聂赫留朵夫。每周五就挎上绿色小书包早早回家了。这在"黄金难买少年狂"的年纪和那个思想解放、个性张扬的年代是无法想象的。后来听说，他家境不好，还有个多病的弟弟，家里需要他这个长子来支撑。夫奎有当过语文老师的底子和社会经历，阅读广泛，文笔流畅，表达肯綮。对一些事情的认识和理解，其深刻、周密远在我们这些生瓜蛋子之上。

大学毕业，他留在西安。后来听说和班里的团支部书记合伙过日子了。团支部书记可是我们班上的核心人物，根正苗红，善良单纯，人缘和家境一样地好，经常像大妈一样给我们做深入的思想政治工作，要我们树立正确的人生观、价值观。大家没想到的是，团支部书记做思想政治工作最大的成效是把"三观"不那么正确的夫奎做成自己丈夫了。团支部书记毕业后毫无悬念地分配在北京某国家机关，再后来又听说，经过一些波折，夫奎也调到了北京。夫奎很珍惜与团支部书记的爱情和姻缘，在柴米油盐的日常生活中把老婆的唠叨和抱怨当作神曲来听。夫奎对老婆的无限爱意有一件小事可以佐证：老婆怀孕时，夫奎请不上假照料，便去单位献血，换来十几天的休息时间守在妻子身边。"还把发给我的营养品全部让她享用了！"夫奎说。当团支部书记的老公，一定要坚强，这是我们班同学的共识。因为有时候，这个团支部书记不太靠谱，婆婆妈妈唠唠叨叨。她还做着学校里的老本行，在一个单位信访部门针对更广大的人民群众做思想政治工作。凭她的善良、耐心和工作经验，一定不会让领导失望的。

几次出差到北京约同学相聚，夫奎都没有来。有一次聚会，他太太——团支部书记来了，说孩子马上面临高考，夫奎在家辅导孩子来不了。我们听了都很诧异：我们那个年代的知识结构能辅导得了现在的孩子吗？何况听说他的孩子专业方向是理工科。发福得像大妈一样的团支部书记给我们唠叨起夫奎的事。她说：夫奎自学英语已经过六级了！为能辅导孩子考奥数、考托福，奔个好前程，已年过半百的夫奎重新捡起英语苦读，对着微积分等高等数学硬攻，自己搞明白以后再辅导儿子。这得多大的动力和勇气，这是多么伟大的父爱啊！舐犊之情令人动容。夫奎出身平民家庭，在他这一辈命运有了转折。但居京不易，要想改变命运只有靠自己打拼。作家梁晓声曾质问：为什么我们对平凡的人生深怀恐惧？我想，那是因为在当下的社会现实中，一个平凡的人得不到应有的尊重。夫奎无非是想让自己的孩子过更有尊严、更高质量的生活。他们的付出，终得回报。儿子如愿出国赴北美留学，并且选择了非常好的专业，未来前景看好。

最近又去了北京，这一次终于把神仙请出来了。一见面，情不自禁地来了个熊抱，两人拥在一起嗳嚅半天不知说什么好。还是那么清癯，还是那样精神，除了脸上多了几道皱纹，少了一些疙瘩，鬓角有些霜白，眼睛有些花（戴上了眼镜），一切都是原来的模样。我捶了他一把：你这家伙，30年了怎么还不老？夫奎幽默地答：30年前就老相，现在还那么老相。是啊，那时在一群幼稚的小屁孩中觉得他不年轻，现在几个年过半百的老家伙在一起他又不显老。

同学相会，把盏叙旧，敞心掏肺，毫无禁忌。夫奎一支接一支地吸着烟，更多时候微笑静听，话语不多，明睿克制，不事张扬，一副洞悉世事、波澜不惊的大家风范。越是有阅历的人，表现得越是简单和沉静，那是生活淘洗和历练的结果。儿子的事情妥了之后，再没有什么大的闹心事了，再也不用拼命了。夫奎两口子除了单位上那点事，把自己生活安排得活色生香。每天走走路，练练瑜伽，周末假期到京郊爬爬野山……放下尘念，宁静淡泊，这其实就是我们要的生活。

那天聚会很晚才散，我去买单时，服务员说，已经有人买过了，是夫奎提前悄悄把单买了。

张少华

张少华受到大家青睐的原因是他会弹吉他。那个年代，会弹吉他、会写诗的人是很时尚、很拉风、很受宠的，身边围满了崇拜者和赞赏者。

少华是我的同班同学。那年九月秋雨潇潇时节，我们进入大学校园。报到的时候，人群中我一眼就看出他是来自新疆乌鲁木齐的。这家伙戴一顶绿军帽，里面用纸衬得高高的，上身绿军褂，下面蓝裤子，脚上是懒汉鞋。这是当年乌鲁木齐最新潮的打扮，有些痞，有些时尚。我的装备比不上他，只有一顶军帽，军衣可是稀罕东西，我没有。凭着装扮我俩接上了头，有点惺惺相惜的感觉。他掏出一沓撕成条的报纸和一个装着莫合烟的小扁盒，我俩娴熟地各自卷了一支，咬去根蒂，用舌头舔了一下，点上火，在缭绕的烟雾中就寒暄上了。可能是乌鲁木齐太小了吧，千里之外遇到的陌生人，居然和我有交集，这家伙和我一个堂兄弟还是中学同学呢。

当年新疆是个遥远而神秘的地方。同学们听说我们几个人来自新疆，不约而同地问道：乌鲁木齐是草原吗？其实新疆同学样样都不输人，虽身处边疆，但受多个民族、多种文化的熏陶，他们有别样的气质和才情。驰骋球场笑看风云的女汉子安小琴、素笺盈墨抒写惆怅的诗人杨瑞雪、花枝妖娆迷倒众生的徐雯，以及沉着秀惠的刘向晖、耿介天真的王海鹰，一个个站出来都是人中骐骥。更不用说尤善执琴捻弦、吹笙踏歌的少华了，一时间简直让我们新疆同学高傲得像骑在骆驼上俯瞰众生。

我们班里有三个人操持乐器，老胡的手风琴，艾军的黑管儿，少华的吉他。前两位操持的乐器属于高大上的，经常上台演出，一副"道貌岸然"的君子样。吉他则草根亲民得多，在有些人眼里可能还属于登不了大雅之堂的乐器，多是在聚会的圈子里自娱自乐。少华除了弹琴，还能唱许多中外民歌。他的弹法是新疆的那种野路子，边弹边唱，重在表达感情、释放情绪，节奏感强，很有感染力。班里还有一个专业音乐人林晓，很有艺术家的范儿，浑厚男音如低音炮，留着学生中少见的大背头，面若敷粉，衣冠楚楚，经常对着镜子自我欣赏，还不吝下嘴猛夸自己"脸上一点瑕疵也没有"。林同学经常组织系里、班里的歌唱比赛活动，搞些古典音乐欣赏之类的讲座，四处播撒阳春白雪，后来成为西安市著名音乐电台主持人"林音"。虽然林晓同学在排练节目时总是焦急地说：看着我，我给你们情感！但是我们六根不净，俗气难除。在林晓和少华之间，我们更喜欢少华的市井气息和草根传统，它更接近我们的生活，抚慰我们的心灵。

少华会唱很多在社会上流传的民谣。那时"文革"刚结束不久，传媒不发达，除了革命歌曲可以经常听到，其他一些想听想唱的好歌都在民间流传。当时有一本"文革"前出版的《中外名歌200首》在学生中流行，大多是手抄本，里面的歌曲少华几乎都会唱。少华还会唱许多知青歌、港台歌、新疆流行的民谣。最有名的要数中亚民谣《西格纳什卡》，这首曲子节奏欢快，易于上口，歌词即兴编，还适合跳舞，在南北疆一些朋友聚会的场合中，这首歌曲至今仍是必唱曲目。有些新疆音乐制作人在自己的音乐专辑中都翻唱这首歌，姜文的电影《太阳照常升起》片尾也用的是这首曲子，可见其魅力和影响。"爱你爱你真爱你，找个画家来画你，把你画在吉他上，抱着吉他我抱着你"；"我的名字阿不列孜，赶早吃的是糖包子"，这些即兴填的词后来固化下来，成为经典、配合欢快的曲子，就像新疆这片土地和新疆人一样，神秘、广阔、乐观、诙谐，充满了对家园、爱情和美好生活的向往，弥漫着市井巷子的烟火味。少华浑厚中带着一些喑哑的莫合烟嗓子，微闭着眼睛跟着吉他和弦唱出来格外有味道。

不久，少华就渐渐和我们疏远了。他更喜欢和高年级、其他系以及外校的新疆籍学生混在一起，那个群体气氛更适合于他，在那里他能获得更多的欣赏和赞美。政教系那个长头发瓦刀脸的新疆同学，因为喜欢听吉他弹唱和少华成为好朋友，还专门送他一把广州产的红棉牌吉他。当时这把吉他售价70多块钱，我们一个月生活费才20元，算得上是贵重礼物。少华带着这把橘红色的吉他，弹奏青春，歌唱生活，让自己的大学生活飘逸在音乐节拍和歌声里，陶醉在朋友的赞赏中。每逢周末、假期，少华就带着那把橘红色的木吉他消失在我们的视野里，在西安高校的新疆人圈子里尽情欢腾，和我们一个班的同学却越来越疏离。

少华看上去很粗犷，很辽阔，很新疆。常常烟不离手，不时喝得酩酊大醉，操一口新疆话，其实他骨子里很敏感，时常焦虑，有时甚至很脆弱。少华祖籍在南方，性格上有着南方人的细腻、秀气、多愁善感等特质，面容苍白清癯，称得上是玉树临风的潇洒美男。一个星期天，我到他宿舍串门，只有他一人落寞地拨着琴弦，桌上烟灰缸放满了烟蒂。隐约听说少华最近恋爱了，不知是哪个七窍玲珑的姑娘触动了他内心柔软的地方，让他在水深火热之中不能自已。我们没有多说话，任由他执弦倾诉，我坐在那里静静地分享爱意。他拨动琴弦唱了一首又一首，情绪在指尖飞动，从喉咙中溢出。"深深的海洋，你为何不平静？"往日明亮的大眼睛黯淡下来，哈姆雷特一样忧伤着，后来这种情绪伴随他很长时间，就像一句话说的：读得懂风花雪月，却走不出沧海桑田。

毕业后，我们一同回到乌鲁木齐。少华先在一所中学教过一段时间书，后来就听说调回内地了，在南京市某个机关单位工作。青春已成绝响，各自天涯一方，30多年了，竟没有再见一面。虽然多次去过南京，可是由于各种原因都没有寻到他。这个冬天我又去南京了，这次下决心要找到他。互联网时代这个也很容易做到，在微信群中很快征询到少华的联系方式，还没到南京就联系上了。在雾霾笼罩的金陵，我的心底一时格外敞亮。少华在宾馆接上我，然后到建邺区中央商场的一家新疆风味餐厅，边吃边聊。还是那个少华，没有疏离感。他有些发福，头发有风度地开始稀疏，眼袋也垂了下来，只有耳朵还是像原来那样，紧紧贴着头发，一点也不显山露水，正面几乎看不到。穿着风衣，系着围脖，风度依然不减当年，虽然上了年纪，却也是优雅地老去。问他还弹不弹吉他，他呵呵一笑：谁听啊，很久不动啦！和我们这个年纪的其他同学一样，少华已是单位部门领导了，管着一些人和事，正是忙碌的时候。前不久，其顶头上司先后被查处，少华他们星期天都不得休息，处理诸多麻烦的事情。我们一起聊到的人和事，大都是在校时高年级的与外校的新疆同学，那是他的圈子。

少华特意安排了新疆饮食，使我有到家的感觉。来南京这几天，甜兮兮的酱油饭一直委屈着自己的胃口，这回有些翻身解放吃饱饭的意思了，尤其是这里的过油肉拌面我觉得赶上乌鲁木齐的水平了。而少华对上来的拉面则满腹狐疑：是拉条子吗？我怎么觉得是压的面条？无论服务员如何解释，少华还是疑虑难消，让服务员换了一个面。面上来后，少华还是不能肯定是手工拉的，用筷子挑起面来仔细端详，鉴别真伪。我忍不住劝了他一下，这才罢了。少华工作很忙，且在一个节骨眼上，不便更多打扰，我在南京日程也安排得很紧，没时间再见面，吃完饭便匆匆别过。不过总算了了一桩心事，见到了多年未谋面的同学。可我觉得有些惆怅，没有久别重逢的惊喜，也许是岁月销蚀了激情，把我们锻造得越来越平和了。

再也听不到少华的吉他声了。

上华山

在庸常平淡的岁月里，总有一些难忘的人和事强化着我们日益退化的记忆，这些人和事让我们相望江湖初衷不变，温暖着冰冷粗糙的世界。

华山之行算来有 30 多年了，想写写它，可又记忆模糊、细节不清，向几位同学征询，零碎一二，幸当年有日记尚存，翻览岁月，整理成文。

上华山不能不提于小峦，不仅仅是因为她有数次上华山的经历。于小峦是北京知青，下过乡，当过产业工人，最后抓住了青春的尾巴，考上了大学，成为我的同学，并且与我同桌。大学我们班有 53 人，只有 10 名女同学，男女比例严重失调，年龄差距也大，入学时最小的 16 岁，最大的已经 28 岁了。于小峦是班里的年长者，一口纯正的北京话，她也一直以大姐的风范关爱着大家、影响着大家。大姐学习勤勉用功，严谨认真，仿佛别人有大把时间可以挥霍，而她不可以，总有一种紧迫感，要把几年的年龄差距抢回来。整日见她穿着一身双排扣的蓝色列宁装，挎个绿书包，提个热水瓶，来往于教室、图书馆，很晚才回到宿舍。尤其到了考试前夕，她是学习上最认真、最上心的。她的各门功课成绩都很好，课堂笔记记得认真，一笔刚健有力、潇洒漂亮的钢笔字，把课堂笔记搞得像老师的讲义似的。每逢考试，她的笔记本成为同学们复习的范本。另外，于小峦同学喜欢运动，在女同学中是最爱运动的，操场、游泳池经常可以见到她的身影，她还是学校冬泳队的队员。热爱运动使她身体健康，精瘦结实，并且一直保持到现在，与富态天真的团支部书记形成鲜明对比。我一直怀着一种尊崇的心情对待这位大姐，班里有不少年龄偏大的同学，唯小峦大姐能让大家肃然起敬，尊重有加。

每年春季，学校都要开运动会，有几天闲暇时间不上课。班里我们这一组几个人私下蠢蠢欲动，酝酿借这个时机出行一次：上华山。于小峦是班干部，一向循规蹈矩，以正能量示人，我们想她可能会阻止我们，起码不会参加。没想到，听到消息后，她竟与我们"沆瀣一气"，带头密谋，制定出行的方案计划。学校已经下了通知，不准在运动会期间擅自出行。于小峦这个时候的这个举动，背离了组织要求，却拉近了和大家的距离。于小峦原来工作过的工厂就在华阴市，距华山不远，她曾经上过两次华山，对地理情况很熟，成为我们这次行动的组织者和导游。还有一个组织者是我们组长李峻岭，这家伙西安本地人，热心肠，能忽悠，敢担当，有他在没有办不成的事。领导带了头，群众有劲头，没有什么可担心的了，即使天塌了，也有于小峦这个小个子顶着，我们都这么不厚道地想着。

运动会的前一天，天刚蒙蒙亮，我们15个人，其中有5个女同学，按照既定方案蹑手蹑脚起床集合，鬼鬼祟祟出发了。像外出打工的民工一样，一干人马提着包袱，带着行李，慌慌张张上了公交车，赶上了7点多的一班火车，晃荡了3个多小时到了华山东站。

进华山的谷口是一处道家圣地，曰"玉泉院"，院里有殿亭、回廊、石舫等，年久失修，很破败。但烟火缭绕，磬钹声声，上香的，要饭的，卖唱的，兜售佛像、念珠、纸钱、炷香的，一派乌烟瘴气。我们沿山谷进发，到了青柯坪，这是一块相对平整的地方，接下来就要攀山了。大家坐下来稍作休息，吃点带的干粮，补充一下体力。少华带了一部当时很时尚的日本"三洋"砖头录音机，放上港台音乐，在邓丽君的靡靡歌声中，几个人在山间坪地上跳起舞来。那时正值交谊舞风靡，就如今天到什么地方都低头看手机一样，只要有机会都不会放过。

这时候真正的攀登开始了。经"回心石""千尺幢""百尺峡""老君犁沟"，一路上手脚并用，到了北峰，这里是登临其他四峰的要冲。那时的北峰上一片狼藉，"文革"中遭破坏的庙宇道观、残垣断壁还没有收拾。我们没有停留，直接南上去中峰。经"擦耳崖"，到了"苍龙岭"的时候，体力透支得差不多了。抬眼望去，山脊上一条小道拾级而上通向天际，两旁万丈深壑，势如刀削斧劈，路惊险，人累惨，女同学的行李都分担到了男生身上。我身上连背带提好几个包，还提着一塑料桶饮水，说"心甘情愿"吧，多少有一些无奈，谁让你和汉生又是习武，又是游泳，整天吹嘘自己身体有多棒，你不背谁背？但更有一份担当和勇敢在激励自己：我能行！开始很是逞能，但此刻苦不堪言。

说笑声没了，队伍也拉开了距离。我和汉生、小卒负重走在队伍最前面，渐渐汉生、小卒与我也拉开距离前行而去。我一人孤独地跋涉喘息，咬着牙槽拼力前行，这会儿是整个行程中最艰难的一段。天色暗了下来的时候，到了金锁关，离目的地不远了。看到远处昏暗的灯光，听到隐约嘈杂的人声，心里充满了希望，再贾余勇，目的地中峰终于到了。小峦和峻岭带领的大队人马一小时后跌跌撞撞到达,大家都累得像散了架似的。

就在中峰顶上租了一间简陋的大房子,不到 20 元,屋里就一个大炕,几个铺盖,15 个男男女女炕上炕下自己找睡觉的地方。但好像大家都没有睡意,吃喝洗漱后大都到屋子外面,披上被褥围成圈,席地而坐,在明亮的月光下,伴着松涛沐着夏风,低吟高唱,畅吐心扉。可我呢?那么美好的清风朗月松涛繁星也没有遏制住我浓浓的睡意。走了一天疲惫至极,这时觉得睡个好觉才是正事。天快亮时,有人嘲笑我是个瓜怂,跑到山上来睡觉,真是搞不清轻重。我好像才清醒过来,痛悔不已。是啊,四年大学有几个这样的机会啊,男女同学亲密无间,远离尘世,啸聚山林,指点江山,谈天论道。在这么一个浪漫的时间浪漫的地方,我怎么就这么不懂风月、不解风情地蒙头大睡呢?汉生睡了没有我不知道,小卒肯定没睡。

天还没有亮,收拾了行装,去东峰看日出。晨风凛冽,带的所有衣服套上都不能御寒。天色渐渐亮了,远处银练般的黄河映入眼帘。6 点半许,太阳从地平线下慢慢升腾上来,开始是橙黄色,然后越来越红,离地仿佛只有一线之联时,它跃然一跳,跨上了黛青天际。这是此生我唯一一次全程观看日出，此时天地安详，人生饱满，红尘不见，宠辱皆忘。于小峦用她的120相机，前前后后为我们留下不少美丽的影像。我和脑袋硕大、厚道朴实的建文兄弟有张在松树前迎着朝阳、沐着晨风的合影，颇有革命英烈的气质。汉生站在一棵松树顶上咧着嘴笑，则有些猴子上树的感觉……虽然是黑白照片，但在我们心中，一帧帧都是永远抹不去的五彩缤纷的念想。

有几处险境，只有几个人涉足，女同学中唯有于小峦一人，其勇气和意志不是一般人所具备的。"每个人心中都有一团火，路过的人只看到烟"。那天，这团火燃烧了，照亮了大家并带给我们惊喜，严谨的大姐在我们的心中又有了另外一个样子。30多年后，我又上了一次华山，方便程度与当年不可同日而语。景区各种设施完备，不想走路有索道车，危险地带还有特别的安全防护，旅游中大都是有惊无险。我们那时的历险可不一样，彼时华山还没有开发，完全没有防护保险措施，没有索道缆车、安全绳之类的，经常有人不慎坠崖。我一中学同学，去华山度蜜月，就发生了照相时人在镜头里，快门按下去，抬起头来人不见了的悲剧。我们凭着初生牛犊不怕虎的一腔热血和无知无畏的一腔狗血，用青春丈量天下，拿生命做赌注，把人生最惊险的举动留在了华山。

惊险之处，一是"鹞子翻身"，其路凿于悬崖上，朝下只能见两条钢索，下去必须面壁挽索，脚踩石窝而行。铁索与石窝呈"S"形嵌在绝壁上，下去要左右翻转身体如鹰鹞一般。还有一处是南天门外的"长空栈道"。据说是哪个华山派道人为避世修道造的一条道，在绝壁上凿出石孔，楔进石桩，再搭上几块木板筑成。长有几十米，宽不到半米，仅容一人通过。再往前，攀铁索直下几十米之后到了真正险峻之地，一条更险更窄的栈道。这里被称为"嗳嗳桥"（又称"臬臬椽"），长20米左右，宽不足30厘米，是用几截木板搭成，下面由石柱或者铁柱固定。小峦、小卒、峻岭、汉生和我，5个人走上了"嗳嗳桥"，走出了疯狂、刺激、冒险的惊骇一步，体验了人生最惊险的一幕，真有点"少年恃险若平地，独倚长剑凌清秋"的况味。一面是万丈深渊，一面万仞壁立，山风吹过，依然满身是汗，面壁握索，胆战心惊屏气挪步，汗湿的双手握着铁索一点都不敢分心。走完木板道，就是一个小小转弯，后面连木板都没有了，只有石窝。我们5人在"嗳嗳桥"上攀缘行进的时候，崖上面的同学吓得花容失色，喊叫着让我们停止冒险，有的都急哭了。为顾全大局，我们才没有继续走完它。

由于赶时间，我们没有去南峰，直奔了西峰。西峰是华山最秀丽险峻的山峰，此时，天空净蓝，艳阳通明，极目远眺，深壑幽谷，群山起伏。正如我们浩浩荡荡而又澄明的心境。稍事休息，我们再鼓勇气，班师下山，沿着原路返回。虽然疲惫不堪，却是满心喜欢，比上山轻松多了。男生们以助美人为乐，女生们累得忘记了矜持，险要处你搀我扶，亲密接触，心中窃美。记得好像是诗人气质的九诗不知为什么耍起了小孩子脾气，一度藏匿起来，让大家着急，漫山大喊，最后自己从树丛中出来，受到大家的指责。

过了青柯坪，我们一队疲惫之旅，遇见了王琪玖和刘向晖背着包袱斗志昂扬地走过来。他们二人也从运动会上溜出，单独组团寻找快活。我们一起留了个影，彼此祝福，各自上山下坡了。在华山火车站候车时，我们留下了华山之行最后一张萎靡失神的合影。上了火车大家乏困不堪，沉默无语，像刚下战场的残兵，在火车咣当咣当的节奏中一个个昏昏睡去。

回到学校后腰酸腿疼了一个星期。我们小组擅自出行的 15 人受到系里通报批评，告示贴在教学楼前。我们像中榜一样在通报中找自己的名字，十分淡定，笑而不语。班会上，辅导员郭汉文用那颀长的指头指着班干部："你几个又是党员又是干部，整天惶惶……"几天没有好脸色。也不知于小峦和李峻岭是否到系里做了检查。这次出行费用，连自己准备的食品、火车票等算上，平均每人才 25 元左右，进华山的门票才一角钱，一晚上住宿每人一块二。当然，那时的华山上也没有什么设施和花钱的地方，全是人工攀爬和自助服务。

小峦大姐居然保留了当年进华山的门票，时间是：1981 年 4 月 15 日。写这篇小文的时候，她给我发来了门票照片。记住这个美好的日子。

毕业前去了一趟洛阳

看到一句话很有感触：很多事情，跟青春绑在一起就是美好，离开青春，就是傻气。这句话让我想起了毕业前的那次出行。那时的我们，正是青春勃发的年纪，无知而无畏，真有点精沟子撵狼——胆大不知羞的劲头，做了不少冒傻气的事情。

似乎是一瞬间，大学四年的光阴就到头了。实习结束了，大大小小的考试终结了，毕业分配的志愿填报完毕，红色塑皮的毕业证也发了下来，就差一件事，那就是确定分配去向。校方说，一周以后方案才能下来，这几天放假。虽然毕业了，我们却是不着急，在那个年代，我们是天之骄子，总有一个岗位等着你。何况我们是"吃饭大学"毕业的，还愁没碗饭吃吗？

在系里召开的告别会上，年级辅导员和即将毕业的同学们最后一次坐在一起，都捐弃了前嫌，忘记了过节儿，像亲人一样恋恋不舍。整天在耳边聒噪的"你几个一天惶惶……"的声音再也听不到了，那张总看不惯的有些"丑陋"的脸，现在看上去也舒服多了。那个个头高大、魁梧威猛，深得辅导员欣赏的学生会干部，代表全系毕业生讲话。他那满怀激情振聋发聩的陕普我至今难忘："在此弥留之际，我们十分怀念朝夕相处的四年美好时光……现在大势已去，我们满怀希望地将要开始新的生活！"大家情不自禁地热烈鼓掌，啧啧称赞，富安一脸冰冷地说："讲得太好了，我不认为他是故意幽默，不愧是中文系学生干部的水平！"

就要鸟兽散了，心里空落落的。更空落的是还有一周的闲空如何打发呢？已经没有心思再去图书馆坐一会儿，读点什么写点啥了，该向老师朋友告别的都已泪眼婆娑地诉完衷情了。总得干点什么吧？和富安、志坚哥儿几个一商量，趁这个空当出行游玩一把，给我们四年的完美生活"画蛇添足"。去哪儿呢？斟酌了一下，我们瞄准了洛阳，名城古都，远近合适，更重要的是少林寺就在那里。电影《少林寺》刚刚给我们留下的印记还在涌动，那时，这个传奇的地方就是青少年心中的圣地啊。远行没有女生相伴是一件乏味的事情，于是又约了班里两个爱情还没有着落的女生安与杨，皆愿前往，权当去疗伤了。几人凑了一些钱，家在西安道北的富安联系了一铁路货场的朋友，安排我们搭乘一列货车，说走就走了。

一大早，赶到西安车站货场，找到朋友，他把我们带到一列货车的守车上，给守车车长叮嘱了几句，我们就上去了。守车是挂在火车货车尾部的一个小型车厢，它的功能主要是监视列车运行情况，是80年代以前的"古董"了，如今早已绝迹，已被自动化的电子装置替代。我们在它消失前乘坐过，真算是一次有幸的体验。车长的主要装备是一盏像京剧样板戏《红灯记》里李玉和形影不离的号志灯，还有一绿一红两面小旗。每通过一个车站，无论停不停车，车长都要向站台上举绿旗致意。我一直期待看他怎么用信号灯，可一路都没见他使用过一次，可能晚上才用吧。一路上我们看着车长不时打着旗语，并和他愉悦地聊着天，扯着淡，一直晃荡到三门峡车站。这时情况发生了变化：守车车长换班，新上来的车长比我们的辅导员还严肃，蹙着眉头，警察一般审问我们半天，疾言厉声要赶我们下车，说守车是列车重地，禁止任何闲人驻足。任我们怎么恳求都油盐不进，在列车开动前，这个坚持原则的车长硬是把我们赶了下来。

出行刚开了个头，就遭遇挫折，给我们不小的打击，心情有些沮丧，两位女同学开始埋怨。得赶快想办法，必须继续前进，找向东去的列车。管它是拉什么的。穿过密密交错的铁轨，看到一列向东开的货车停在那里，黑色车厢上印有白色的骷髅，里面是空的，机头喷着蒸汽，像马上要开的样子。就上这辆车！也不管在洛阳是否会停车，且走且打算。几个人迅速攀爬上去，车厢里还有刺鼻的"敌敌畏"之类的农药味道，地板上有的板子已脱落，朝下可以直接看到钢轨和枕木。不一会儿，汽笛嘶鸣，列车浩浩荡荡地开动，车轮和铁轨铿铿锵锵地唱着，我们心花怒放。

　　一路走走停停，到洛阳已经是半夜了。几个男女摸爬着下了车，逃难一般深一脚浅一脚，失魂落魄地跨过铁道，绕出了洛阳车站。在昏暗的车站旁边的街头小摊胡乱吃了些什么，就在一商场前的空地上歇息下来，迷迷糊糊睡了过去。不知什么时候被一阵嘈杂声惊醒，天亮了。四周人头攒动，摆摊的、杂耍的、闲逛的，一派烟火旺盛的市井气息，原来这地方是一个早市。我们几个像流落街头的乞丐，裹着衣服躺在那里，被一群人好奇地围观。记得好像因什么事还和警察发生了一些争端，富安大喊大叫，按都按不住。那时的我们天不怕地不怕，根本也没把警察放在眼里。

洛阳可是华夏文明发祥地，号称十三朝古都，"洛阳纸贵""竹林七贤""洛阳城里春光好，洛阳才子他乡老"等洛阳典故更是让人耳熟能详。昔年，人们还在为温饱挣扎，即便是古都名城，也没有多少人来旅游。每个景点都人迹寥落，冷冷清清，门票也很便宜，几角钱吧。两天之内，我们先后去了龙门石窟、嵩山少林寺，最后去了白马寺。现在想想，这些地方都和佛教有关，好像我们不是去旅行，而是专程朝佛去了。白马寺是佛教传入中国后兴建的第一座官办寺庙，寺名源于"白马驮经"故事，被认为是中国佛教的"祖庭"，寺内保存有宋、元、明等时期的"白马寺祖庭记"等碑刻。龙门石窟是我国著名的几大石窟之一，凿于洛阳龙门峡谷两岸的峭壁间，始于北魏，盛于大唐。有一座著名的卢舍那大佛，据说是武则天让匠工仿照自己的样子建造的，沉静安详、恢宏气派。

嵩山少林寺是中国禅宗始祖"碧眼胡僧"达摩在南北朝时期创建的，有着悠久的历史。我们从电影《少林寺》中看到的是一个英雄辈出、举世无双的少林寺。等到了少林寺门前，就有些失落了。一片林子，一座寺庙，一簇塔林，农家院落一般的规模，根本没有电影中那么巍峨传奇。这下毁了张鑫炎、李连杰给我们留下的美好印记。这就是"天下闻名，万古流芳"的少林寺吗？我们沉浸在电影梦幻里走不出来。在塔林，我和富安学着李连杰的样子，扎了几个武打架势，拍了几张照片，算是了了心愿。

从少林寺返回洛阳时，天色已晚，长途车都停了，本来打算要住在登封的旅馆了，突然发现一辆陕西周至县的卡车。上去搭讪，陕西乡党厚道，把我们捎到洛阳。到洛阳天已大黑，便就近宿于一家浴室，有地方歇脚，还可以洗澡，真是非常满意。当时对洛阳印象不是太好，30多年了，再没去过洛阳，应该有天翻地覆的变化了吧？

从洛阳返回西安，我们老老实实买了火车票，安安稳稳地坐了十多个小时的火车。告别了洛阳，我们也在告别母校，告别率性而蓬勃的青春。年轻的好处，就是可以在没有看清楚这个世界之前，做一些任性和想做的事。

然而，严酷的生活正等着自以为是的我们，直到被摧残得体无完肤。今天还在怀念那个美好的年代和那个年代不羁的我们，"那回忆一直响着/直到变成轰鸣"（顾城）。

走遍天下见到你

毕业 30 多年了，却好像昨天才分手。同学们天各一方，或安静或张扬地过着自己幸福或不幸福的生活，苦乐自知，悲欣自享。别离时为故人流下的一泡风花雪月的热泪，早已风干成绝响。

岁月把一个满怀炽热激情、自由单纯、不愿服输的青年，造就成一个顺应天命、多愁善感、不合时宜又不肯退出江湖的家伙。年轻时特爱牛气地自称"大爷"，当有一天在公交车上，一个小朋友叫自己"大爷"，给我让座的时候，才警醒自己真老了。光阴就是这么无情，它钝刀割肉一点一点向我们下毒手，你在不知不觉中已经体无完肤。岁月不居，时节如流，苟延残喘地在困境中坚守，身心疲惫地渐渐老去，这就是我们啊。

分手这么多年，结婚生子，经世立业博名，折腾到疲倦和厌倦的时候，突然就孤寂了，就有了念想。想起了大学那春水般的明亮生活和那伙不知天高地厚、聪明又浑噩的同学们,想起曾经肆意挥霍青春的年代,想起心灵年轻的短暂时光。常言道:相见亦无事,不见常念起。同城有四五位同门同学,有男有女,花红柳绿,供职于各机关院校。平时各自忙碌,节假日打个电话、发条短信问候一下保持联系,偶尔小聚,欢天喜地闹腾一番,快活几天。尤其是有内地同学来访,皆蠢蠢欲动,决不肯放过聚在一起大吃大喝的机会,同时借机表扬和自我表扬,给别人和自己添点恶心和欢快。

这些年,借出差机会怀着某些目的,天南地北地游窜,与天各一方的各路诸侯有了相聚欢颜的机会。西安是大本营,同学最多,麦稗共生。到了西安,先找李大侠,这家伙有江湖中人的一股侠气仁心,经年未改,一点都不受时代风气的影响,走投无路时找他最靠谱。于是挑头招呼,打电话发短信,选酒店点菜肴。得信者蜂拥啸聚,海饮畅谈,如当年开班会一样热闹,相互吹捧又相互攻击,被说成狗屎也高兴得如得到夸奖,当年欢乐、躁动、激情、酣畅淋漓的青春在那一刻穿越再现。

北京去得多,同学相聚的也多。朴质的小峦大姐是大家最信得过的人,每逢去北京,先与她联系,她会很周到地安排好一切。早年老婆孩子去北京,大姐安排吃住游玩，不仅仅是尽了同学之谊，更是一份善良和实在。志坚也是我去北京经常叨扰的人，有时直接就冲到他的办公室，也不管是否合适。北京城里经世独立的小卒，曾经威风八面的常煜，闷声过日子的夫奎、慧珠两口子都被我一一访得。

还有若干同学去了南方，打出一片天地并安营扎寨。那年到深圳，见到志利。这家伙当年是班里的"小鲜肉"，敏捷、阳光、勤学习、爱运动、喜欢文学、志向远大，在校读书时就已写小说并发表。当下已高居庙堂，管了一干人马，忙着不少闲事。志利携酒一箱，带人一枚，相约痛饮，不尽不散。酒是好酒，蜀地佳酿红花郎；人是牛人，西地故人真汉子。带来一人，杨波也，亦大学校友，早年来深圳打拼，立足站稳，尊为人师，诲人不倦。呕心沥血，致其形似瘦马枯树，令人心疼，不提也罢。老友相聚，无须官人捧场，不要闲杂人等叨陪，虽只三人，也如三军浩荡。欲约一同城同窗美女同饮，可惜外出，谋未得逞，三人皆憾且悻悻然。那个晚上，兄弟三人饮酒扯淡，信马由缰，回忆往事，臧否当下，扯了点大作怪的逸事，说了些不着调的昏话，酒酣耳热不觉夜半，酒已喝完，人已喝软，虽依依不舍却不能不散。这一夜头脑晕眩，心底澄澈，快活得不得了。

躲在岭南一隅的李教授也被我寻到。某年暑日到厦门，驱车 40 公里，在榕树环绕、红砖叠嶂的漳州师院（今闽南师范大学）见到了脑门锃亮大师般的李教授。他从西宁转战到这里也有十几年了，已是福建省某个民主党派的领导了。时间急，安排紧，李教授一家就近在一牛肉面馆请我吃饭。老李非常内疚不安地连连抱歉"简单了，简单了"。其实有同学的情分在，吃啥都是山珍美肴。

有一年冬天来得早，也较往年更冷，十一月大雪就悄无声息地飘落了。我要去大连，那里有一个家伙要会一会。老胡，当年在班里可是真正的"文青"。这小子长得干净清爽，玉树临风，戴一副《人到中年》里傅家杰同款玳瑁眼镜，拉一手漂亮的手风琴，一口好听的带东北味的普通话，在班里一堆说着"醋熘普通话"的人中，分外另类，格外洋气。开学不久，大家还未及回过神来，胡同学就把班里一位漂亮娇小的女同学黏上了，这一黏就是四年，使班里的男同学们羡慕嫉妒痛恨得欲哭无泪，恨不得找个碴儿狠揍这家伙一顿。

大连没有下雪，但是海风带来的寒意却是彻骨的。电话打过去，传来的是暖意。老胡推掉了所有应酬，在一酒店订好了饭局，还请了几个朋友作陪。故人相见，分外眼热，两个老男人情不自禁地拥抱起来。这家伙发福得脸都肿起来了，高高胖胖，白白净净，很有领导的派头。一张口，熟悉的东北普通话还依稀传达着当年的潇洒和俊朗。户外寒气逼人，席间热情洋溢。老胡还是那么自信，那么张扬，更健谈了，更洒脱了。东北人的豪情，西北人的厚道交替在老胡身上蒸腾发酵着。老胡当年毕业后就去青海了，待了几年捣鼓着回了老家东北，在大连谋了个美差，顺风顺水地走到今天。哥几个就着海鲜喝着啤酒，天南地北地扯着。扯到了当年的旧好，立马拨通手机，鸳梦重温遥想当年。可以感觉到，帅哥老胡仍然很有女人缘。很自然地又扯到家庭孩子，做父亲的自豪感油然而生。孩子继承了老胡的文艺天赋，考入上海音乐学院。他用手机放了一段孩子吹奏萨克斯的录音给我听，且听且陶醉且赞赏，充满爱意和自豪。

陕北、陕南以及甘肃还有若干同学，毕业一别 30 多年再未相见，只听闻他们越来越出息了，越来越不像自己了，譬如已成为大官人的马宏、摄影师江彬以及朗诵家志宏，等等，别着急，等着我，我不会放过你们的。

我们这拨人最辉煌的高峰曲线正在下落。同学们大都成为社会中流砥柱。有的成为领导，官高权重了，同学聚会时，会有意无意地嗯嗯啊啊地打着官腔，情不自禁地把自己的优越和得志泄露出来。也有的放纵欲望，无度地贪恋权色，过高估计自己的智商和能力，最终在社会博弈中出局，令人唏嘘。更多的同学在教育领域教书育人或者误人，轻车熟路地成为专家教授，游走于院校、机关、社会，开讲座、代课、出书，凭自己的能力博得功名，享受名声带来的快感。也有的紧跟时代潮流，学着"大师"的样子贩卖一些"人生哲理""心灵鸡汤"，其实都为稻粱谋。在臧否别人的时候，我自己也有让人提起来很恶心的事情，所以尻子夹紧，理解包容，谁让我们美好的青春那么集中地一起绽放了四年呢？"即使人世间和我们的生活都变得最坏，也还有一样东西永远是美好的，那就是青春"，显克微支说得多好！

一次在北京和一 IT 业界的青年才俊有过一次交流，深感这一代人和我们的差别。见了面有些诧异，没想到一个公司部门主管是这么年轻，仿佛脸上稚气还未脱净，但已经独当一面，掌控着一个大区的业务。眼前的他，朝气蓬勃充满自信，很有锋芒，却克制内敛。正是有激情、有梦想的年纪，抓住了机遇就不放手，敢想敢干，目标明确，有股狠劲。"团队精神""执行力""绩效考核"是他们的关键词。他们的人生梦想是赚更多的钱，住更大的房，为生活奔忙，向现实妥协。他们坚定地追求这个目标并享受这个过程。这些都是我们当年以及今天所不具备的。从新一代青年才俊身上，我感觉这个时代已经不属于我们。"人生代代无穷已，江月年年望相似"，我们正在慢慢老去，但总有人年轻蓬勃。

"如果狗狗们自由奔跑，我们为何不呼啸俯冲下平原?"（鲍勃·迪伦）眼下，趁身体还好，要紧的事就是走遍天下见到你，把酒言欢，笑谈当年，互相宽慰：世事浮云何足问，不如高卧且加餐。

我
和
朋
友

北京路上

北京路是乌鲁木齐城区北边的一条主干道。我在北京路旁的一座工厂长大，小学中学都是在北京路旁的学校读完的，这条路上的花开叶落、云飞尘扬伴我走过寂寞无趣的少年时代，也见证了我饱满充沛的爱情。

那时候北京路上阳光透亮，白云舒卷，四野开阔，空气里飘着庄稼的清爽味，远远地可以眺望到博格达峰雪白的峰顶。一眼望不到头的马路的两旁，是高高的白杨树，每年春夏之际，天空和路上就飘浮着棉花般的杨絮。路边是浓密的野草，再往里就是空旷的田地，田地里长满了欢实的麦子。

夏天在上学的路上，我常将路边麦田里快成熟的麦穗捋下一把，边走边搓，然后把去了皮的麦粒放在嘴里嚼起来，一路上嘴里都充盈着麦香。从家到学校有两站路，每天几个小朋友聚在一起，走长长的路去上学，没人接，也没人送。在二宫十字路口远远看去有一所白房子，到了白房子，上学的路就走了一半。到了冬天，马路上落了厚厚的雪，被车一轧，硬瓷瓷的。我们就穿上一种自制的叫"冰滑子"的滑雪工具，像现在小孩穿的滑板鞋，呼啸成群地在马路上飞驰，根本不怕被车撞着，因为马路上就没有多少车辆。

有时候，学校组织我们到马路两旁去欢迎外宾。有一次西哈努克亲王带了一队人过来，我们早早抹好红脸蛋，像杨柳青年画中的孩子一样，穿着白衬衣、蓝裤子，拿着塑料花，在寂寞的马路上等待眺望。等到树荫不再关照我们、太阳正中高照的时候，车队终于远远地出现了。我们立刻来了精神，蹦蹦跳跳地喊着："欢迎，欢迎，热烈欢迎！"车队在我们面前倏忽而过，我甚至看见宾努亲王向我们招手致意。回到家我们都会兴奋地对父母说，我们今天见到西哈努克了！

那时，北京路沿途除了为数不多的几个机关企业，都是农村庄稼地，属于红旗公社，后来叫二宫乡。铁路局是北京路上的大机关，今天它仍然盛气凌人地矗立在北京路上，新市区就是以铁路局为中心形成的，铁路局四街供应站就相当于今天乌鲁木齐的"天百"，是北京路上最大、商品最全的商场。

沿北京路有几家工厂企业和机关单位，如供电公司、矿务局、科学院、水机厂、农机厂、汽配厂、轴承厂等。有一所财贸学校和一所附属小学，后来财贸学校成了财经大学，附属小学成了35小学。35小学也从财校迁到了铁路局附近。还有几所中学，大多是厂矿子校。因为有机关厂矿单位，这条路领风气之先。

新市区的格调与老城天山区、沙依巴克区明显不同，人们说普通话，有文化，有观点，集体观念强，文体活动多。大工业生产带来的文明理念，在这条道路两边无形地散发，影响着这里人的气质。九中、铁三中两个学校是斜对面，隔一条马路，离得很近，一个是地方上的，一个是铁路系统的，两校学生也互不往来。

我们家隔着一条马路就是新市区游泳池，当时，乌鲁木齐也就红山和新市区有两座标准露天泳池。每逢暑期，最快乐的时光就是在游泳池度过的。深水池水质好些，人也少。其他两个泳池一到夏天，水都成绿汤了，里面鱼虫等小生物和孩子们一起快活地畅游着，享受着水的亲近和尿臊、漂白粉味带来的幸福。每天中午，五分钱一张票进去，直到黄昏时分精疲力竭出来。那时没有那么多吃的东西，一个假期下来，戏水的孩子一个个瘦骨嶙峋，面目黧黑，头发焦黄，一副营养不良的样子。

就是在这些孩子里，游出了一批新疆的游泳健将。

初中毕业后，我在北京路边的鲤鱼山一砖厂烧了四个月的砖，经历了一次蜕变。因为超年龄，不能上高中了，就找了这么一个事儿做。那些日子，我每天冒着炙手灼心的高温，披着麻布淋上水，从刚熄火的砖窑里抢时间出砖。每天天蒙蒙亮我就带上干粮，乘公共汽车到大寨沟，然后再穿过一片绿油油的菜地，这时候太阳从鲤鱼山后面缓缓升起。我迎着刺眼的光芒，呼吸着田野清新的空气，躲开几只向我狂吠的狗，翻越光秃秃的山梁，到了烟火腾腾的砖厂，灼热的砖窑已开窑，我换上衣服开始工作。

数月的高强度劳动，强健了我孱弱的身体，也让我体验了生活的不易和艰辛，对辛勤劳作的人有了一份深深的敬意和情感，一天2元3角报酬，让我觉得丰厚无比。几个月后，学校又招回超龄学生，说可以继续上学，我告别了烈焰高炽的窑炉，又回到清凉平静的书桌。有机会能继续读书是我的幸运，我相信是命运眷顾了我，让我感到它的温柔。

那时候城市似乎离我们很遥远，过了红山才算进城，只有乘2路公共汽车才能进城。那是一种短小、座位是木条的红色营运汽车，在一些怀旧电影里还可以看到它的身影。不知什么时候起，公共汽车改叫公交车了。十几分钟、半个小时才来一辆。因为其他车少，它在这条路上就显得多，好像北京路就是为 2 路汽车修的。刀郎的一首歌里唱道：停靠在 8 楼的 2 路汽车……就是说的这路车，它的一半路程在北京路上。

那时进一趟城，就像今天要乘火车去内地一样艰难和遥远。当年我上大学离开了北京路，我以为永远告别了它，不料毕业后绕了个圈儿，竟又回到了这条熟悉的路上工作。在北京路边的那座军营里，我健全了心智，收获了爱情。我们的孩子在一个秋雨潇潇的时节来到人间，呼吸到北京路上凉润清新的空气。

那段时间，每天早晨妻子喂过孩子后，将奶瓶、尿布收拾好，同孩子一起交给我。我抱起孩子挤上早高峰的 2 路公共汽车去父母亲那里，把孩子交给父母亲后，又折回挤上公共汽车去新单位上班。路途很远，要到长江路，但我总算可以休息一下了。我闭上眼睛，在人头攒动的车上，心无旁骛地站着睡一路。傍晚下班，又回到父母亲那里接上孩子，再回到自己的窝儿里。有一年多的时间，我就这样来来回回在北京路上穿梭奔波，屁颠屁颠地忙碌且快乐着。在笨拙的呵护中，我们和孩子一起在北京路上跌跌绊绊走向生活的深处。

当年北京路上那些威风八面的工厂曾经是乌鲁木齐的骄傲，当一名产业工人是件十分荣耀的事情。每到下班的时候，看着那些穿着沾满油污工作服、说说笑笑从车间出来的青年工人，我又羡慕又嫉妒。我的发小、同学有不少都进了工厂，享受了初春时节花上枝头的荣光。不知从什么时候开始，车间里的轰鸣声停止了，接着高大宽阔的车间訇然倒下，那些让人敬畏的天车、机床、气锤、冶炼炉等庞大的机器设备不知道到什么地方去了，仿佛一个晚上机器工业的痕迹彻底消失了。

老厂区被收购，开发成一座座新楼盘，整齐地排列在北京路上，楼盘下面是熙熙攘攘的商场超市饭馆洗浴中心，北京路在历史洪流冲刷下和世界建立了新的联系。我一发小，初中毕业就进厂当了工人，当年的他意气风发，努力学技术钻研业务，对未来充满了憧憬和希望。前些年我去探望他，问他生活怎么样，他说，还能怎么样？苟志苟活吧。经历了荣华和苍凉的他们对世道人心有着深刻的领悟。

我父母亲还住在北京路边原来工厂的楼房，房子已经很破旧，有不少人已经搬离了。我们兄弟几个劝老两口儿换个新房子，并已经看好了几个楼盘，可老人说什么也不愿离开。他们的大半生献给了工厂，以厂为家在他们看来是理所当然的事情。听父亲说，即使在"文革"

时期，参加完各种政治活动，晚上工人们都自觉地回到车间完成自己的工时定额，没有谁强制要求，他们是真正把工厂当作自己的家。当年的工厂已经面目全非，可在他们心里却很清晰，铸造车间、金工车间……说起来都像是昨天的事情，每一寸土地都有他们的气息。

老伙伴、老工友都已经风烛残年了，三天两头要见见面，说一说过去的事情，扯一扯儿女的光阴。离开了这些气息，离开了这些老工友，他们的生活会很无趣。急着要开发这片土地的房地产商，采取了各种手段。左右邻居有的扛不住搬走了，父母亲尤其是我父亲坚持不为所动，坚决不搬。北京路边的这个曾经机器轰隆的工厂，是他们青春开始的地方，也是他们最后的归宿。

北京路边的世代耕作的农民，在时代的变革中真正受益了，他们发自内心地欢呼并拥抱这个新时代。去年秋天我们中学同学聚会，我发现，生活富裕、精神平和的多是当年的那些农村同学。他们对未来没有那么多担忧，也没有多高期望，活在当下，过好每一天，含饴弄孙，出门旅游一下是他们生活的常态。

北京路是50年代中期开始修建的，当年只是一条道路从医学院贯穿到畜牧机械厂，然后联结到迎宾路，通到飞机场。北京路的发展变化是随着改革开放的进程而变化的。20世纪80年代初，北京路上修建了下行道，中间的隔离带种上了林木和草坪，还引进了珍贵的松柏，连绵十几公里一片峥嵘葱绿。论漂亮和宽阔，当时乌鲁木齐市只有光明路可以与之一比，但长度只能望其项背。当年我们上学时在马路边栽下的那些白蜡树，已长得遮天蔽日郁郁葱葱。北京路上简陋的2路公交车不知已更换了多少代，豪华的BRT公交最先在北京路上运行，被命名为一号线，方便快捷又舒适。

建在北京路的新疆体育中心已经竣工十多年了，是目前西北最大的室内体育馆，一些全国赛事在这里举行，作为主场让新疆人倍感骄傲。新疆社科院、新疆科技馆、乌鲁木齐高新技术开发区等也汇集在北京路上，萃聚了多方文化、科技人才和财富，使这条年轻宽阔的路越来越有底气，越来越有人气。北京路上现在正在修地铁，整个路段都是地铁经过区，一路上随处可看到用蓝白色围墙围起来的建筑工地。地铁通了，北京路会带给人们更多未知的欣喜。

每每行走在北京路上我都有时光易逝、世事变幻之感。有些熟悉的东西消失了，让人怅然若失；有些陌生的事物出现了，又叫人满心欢喜。急遽的变化带给我们希望，也带来焦虑和不安。我企望这条充满生机的路上，"桥都坚固，隧道都光明"，一直都有温暖，带给人们平安和福祉。

斑驳的少年

北京路旁的铁路局机关，打我记事起就是那个样，半个多世纪过去了，主体没有变，还是那样。我父母亲所在工厂和铁路局机关就隔着一条马路，马路两边的孩子经常打架，隔着马路扔石头。

铁路上的人领风气之先，说好听的普通话，穿精神的蓝制服，有免费坐火车的福利，让人羡慕。我们那一片的孩子，在成长过程中，不同程度地都受到铁路社会的影响和滋养。它的四街供应站、铁路工人俱乐部、新华书店、图书馆，甚至浴池，我们都分享了它的福利和荣光。至今，我们到北京路上父母那里去，还说到铁路局去。

新市区五一市场当时很简陋，一街两边，除了邮局、照相馆、理发店、菜铺子、肉店等，就没有什么了。街道尽头有个废品收购站，我们有时候在工厂里偷一些碎铁拿到废品收购站卖，换点零钱，买些小画书什么的。再往前又是铁路局地盘了。

铁路局四街供应站对面那个小小的新华书店，给我寂寞的少年不少的抚慰，是我人生的第一个驿站，今天忆起来仍有一丝温暖。小书店也就 20 多平方米，最早是两间，一间仓储，一间营业。后来两间打通，扩大了营业面积。少年时代去得最勤的地方就是这个书店，有时下午上课途中，拐个弯就进去驻足一会儿。一到冬天，屋子中间的大铁炉烧得旺旺的，很暖和。我和同伴常常倚在高大厚重的柜台边，在温暖的、些微泛着一丝潮气的小书屋中度过一段快活的时光。那时真羡慕书店店员，觉得在书店做事是天底下最美的事情了。能从容读很多书，能买别人买不到的书，天天和书打交道，何其美哉！

少年时期，整个是在那个物质、精神都十分匮乏的年代度过的，那个时代的无奈是年长以后才慢慢认识的，这个小书店为我打开了另一扇窗户。当年读到《童年》里的一句话给我印象很深："人与人之间的差别，在于愚蠢的程度不同，为了要聪明些，那只有读书。"那时我就想，高尔基说得对，我不能比别人更愚蠢地活着。有时在梦中，我还在寻找这个小书店。

还给人留下难忘印象的就是铁路局电影院，就是现在铁路局游泳馆那个地方。当年也是方圆几十里较大的一座影院，又叫铁路工人俱乐部。电影是那个时代最大众、最普遍的娱乐方式，一般看的是露天电影，能在铁路电影院大白天看电影是件奢侈的事情。在那个精神文化贫瘠荒凉的世界里，我们从光影中寻求快乐，在粗鄙简陋的电影中认识和感知世界。"这里的工人火气大""看着我的眼睛"等电影台词经常挂在大家的嘴边，《闪闪的红星》《侦察兵》《春苗》《决裂》等电影看得人激情泛滥。

"文革"结束后，"文革"前的老电影开始重新上映，带给我们新奇多样的感情世界。1977年春节期间，《洪湖赤卫队》等六部电影率先解禁，人们从各个角落倾巢而出，奔向电影院。铁路电影院门口民兵持枪验票，售票窗口人山人海，窗口仅能一只手塞进去。往往是三五人架起一人，飞在人头之上，冲到窗口，从上而下把手塞进票房，人挤人，人擦人，买到票的人就像今天中了彩票般兴奋。

回想起来，那个年代人们在精神和情感上是多么饥渴。电影的解禁只是一个序幕，预示着一场思想解放运动即将兴起，一年以后，改革开放开始了，中国的命运从此改变，而我们这代人有幸见证经历了这个时代的起步。

铁三中旁边有幢大楼，是铁路勘察设计院。我们上小学时，那里住了一空军飞行大队，也不知道他们为什么会住在那里。有一天，我一个发小带我去铁路设计院大楼看他的叔叔。他叔叔是个飞行员，年轻、英俊，说着带口音的普通话，穿着潇洒的皮夹克。他给我们俩拿出饼干、奶糖，不限量地让我们吃，吃完还让带走。当时说了些什么完全不记得了，但奶糖和饼干还记得很清楚。那个年代饼干糖果凭票供应，不是逢年过节根本见不着，而在这里可以随便吃，觉得他叔叔是世界上最厉害、最亲切的人。

勘察设计院旁边是红旗公社某大队一片广阔的菜地。一次学校组织学农活动，到这片地里摘西红柿和辣子，可把我们惊喜坏了。这是最有意义的一次学农活动，可以放开肚皮大吃一顿。带我们下地的贫农老大爷说：娃娃们，洋柿子尽管吃，只是不要糟蹋。那个西红柿不同于常见的红色，是金黄色品种，个儿很大，吃上去很甜。我们如一群羊进了苜蓿地，涎水在心里流个不停，摘下一个来，甚至顾不上擦拭干净就迫不及待地下嘴了。劳动结束的时候，眼前摘满了一筐一筐的辣子、西红柿，每个同学肚子里也装满了幸福和满足。每当我路过或是坐在车上经过这里，我都会想起当年的甜蜜，想起那让我们尽情饱餐的菜地。

前不久看了电影《芳华》，电影中的文工团是我们那个年代再熟悉不过的文艺组织。不但部队有，机关、工厂、学校都有。电影中《草原女民兵》熟悉的音乐、舞蹈又把人拉回当年。70年代初，我父亲所在工厂从哈密市招收了一批下乡知青，这些知青有很大一部分是从乌鲁木齐下乡接受再教育的，"文革"前都受过良好教育，各方面的人才都有，吹拉弹唱、演戏跳舞、驰骋球场，无所不能。每逢重要节日，单位系统都要组织文艺汇演、体育联赛。那段时间，每晚都要到厂礼堂去看他们排练节目，有样板戏、舞蹈、活报剧等。《洗衣歌》和《草原女民兵》是两个印象最深的歌舞节目。老华和小许是一对金童玉女的组合，每个舞蹈节目的主角都是他们俩，我觉得他们应该是一家人才对。然而他们台上亲昵，台下却各有自己的生活，让人觉得惋惜。长大了我才懂，演戏和过日子绝不是一回事。

每到职工篮球联赛的时候，我们都会随着厂里的球队，乘着卡车浩浩荡荡到十月厂、农机厂等机械工业系统的工厂去助威呐喊加油。"王苕子"是厂里篮球队中锋，这家伙双手过膝，速度疾迅，打指挥、抢篮板、中远投都是强项，是球场上绝对主力核心，他在我们心目中就是今天的姚明，让人崇拜得不得了。神情忧郁、眼睛鼓胀的大段，个头瘦高、牙床外突的老梅，他俩都爱读书、写作，他们的执着没有辜负自己，后来成了这个城市非著名诗人和作家。个头不高、性格温和、嘴唇朴厚的老李，长笛吹得婉转流水有如天籁。他特别有思想，我喜欢和他交谈，他给了我不少指点和鼓励。大个子老包，红脸膛小贾，他们身上有江湖气，洞彻世事，豪爽仗义。我待业期间，和他们一起搬铁、推车，出力、流汗，歇工时，他们给我讲当知青混社会的经历，他们是我做学徒时的师傅，也是我人生的师傅。这些知识青年，给我的少年时代带来了启蒙和引导，影响了我一生，他们给我的印象永远定格在青春芳华的美好之中。

在新疆，游泳是件奢侈的事情。可有幸的是，家门前正好修建了一座游泳池，游泳成了我们少年时期夏天的主要娱乐活动。

当时乌鲁木齐市有两个露天游泳池，一个在红山，另一个就是我家门口这个。它有三个标准池，一号池是儿童池，二号池是普通池，最深处 1.5 米左右，三号池是深水池，需要考深水合格证才能进去。三号池人少些，水质也好，能进三号池的才是劳道人。我们没有泳帽、泳镜，泳裤也是用两面红领巾缝制的，这都不重要，重要的是每天有一池浑水在等着你，整个暑假基本上都交给它了。一个假期下来，孩子们头发焦黄，瘦骨嶙峋，一个个像难民。这个游泳池游出了一批叱咤风云的游泳健将，韩铁红、郎泰都是当年新疆多项游泳纪录创造者，且保持多年。

游泳池也淹死过人。我们小学一个老师的孩子就是在这个游泳池里溺亡的，我看到了她面对自己孩子尸体晕厥过去的景象，而我自己也有一次差点被淹死的经历。那时刚学会踩水，想在二号池深水区试试。游着游着想站起来，突然脚底下空了，一紧张，喝了几口水，身体如坠石一般往下沉。这时旁边游过一个人，我不顾一切抓了一把，身上光滑没抓住，再一把拉住了他的裤头，紧抓不放，任他怎么打我、挣脱，都不放手，一直拖到了池边，把他的短裤都扯了下来。我在池边只顾吐水喘气，他在一旁气急败坏地叫骂，骂了些什么我一句都没听进去。有在这座游泳池打下的基础，我有了戏水搏浪的资本。后来，我游过湖泊，渡过水库，下过大海，经历了波峰浪谷，体味了人生百态。

而当年伴我跌跌绊绊成长的工厂大院，铁路局，北京路旁的机关、学校，已经没有了往昔的影子，只斑驳地留在不太清晰的记忆中，但它们永远是我魂牵梦绕的地方。

今天不上课

"老子明天不上班，想咋懒我就咋懒"，一首网络歌曲突然蹿红，受到很多人追捧，是因为它说到上班族的心里去了。上班之事，不得不为，但有机会逃避便如过节，喜悦呐喊。想起了自己读书的时候，也是不想上课，总找机会逃学。那时不像今天这样，能把嗔怨唱出来昭告天下，引发共鸣。我是用原始的方式把心绪写出来，不小心又广为传播，引起兵荒马乱。现在看来，这有点恶作剧，这件事可能是我这一生做得最具轰动效应的事情了。

其实，打小我就不是一个调皮捣蛋的孩子。讷言讷行，敏感自尊，爱搜罗一些破书读读，写写画画，除了语文老师，并不太受人待见。没有谁预见到我今天和谁聊天都像喷壶一样，不把你浇透了停不下来。还到处给各种培训班上课、讲座，"毁"人不倦。听我掰扯的人多了去了，这让我很膨胀，有时看不清自己的面目。如果我再努力一点，谦虚一点，有可能发声的平台更大，叨扰到更多的人，那我的人生就更亮豁了。

那是一个国家和个人命运正在改变的年代，抓纲治国，拨乱反正，高考刚刚恢复，坚冰正在消融。我们正值高中马上毕业的时期，有幸和这个欣欣向荣的时代同步。但懵懂的我们并没有意识到，刚刚到来的新时期对国家、民族前途命运多么重要，对个人命运的改变意味着什么。那时除了天很蓝，车很少，学生学习没有现在这么辛苦，我们基本上没有课业负担，爱不爱学习就像鼻涕流到嘴里，完全是自己的事。学生们身心放松，自由自在，享受着好时光。即便如此，我们还是矫情，抱怨一天甚于一天的学习课程。

那天是星期天，校园里空寂落寞。班里三五个要参加高考的同学在老师的督促下补习完功课，百无聊赖地坐在石凳上闲扯。大头建中捡起一截粉笔头，在教学楼前的小黑板上写画起来。我们几个起哄：什么破字，我用脚都比你写得好！几个人轮番拿起粉笔在小黑板上展示才艺。那时我正迷恋美术，写字画画如今日少年玩手机打王者荣耀一样上瘾，觉得他们的字没我写得好，想显摆一下。于是接过粉笔，使出洪荒之力，最后形成了一道严肃的公文：

通　知

今天老师政治学习，学生不上课，望周知。

××中党支部××月××日

内容简洁明了，形式庄重规范，笔画老到大气。写完，几个人还把我吹捧了一番：太攒劲了，像于老师的字。顿时觉得自己了不起，在心里悄悄地给自己竖了无数个大拇指。闲扯磨叽到天快黑了，几人才作鸟兽散状。走时谁都忘记擦掉写在黑板上的"通知"，完整地留下了"作案"现场。

第二天早上，懒洋洋地去往学校的路上，看到晨光下一群群学生牛羊转场般地倾泻过来，有的还喜气洋洋像过节一样奔走相告：今天老师政治学习，不上课了！听到这个消息立马来了精神，心中大喜，又可放纵一天了。忽然又觉得不对劲，想起昨天在几人中的炫耀，差点吓尿了：坏了，那个"通知"惹祸了！甩着书包失魂落魄逆着人流疾步赶到学校。远远看过去，教学楼门口的黑板前围了一群人，有老师，有学生，像清晨早起的鸟儿一样叽叽喳喳，议论纷纷，有询问，有分析。教导

306

主任一脸懵懂地说："没有安排学习啊?"有人议论："这是破坏抓纲治国,制造混乱。""这是谁干的?查出来必须严肃处理!""竟敢冒充党支部造谣,胆大包天!""是不是小六子写的?""他写不出这么好的字。"——小六子是学校里一个让老师头疼不已的学生,经常扬扬尘,洒洒水,闹出一点动静来,取悦同学,折腾老师。教学楼前人头攒动,气氛热烈,那场面就像是一个反标现场被围观。我瞪着无辜的小眼睛徘徊在人群中,假装事不关己地听着人们的议论,心虚害怕又莫名兴奋。没有想到信手涂鸦几个字引起这么大动静。不节不假的,这天全校都没上课。

那时正值"文革"结束不久,整个社会正在拨乱反正,高考恢复了,师生们都在努力"把'四人帮'耽误的时间抢回来","为中华之崛起而读书",我却做了这样一件破坏大好形势的事,而且还以"党支部"的名义。我越想越怕,自知罪孽深重,在保卫科破案前,赶紧找到班主任战战兢兢地坦白交代了"作案"事实,并且把大头的部分"作案"情节隐去,非常仗义地承担了全部责任。这让班主任很意外。班主任王老师用好听的声音在她的办公室很严肃地批评了我:说话是要有根据的,谁让你通知老师政治学习了?你凭什么让大家不上课?

都不上课学习了，"四化"怎么实现？现在什么年代了还不重视学习，能当好革命事业接班人吗？王老师越说越来气，好听的声音也变了调：平时看起来本本分分的，咋会做出这种事？不断质疑我的思想和人品。学校保卫科还不依不饶地要挖幕后，让我交代是谁指使我这么干的，破坏大好形势。

念我平时表现没有什么劣迹，不打架，不逃学，也不欺负女同学，学习也不错，还提前一年被选出参加高考，为学校争光，重要的是没有人背后教唆，完全是个人愚蠢行为，有几个老师特别是王老师为我求情：漫漫人生路，总会错几步，这孩子平时表现不错，给他个改正错误的机会吧。然后又责令我做出深刻检讨，用指头在我额头上频频戳点，一副恨铁不成钢的样子。我的检讨书写得山河肃立，草木含悲，打动了学校领导。学校党支部最后研究决定，给我全校通报批评的处分，取消我当年参加高考资格。

这个结果已经让我很满意了。当时预想最坏结果可能要被开除，这人就丢大了。当时主要想的还是自己的颜面，当然，直到今天我还是一个要脸的人。还有一个结果，那就是与其他问题学生在大操场的主席台上站成一排，接受全校师生的批判教育，用特殊的方式扩大自己的知名度。这种场面我没少见，也振臂呼过口号，看见别人倒霉落魄的样子心里很过瘾。原以为这回要轮到我了……还好"文革"已经过去了。

至于今年不让参加高考了，不考就不考吧，还有一年才高中毕业呢，那么多人都不考，我也不用装什么蒜。明天我当兵去，当工人去，干啥不是干？那时没有对未来的焦虑，也没有努力学习的动力。班里老师看好的几个学生，除了我以外都高考获隽，羽毛丰满的鸟儿都在飞，我没有飞翔起来，实在是咎由自取。当时真没有意识到高考对一个人的命运意味着什么，在人生的起跑线上，我是那么漫不经心。不过，打那儿以后，我尻子夹紧了很长时间。两年以后我才上了大学。

很久之后，我在单位做过一段时间的新闻发言人，代表组织说话，做过很多重要的新闻发布。我站在发言席上，从容地回答记者提问，有时义正词严不容置疑，有时和风细雨耐心细致，有时小心翼翼挑文拣句。但我觉得，哪次都没有当年发布的那个"通知"让我记忆深刻，不经意间几个字句就搞得风起云涌，搅得全校沸腾。

太阳温暖着我们的身骨

　　再厉害的人，你都不知道明天和意外哪个先到来。总会有一些猝不及防和刻骨铭心的事情打乱你的日常生活，为你平淡的人生增添一些波澜。有的事情在不经意中会改变自己的人生态度，让你省察自己，知敬畏，明事理，更加珍惜当下生活。

　　那是我一生中一次难忘的惊悚经历，应该是两次，且有连续性。那年十月去巴音郭楞蒙古自治州出差，忙完了库尔勒市的工作，下一站是若羌县。偏远的若羌是我在新疆境内一直没有到过的少数几个县之一。以前听说，尉犁通往若羌的218国道，有一段百余公里的路是用砖铺成的，据说是世界上最长的砖砌公路。还听说，这条路是20世纪六七十年代，一群被劳动改造的人在戈壁滩就地取材，用胡杨、红柳、芨芨草等做燃料，建窑烧砖铺成的。树烧成了灰，土烧成了砖，砖铺成了路，那是多么艰难的一个工程啊。后来修建了新公路，原路就废弃了，还保留了若干公里做纪念。很想去看看这条特殊的公路，看看那个特殊的年代留下的印记。这个愿望常常在心中躁动，在梦里萦回，这次借着这个机会，我要实现这个愿望了。

我们乘坐了一辆舒适宽敞性能很好的丰田越野车从库尔勒市出发。为了表示敬意，同事还特地让我在副驾驶边上就座。车子很快过了尉犁县城，在弯弯曲曲的218国道上疾驰。路不宽，只有上下道，路边是大田、水库，道口很多。和往常一样，我没有系安全带，在车上和朋友有一搭没一搭地聊着，渐渐恍惚起来，进入似睡非睡状态。

突然如在梦中一般，惊天动地，地动山摇，身处剧烈颠簸之中，千军万马扑面而来，感觉自己像一只被人抓住尾巴的猫一样上下左右任由摔打折腾，跌下去、弹上来。这是晴空下的噩梦啊，出车祸了！越野车猛烈冲到路基下的芦苇丛中，被一根电线杆的斜拉钢绳拦住骤停下来，前挡风玻璃瞬间破碎成满天的星星，那过程和情景仿佛进入了电影《死神来了》，猝不及防又惊魂动魄。原来是车速过快，前面一辆直行农用车没有打转向灯突然转弯，司机不及避让，冲下了路基。发生事故的地方距库尔勒市约 130 公里。

当时我的腰就直不起来了，挣扎着下了车却站不起来，像猴子似的蹲在那里，惶恐不安地回想刚才惊悚的一刹那。一车人都惊魂不定，不知所措，伸伸胳膊蹬蹬腿，看哪里不灵了。好在都无大碍，司机也只是脸上被破碎的挡风玻璃划破了一点。只有我的情况最严重，且比我想象的还严重，也超出了大家的估计。

若羌之行就这样毫无征兆地突然终结了，那条砖砌的公路只能继续闪现在我的想象中和梦境里。我想这可能也是天意，一些地方不是你想去就能去的，有些事情是你摆不脱的。即使你系上了安全带、坐在了车子安全的后位，也会有你不可预料的事情发生，人就如同一片树叶，风起翻飞，雨落飘摇。乘着前窗破碎的越野车悻悻返回库尔勒市，就近先到一家私人诊所拍片、诊断，诊所的结论是没有什么大的问题。后又到巴州人民医院进一步拍片诊疗，结论是脊椎轻微骨折，需要固定腰部，静养三个月以上。然后我的腰上固定了一条宽腰带，如穿上铠甲的武士梗着脖子挺着腰回家了。

回到乌鲁木齐后重新住院检查，结论又有变化，我的麻烦一步步迈向深渊。胸椎、腰椎两处骨折，有两个治疗方案，一是做微创灌注手术，加固已裂的胸骨和椎骨。还有一保守方案就是，静养三月，让其自行愈合。医生极力劝说我做手术，说是小手术，好得快，不受罪，你又不缺钱。我没有毅力让自己僵尸一样在床上静静躺上三个月，和老婆商量后决定做我人生中的第一次大手术。手术前医生和护士拿来一张打印好的"志愿书"让我签字，动员了我半天，现在用一纸"志愿书"来强调手术是我自愿要求做的，后果自负。上网查了一下，这手术是有风险的，如灌注体溢出，会致瘫痪。在我犹疑的时候，老婆温柔而坚定地给我打气说，做吧，怎么样不是过一生，如出现意外，我就推着轮椅照顾你的下半生。那天我悲壮而颤抖地在"志愿书"上签下名字，感觉是签了一张"生死书"。

那天早上 10 点进的手术室。躺在手术床上，望着白花花的天花板我静静地等待宰割，此时反而心如止水，旁无杂念，黑夜要来，怎么准备都是徒劳的。医生护士做完准备工作开始手术时，我瞄了一眼墙上的数字钟，10 点 30 分，由此开始了恐怖而痛楚的生死体验。局部麻醉后，一支钻头在我的脊椎上森森作响，渐渐地身上沉重起来，越来越重，像压上了一个巨大而沉重的麻袋，我没有力量把它顶起来，它也压不下去，我好像双手托举着这个巨大的麻袋，刺骨锥心的疼痛使我浑身颤抖，豆汗如雨，无助而无力。恍惚中，仿佛看到牛羊被宰杀的情景，锋利的刀子在它们颈上割下去时，它们就是这样浑身颤抖着、无助地走向死亡的，它们的疼痛向谁诉说？手术床上那种痛感不是一般意义上肌肤的疼痛，是痛彻骨髓、泰山压顶的那种感觉，今生今世所有的痛楚仿佛都集中在这一天。时间停滞了，如一池淤积的水缓慢流淌。好像过了一个世纪，恐怖的手术终于结束了！我没有忘记望一眼墙上的数字钟：11点18分，前后不过50分钟，却像在地狱里煎熬了几个小时、几天、几年。这时我身下的手术床单已经全部被汗水浸透，我泡在冷彻的冰河里。

术前医生鼓吹这是个小手术，术后一天就可以自如活动了，可我在床上僵尸般躺了整整一个星期才开始正常活动。

住院恢复期间，病房里一位病友的遭遇，给了我触动，让我体悟了什么是知足，甚至幸运，以至于觉得手术中的那些痛也算不了什么。这位病友是一位70多岁的老司机，是一家国企运输公司的退休职工。当年他健壮威猛，精力过人，在风霜雨雪中泥翻水滚地跑遍了天山南北，卡车跑废了几辆，身体也跑垮了。退休以后当年卡车的灵魂变成了腰肌劳损、颈椎病与他不离不弃，医院代替了单位，驾驶室变成了病床。聊天中得知，老人一双儿女不久前病故，老伴偏瘫卧床不起。眼下还有一个儿子，以开出租车为生。这个儿子真是可怜，人到疲惫的中年，家里的重负全压在自己身上。要到医院护理父亲，每天还要回家给瘫痪的母亲做饭、照顾起居，不得已停下了赖以生存的出租车生意，在医院和家里两头跑。听说，妻子与他已离婚，他养着一个儿子，儿子还生着病……关山难越，谁悲失路之人？这多像一部苦情电视剧的剧情，可它确实真实地发生在我的身边。除了悲苦的儿子，再没有别人来探望老人，每当病房挤满探望病人的亲朋好友，老人就悄悄地出去了。老人每天都在医院餐厅订最便宜的饭菜，大部分时间一个人孤单单地在病房看着电视。这些天他对要不要做手术一直纠结，除了对手术风险的担心，可能更多的是对高昂的手术费用的盘算。这样的人生是不是太悲楚了？无助、无望，又不得不面对。但从没听过老人抱怨过什么，仍然友好地对待这个世界，也看不到一点自卑，聊起天来也很健谈，真是心轻万事皆鸿毛。老人是见过世面、洞察人生的人，那种乐观和自尊让我钦佩又自省。

　　每当天气变化，腰间隐隐作痛的时候，通往若羌路上那生死边缘的惊心一幕、手术床上刻骨铭心的痛楚和那个老人达观的人生态度就一齐掠过脑海。最近看了一部挪威二战题材的电影《第十二个人》，也给我触动。这是一个从纳粹枪口下绝命逃亡的故事。片中男主角扬逃亡的经历堪称九死一生：在冬天的海水中游过海湾，在雪山上遭遇雪崩，在小木屋中自己用刀割掉脚趾坏疽，在冰山接头的地方苦等四天，差点饿死，最后混在驯鹿群中过边境时，驯鹿的绳索断了，差点功亏一篑。这是电影剧情，也是真实历史事件。在随时面临死亡、落入虎口的恶劣情况下，扬选择了比死更难的活，这不仅需要勇气和意志，更需要别人的帮助与激励。"重要的不是治愈，而是带着病痛活下去"，阿贝尔·加缪绷着面孔说的这句话还是有道理、有力量的，因为"归根结底，太阳还是温暖着我们的身骨"。人世间最值得的事情是好好活着，青山朝别暮还见，过一天有一天的欢喜。

夏天姗姗来迟，五月的乌鲁木齐还满天飞雪，但什么能够阻挡她的到来呢？你看，灿烂千阳，花草芬芳，突如其来的雨水，多么好啊。无论明天和意外哪个先来，权把当下的日子过出滋味。

吾家有女

潇潇在微信上发来消息说，硕士论文答辩顺利通过！四位专家导师经过三个多小时的审读、诘问，最终给她"优秀"成绩。孩子很激动，第一时间把这个好消息告诉自己的父母。做学问、写论文不是她的强项，攻克这个堡垒，潇潇是花了功夫的。她读的是小语种，和她一起留学、研究生课程已读完的中国留学生，止步于学位壁垒之前的岂止十个八个，吾家有女已长成啊。

其实，我倒是不太意外，依我对潇潇的了解，她有很好的基础和学习能力，只要多下点功夫，拿到学位证书是迟早的事。我很少夸她，我笔下写了不少人物，还没有好好写写潇潇，这导致了她对我的不满：把我也写一下嘛！这么优秀的女儿你不骄傲吗?

我见不得她这副骄矜的嘴脸，可是还是决定写写她——我的女儿马潇潇。我这个自大而搞笑的父亲，在她咿呀学语刚会说话的时候，教了她一句至今不可否认且愈加靠谱的话："潇潇爸爸真伟大！"每当大人们逗她说话时，她都会及时用这句话对天下无双的父亲大加赞誉，极大地满足了一个做父亲的虚荣心和方寸之间的成就感。

当年她并不知道自己说的是什么意思，但她一直以自己的父亲为荣，以自己的母亲为标杆。还有一句话是她小叔教她的，当别人说，这孩子真可爱或真漂亮时，她不失时机地下意识接上一句："马马虎虎还行"，貌似谦虚中带有自得，让众亲惊诧不已：这孩子太会说话了！所以潇潇从小就很自恋，有抖机灵的天赋。

都说女儿和爸爸的感情更深，相处更好。她还在幼儿园的时候，我每天接送她都要经过和平渠，渠水湍急。有时我吓唬她："爸爸要跳下去！"边作跳水状。小丫头大惊失色，双手抱紧我的大腿大哭。以后每次走到渠边，她都惊恐而警觉地把我从渠边推开，生怕我掉下去。今天想起往事，有趣中又觉得当年的自己太差劲，给孩子带来多大心理阴影。长大了，她和她妈越来越亲了，娘儿俩变着法儿比赛讲吃讲穿，享乐思想严重。衣裳、鞋子两人交换着穿，消费档次节节攀高，美其名曰：享受生活。每次放假回来，两人打扮得花枝招展，像姐妹一样牵着手逛街，把老汉晾在一旁，不愿搭理。

这孩子从小不挑食，得益于奶奶给她养成的好习惯，每顿饭无论精致粗陋，她都吃得津津有味。每次到饭点，如果贪玩不吃，过时我们坚决不候。该到她想要吃饭的时候，她妈把空碗和碟子一碰：完了，没了！等下一顿吧！有了饿肚子的体验，让她明白了一个道理，吃饱饭才是人生最重要的事情。到别人家串亲戚，到了饭点，别的小朋友玩嗨了，根本顾不上吃饭，而潇潇则默默回到饭桌前，吃饱了再说，唯此为大！按时吃饭营养好，从小潇潇就长得苗壮结实，虎头虎脑像个男孩子。

越来越苗壮的身体，也在考验父亲的体力。年轻时给丈母娘家里换煤气，一口气上六楼我都不用歇。可是，潇潇一天天长大，在我的背上渐渐沉重起来，直到背不动她。出去散步或走亲戚，她不是爬在我背上，就是骑在我肩上，时不时给我背上留下可疑的印渍。一个星期天，一家三口上街，她骑在我的肩膀上，抱着我的脑袋，高高在上鹤立鸡群地"俯瞰众生"。那时我刚穿上警服，觉得很神气，星期天休息也不换下来，成天嘚瑟。正觉得双肩有些酸困，想换个姿势时，被两个穿着制服、佩戴装备的纠察挡住了：同志，你违反规定了，穿制服要严肃，不能这样！我也不知道我哪样了，违反了什么规定，不明深浅，也不敢争辩，刚入伙就给队伍找麻烦，我很恐慌，听两位老警察教育了我半天，乖乖交了罚款走人。

潇潇从小就养成了独立生活的习惯，还不会走路就在自己的小床上独立睡觉，到爷爷奶奶家说住下就住下了，并不恋爹妈。上小学时她妈妈每天带着她乘班车或坐公交，有时妈妈有事就让她自己乘班车。一次放学晚了没赶上班车，她在公交车站向一个陌生阿姨要了5毛钱，自己乘公交车回来了。呵呵，这家伙从小就有独立生活的潜质。我们除了对她在培养良好品行、养成良好的生活和读书习惯上有严格要求，其他都是自由放任，她喜欢什么就去学习什么。

和许多孩子一样，潇潇在少年宫学过画画、舞蹈、声乐，等等，只要没兴趣、学不下去就不学了，作为父母我们也决不强求。正是从小养成的良好习惯，使她品格中的独立和包容意识较强。她在外地上大学、在国外留学，我们都没操太多的心。令我们自豪的是，潇潇钢琴弹得不错，考过了十级。这得益于她的大姨妈。大姨妈的专业、耐心和坚持，使潇潇有了一份高雅的吹牛资本。在外留学时，在一次联谊活动中，她在当地顶级的四季酒店似不经意地弹了一曲，乐惊四座，赞誉纷纷，让她很是享受，貌似平静的背后，虚荣心的潮水奔腾澎湃。

潇潇还是个很有亲和力的孩子，情商高于智商，特别是上了年纪的人都喜欢她，她也特别会哄爷爷奶奶开心，家里亲戚中大人小孩都以她为荣。这当然是出于她真诚善良的本质，但也有她会察言观色、洞察人心，善于和泥抹墙的本事，这点随她妈了。我觉得她对自己有点盲目的自信，好像没有她办不了的事情。她对自己唯一不满意的是长得太像父亲了，圆头阔脸，而不似母亲那样天生丽质、气质超群。想什么呢潇潇？你妈是几千人里出一个的人尖子，你长成现在这样就知足吧！嫌脸大发照片时多修修图吧。

有两件事让我特别难忘甚至痛悔。在她大约四岁的时候，一次在家里不小心跌倒，一直哭着说胳膊疼。我当时没有觉得严重，认为就是碰了一下。为哄她不哭，我给她放最爱看的动画片《猫和老鼠》录像带，平时严格控制只能看半小时，我对她说，今天想看多久看多久。她高兴了，可一会儿又嘤嘤哭了起来。潇潇不是个爱哭的孩子，这时才觉得事态严重，赶紧送医院。一检查骨折了，要做手术！她妈当时就昏厥过去。这时候她倒安静下来不哭了，特无辜地问：妈妈怎么了？大夫说，手术后会痛，孩子可能要哭。我的嘴里苦得如含了药片，心都麻痹了，宁可骨折的是我。可这孩子好像很懂我们的心思，躺在病床上特别乖，瞪着大眼睛静静地看着我说：爸爸回去我要看《猫和老鼠》。嗯，可以。要看很长时间！好……我们等待又害怕的因痛而哭并没有出现，可她的胳膊肘上永远留下七个缝针的疤痕，那也是留给父母永远的痛楚。

还有一次是潇潇的一个小哥哥来家里玩，她有些忘乎所以，闹腾得过界了，竟然不听话，还和我顶嘴。我也不知哪来的无名火儿，扯下她的裤子，当着她小哥哥的面一顿暴打，屁股打红了，我的手也打疼了。这孩子当时是又羞又臊又痛，估计她到今天也忘不了吧。待我平静下来又后悔不已，真想抽自己。打完屁股后，潇潇大哭一场，好几天不和我说话。

潇潇有些小聪明，只做自己喜欢和擅长做的事情，不能持久专心干完一件事，学习上不够用功，用她中学数学老师的话来说"什么都懂，就是不干"！中小学她都上了最好的学校，可成绩却一直在倒退。这可能也和我们对她的教育影响有关。我赞成林语堂先生的一句话："一个人读书必须出其自然，才能够彻底享受读书的乐趣。"并用它来要求潇潇。

我们一不陪她学习，二不帮她辅导，只是经常带她到书店让她挑些自己喜欢的闲书，养成读书的好习惯。每晚我俩看完电视，给伏在桌上似在学习、又似在打瞌睡的潇潇提个醒：半夜了，快去睡吧！直到临高考我们才意识到问题的严重，警告她：必须考到某个分数线，否则后果很严重。高考后，她也一直忐忑：考不好，在亲戚圈里怎么交代，大家可都对自己寄予了天大的希望啊。直到分数线公布，她才有了些许底气，把成绩写到一张纸上，理直气壮地往我俩面前一拍：我的分数超过你们要求的 20 多分！好像在说：你们给我的任务完成了！

大学毕业，有机会、有条件去国外继续学习深造，这当然是必需的。美国电影《本杰明·巴顿奇事》里说：我希望你能见识到令你惊奇的事物，我希望你能体验未曾有过的感情，我希望你能遇到一些想法不同的人，我希望你为自己的人生感到骄傲。如果你发现自己还没有做到，我希望你有勇气从头再来。我们对潇潇的希望也是如此，我们也是这么过来的，我们如相信自己一样，相信我们的孩子。

可没想这一读就是五个年头。开始她也没把学业放在心上，用她自己的话来说就是：不务正业，混迹在各种工作和各种活动中不能自拔，也为获得的一些小成就扬扬自得。好在现在有互联网，她的一举一动我们都能掌握动态。一会儿在华为入职了，过两天又辞了；一会儿又被某企业集团聘用了……最多的还是社会活动，使馆、学联、商会的重要活动都有她参与或主持，三天两头发来一些参加各种活动的图片、报道，显摆炫耀。

她的语言能力和优势使她脱颖而出，至少可以在三种语言中间传译、转换。据她说，自己在当地华人圈名声很大，俨然江湖大姐。这个牛吹得有些大，你身后的世界比你的话大多了。总之，潇潇不再是原来的那个小丫头了，她锻炼了能力，健全了心智，收获了爱情，经济上也独立了。留学第三年，她的学费、生活费、来回路费都不用我们操心负担了。然而，留学的目标是什么必须提醒她，尤其是她妈妈见她这么悠然度日怒不可遏：潇潇，我忍你很久了！不想学习、不愿拿学位就给我滚回来！惊雷炸响，恫吓有效，小女收起心思，开始发奋读书专心做学问。我说过，这孩子还是有些小聪明的，功夫到了自然就有收获。大约用了一年时间，潇潇走完了这个里程，并为自己树立了一块"丰碑"。现在她又获得国家公派资格，读起了博士，我们不担心她会读成一个呆头呆脑的女博士，这家伙主意大着呢。

前些天，我又打开了20多年前拍的录像带。国庆节，花团锦簇的人民广场，我们一家人在游玩，潇潇对着镜头大声喊着："潇潇爸爸真伟大！"昔年的我们多么地爽朗愉悦啊！如今已是腰腿僵硬，满面风霜了。我们都是平凡的人，安分生活，辛勤工作，一生最大的收获就是我们的孩子。孩子出生在一个秋雨潇潇的季节，走过30多个春夏秋冬，她正在成长为父母亲希望的人。

马潇潇还会再喊一声"潇潇爸爸真伟大"吗？

蔺青山

人的一生当中，会邂逅很多人。有的人认识时间长了也就是个熟人；有的人结识以后虽不常见面，甚至不常联系，但心中总会惦记，见面后又很平淡，这就是所谓的朋友吧。

认识蔺青山有十多年了，是缘于一个影视项目。一位北京作家写了一部新疆题材的小说，南京的一家影视公司买下了版权，要改编成一部电视连续剧，找到了单位。领导让我负责这个项目的协调、筹划和运作。对方负责这个项目的制片主任就是蔺青山。青山长了一副北方人的相貌，阔脸盘、大身架，猛地看上去仿佛草原上的骑手。酒场上也是一派北方人的豪爽气概，不推辞、不畏惧、不做作，大杯喝酒，大块吃肉，大声叫喊。酒酣耳热、瓶子滚地的时候心扉大开，脑洞也大开，是那种内心宏阔、精神逍遥的男人。这让我对青山有了第一个好印象。其实他是"青山隐隐水迢迢，秋尽江南草未凋"的扬州人，这么婉约的地方怎么生长出这样一条汉子来？虽然他不会把"橘子"念成"决子"，但在粗粝的外表下，南方人心思缜密、敏锐细致、生活精致的特点他都具备。扬州人吃什么都少不了酱油的特点在他身上也完美地体现，吃米饭都要浇上酱油的举动真是令我惊异。在不经意的交谈中，我们俩找到了共同话题：电影。那是从一部刚上映不久的电影《草房子》谈起的：南方乡间，一望无际的芦苇，黄灿灿的草房子，明媚的忧伤，懵懂的友情……一下子就把我们拉近了。在对的时候，遇见了对的人，就有了共同话题。蔺青山对我的电影话题水准是有些诧异的，由衷地恭维我：专业！我听了晕晕乎乎的，心里很受用，有种找到了知音的感觉。其实我就是个"打酱油"的电影迷，充其量是业余爱好，在茫茫大海边上嗅一点海的咸味。电影一直是我生活的一部分，甚至一度萌生考电影学院的打算，命运没有给我这个机会。虽然历经风吹雨打岁月销蚀，我对电影的热爱至今仍痴心不改。有那么多缤纷过眼的电影垫底，有经年累月关注电影发展的积淀，我自信和圈里人谈起电影没有疏离和隔膜。

就这样，由公务起头，影视做媒，我们开始认识，继而成了熟人。这部戏前前后后筹备了近两年，最终因政策原因没有拍成，但因这件事的联系，我们成了朋友。

为了打磨好剧本，蔺青山先后请了好几个编剧，把他们带到南疆基层，住在那里，熟悉民情，体验生活，讨论剧情，打磨剧本。邢进，两条粗眉毛，演林彪都不用化妆，高个儿，却老佝偻着腰，特实诚的一人。到北京只要联系，必然热情相见，对了，他爹是电影《平原游击队》的编剧。唐大年，号称中国第六代导演，《北京杂种》编剧，慈眉善目，门牙突兀，谦和低调，曾在北京带我到著名的"根据地"淘碟。包为，网络知名写手，广西人，以他的勤奋上天不眷顾都不行。后来电视剧未拍成，包为把收集到的素材写成一部小说《绝地风暴》，在网络上连载，算是不虚此行。青山还带我到北京三里屯酒吧，和毛卫宁等影视界同行喝酒吹牛。我从这些文化人身上汲取了很多养分，有的人至今还有来往。见我对影视痴迷，青山说，如果连续剧能够顺利开拍，就套拍一部电视电影，由你来执导，圆你一个梦。剧本有现成的，新疆题材，剧组也是现成的。导演没有什么神秘的，把你的想法表达出来就行。这件事听上去很诱人，拿着导筒，坐在监视器后面指手画脚，十分拉风。但要真正操作起来却不是吃一顿大餐那么简单，真让我拍未必能行，苛求自己，不会欢喜。但我相信青山是真诚的，是懂我的。

蔺青山毕业于上海戏剧学院，从事影视工作既是他的情怀和兴趣所在，也是他金光闪闪的饭碗。他的同学、师兄弟现在都活跃在中国的影视圈，一个个提起来都如雷贯耳，十分了得。他的艺术鉴赏力、审美水平和协调组织能力是对得起他的职业的。我搬新房子时家里要装修。他提议说，用城墙砖来做电视背景墙，古朴又沧桑，他说帮我找城墙砖，还从电影美术角度对装修提出了意见。遗憾的是由于各种原因设想都未实现，但我佩服他的思路和眼光。他在北京艺术品市场为我挑了三幅具有现代色彩的油画，装点了我家的客厅，这三幅油画把我家里的格调陡然提升了一个层次。

一次我去江苏，青山带我到扬州、苏州、南京等江南水乡走了一遭，还特意带我到《草房子》的外景地苏州木渎镇去看看。当时木渎镇还没有开发，保持着原来的风貌，粉墙黛瓦，麻石小径，荒草丛生，甚至有些破败的气息。这么个小小的地方，历史上出了不少名人：北宋文学家范仲淹、清代诗人沈德潜、曾任台湾地区领导人的严家淦等。此行使我对江南地域文化、对南方人有了更加感性的认识，不再囿于一域，夜郎自大。

所谓君子之交，是那种"相见亦无事，不见常念起"的情分。这些年，我们天各一方，各自忙着各自的事情，风轻云淡，又不时惦念。平日不打扰，有事则不怠慢。当年我孩子到南京上大学时，遇到麻烦，是他在关键时刻倾力相助，得以如愿。每每念起，都心存感激。

从事影视行业，决定了要长年漂泊在外。北京是各种文化资源最集中的地方，所以，虽然他家在南京，长年的落脚点却是北京。现在青山在圈子里面也是小有名气的制片了，每年都有他监制的作品问世，身边人都称他"蔺总"。每次去北京，有时间我都与他相约，一起吃饭小酌，天南海北地扯上一通。每次相见都有些微变化，那年冬天我去北京，青山正在怀柔影视基地拍戏，他约我过去。一见面，笑意吟吟，握手有力，拥抱真诚，还是那个蔺青山。变化大的是坐骑，原来是一辆小巧的五菱微型车，现在换了一辆气势汹汹的黑色大切诺基，和蔺总的气质身份都相称。他头已谢顶，索性留着光头，身着黑色大衣，宽厚的体魄，颇有江湖大哥的样子。

蔺总先带我们去了片场。那里正在拍摄一部由左小青、郭晓冬、关晓彤等人主演的年代剧。片场工作人员见了青山都很客气，蔺总、蔺总叫个不停，蔺总则一副不苟言笑公事公办的严肃面孔。参观完片场，到了剧组住地他的房间。房子里有些杂乱，最显眼的就是一张茶桌，桌子上摆满了各种茶叶和茶具，紫砂茶壶就有好几把，各具形态，看得我眼馋心热。你把茶馆都搬来了？青山呵呵一笑：身体不行了，喝不动酒了，就喝点茶吧！看见我眼中的贪婪和渴望，青山很体贴地说：这些壶你挑一把吧。这时就不拿自己当外人了，喝到通体舒泰腋下生风的时候，痛下黑手选了那把最心仪的朱泥潘壶。壶已开始包浆，摩挲手上，器型、手感俱佳，不忍放下。我知道这也是青山钟爱的宝贝，但他呵呵一笑毫不迟疑地就拱手相送了。完了又从箱子里拿出一饼陈年普洱送我，还说，有空喝喝茶，养性又养生。

蔺青山告诉我，已在通州宋庄买了新房，正在装修，等下次来住在那里，咱哥俩儿好好聊聊。宋庄我之前去过，是全国流浪艺术家聚集扎堆的地方。我好奇他会把房子装修成什么风格呢？欧式？中式？会不会弄几块城墙的老砖整出点岁月风尘的沧桑。我更期待在这个温暖之乡度过一晚，放下一切俗事，在暧昧的灯光下，在一张古旧的八仙桌上，敞开心扉推杯换盏，然后把一壶香茗泡老，让它的味道都走进我们往昔的回忆中去，繁华散尽，依然如初。

我对青山有一件负疚的事情，现在想起还不能释怀。

那年，他筹备拍片带了个编剧要从乌鲁木齐乘火车去库车县体验生活。因为到站时是半夜，人生地不熟，加上对环境安全的担心，便央我能否安排当地朋友接一下站，安排住宿。这本来不是什么问题，那边也找了人，留下了联系方式，想这也不是什么特别大的事，就没有特别叮嘱。然而就出问题了，那个家伙可能是当晚喝高了，把接人的事忘得干干净净。直到站台最后一人离去也没有人搭理他们。我不知道当天夜里蔺青山他们几个在空旷寒冷孤寂的站台上，是一种怎样无助的心情和感受。那天中午我打电话过去才知道他们被放了鸽子。我为自己信誓旦旦却无信担当而羞愧，歉疚了很久，对那个库车的朋友连骂他的心情都没有了。

最近，他筹备的一部电视剧要在新疆取景，他来打前站。上飞机前兴冲冲给我打电话，我却在内地出差，错过了见面。没关系，他和他的剧组很快就要过来。新疆已经入冬了，冰雪茫茫，四野疏阔，适于撒欢，我在冰天雪地等你。

朋友李盛涌

父母给他起了一个丰沛的名字，然而人到中年，他的生命就枯竭了，去世那年他才43岁。

盛涌是一个敏感内向的人，少年时脾气暴躁，任性冲动，动辄发火。在球场打篮球时，他常常会发怒将球甩出去很远；打乒乓球输了球则摔拍子，总是一副气急败坏的样子。儿时性格上的缺陷，可能与他患病有关。他患有先天性"马方综合征"，大高个，眼睛高度近视，全身骨骼细长，手指犹细长。他应该明白自己的病况，但一直避讳说起，直到他去世。

由于长得高出大家一截，脾气又不好，小伙伴都不愿和他一起玩，于是他就很孤独，常常待在家里。家里有很多书可以读，书中世界缤纷而温暖，可以忘却一切不快，只有书不会嘲笑他、抛弃他。读书在那时就成了他生活中的乐趣和习惯。离家不远的地方有一家小小的新华书店，那是我们少年时期课余常去的地方。那时小学、初中课程极少，每日也就半天上课，很多闲暇的时光我们都花在这个小小的书店里了。记得书店里有一个大汽油桶做成的炉子，天寒地冻时节，门窗钉了厚厚的毡子，里边暖暖的，和屋子一样温暖的是在这里面静静地翻书。只要有空，我们都盘桓在这个小书店里。这个小书店是我们少年时光最深刻的记忆。盛涌灰暗的人生也因此有了光亮，他的精神找到了归宿。在读书过程中，他的性情平和起来，人格完善起来，实现了质的蜕变。

盛涌的父亲是工厂的一名中层干部，初中毕业后，盛涌没有继续上学，在父亲的安排下参加了工作，成为一名产业工人，这在当时还是很令人羡慕的。工厂在南郊，家住北郊，单身住厂，每周六回家，纵穿乌鲁木齐。他人生最快乐的几年，就是当工人最初的几年。整日里和工人师傅们一起挥铁锤，放大样，流臭汗，辛勤工作；一起啸聚饮酒，哙啖美食，向往美好，臧否世事。闲暇时间，上街看场新上映的电影，到书店买本新出的书，偶尔混到大学里听听讲座。他有了稳定的工作、固定的收入，有了自己支配的时间，有了大量的书可读，多么阳光灿烂的日子啊！那时正是改革开放的初期，朋友同学中有的当了兵，有的进了工厂，有的上了大学。生活刚刚开始，大家都意气风发，对未来充满了期待。那真是一个充满希望的年代，连空气中都弥漫着轻松和朝气。由于早早地踏入社会，接触了社会上形形色色的人，并从他们身上汲取营养，盛涌比同龄人的思想更为成熟，对社会、对现实的认识更为透彻。

那时，我在内地读大学，我们通过书信交流思想，探讨文学，捕捉时代脉搏。现在想想，写信是多么美好的一件事啊。盛涌和我是同步学习的，他要求我将中文系必读书目抄与他，有的书则求我从图书馆借出寄给他，读完后再寄回，有的干脆就抄给他。我曾将借阅的《金蔷薇》《契诃夫手记》一页页抄下来，分期寄给他，俄苏文学是我们的真爱，这两本书又是珠玉般的美文，抄写的过程，也是享受的过程。盛涌也将喜欢的文学作品、电影推荐给我，他也曾将卓别林的电影《大独裁者》结尾长长的一段充满人道主义情怀的台词，分批抄下来寄给我。他写给我的信大都是在随手撕下的练习本、工单上写的，很少用正式信笺，最多时每周两封，一直到我毕业。那时，每逢寒暑假，我都要到他家住上一两天，到嘈杂的车间感受一下他的工作，在暮霭四罩的傍晚一起散步。晚上则彻夜长谈，直至东方初白，总有说不完的话题，聊不尽的心思。那时，他还从每月不多的工资中，时不时地拿出一些，接济那些上大学的朋友，我也是受惠者之一。

"每个生命中，有些雨必将落下，有些日子注定要阴暗惨淡"（米歇尔·法柏）。那场阴雨终于在疾风中落下，落在他单薄的双肩上，顷刻寒彻全身。在社会急剧变革过程中，总要付出代价，总得有人承担。随着企业的改制，昔日的荣耀不再，青春刚刚离去，无尽的烦愁蔓草般袭来，侵蚀着他渐衰的身体，也摧残着敏感的内心。越来越冷酷的生活带给他更多的生存压力。当生活的重压使他喘不过气的时候，当夫妻俩为一些生计琐事拌嘴的时候，当寂寞孤独潮水般袭来的时候，他选择了读书，选择了去书店、去阅览室，让自己的心绪平静下来，让自己的灵魂敞亮起来。这个城市的大小书店，总有他高高的个子在里面徘徊着。盛涌在一则读书札记里阐释了他对读书与人生关系的理解："书籍、朋友、家庭是一个人生活得是否美好、幸福与充实的重要因素。但我们的生活常常是冷酷的，人生充满着坎坷与艰辛。人之一生，很可能会遇到非常悲痛的情形：友情掷你于孤苦，爱情弃你于绝望。斯时斯地，抚慰、愈合滴血之心的是什么？是书啊！它忠诚地站在昂首可见、伸手能及的地方，沉静地等候着和你倾心交流。"生活空间越来越逼仄，然而读书却使他打开了另一个浩渺空间，在这个巨大的精神空间，他能安静下来看世界，洞察人生，省察生活。在这个时候，读书真正成了盛涌的事业和嗜好，他几乎把全部精力和志趣放在了读书上，他也在读书中成熟起来，乐观起来。

鲁迅先生讲，读书分两种：职业的读书和嗜好的读书。盛涌的读书完全是后一种，"完全出于自愿，全不勉强，离开了利害关系的"。论学历，盛涌只是初中毕业。有的朋友劝他，以你的学识，应该去更广阔的平台施展。但现在的社会认文凭，劝他"拿个文凭"改变境遇。他也曾参加过函授大学学习，对那些死记硬背的东西实在是没有兴趣，也不善于做考试题，所以若干年下来考试竟然没有通过。有的朋友撺掇他买个文凭，且不用他费心，不用他花钱，有人替他办好一切，他最终也不为所动。虽然他没有任何文凭、证书、奖状等光环，甚至生前没有出一本薄薄的小书——那也曾是他的愿望——他仍然骄傲地成为我们心中最有学问的智者，他离富贵很远，离高贵很近。

盛涌买书、藏书的故事已有多名朋友写了，不再赘言。他藏书数千卷，小小陋室盛放不下，又不断要买进新品，往哪里安放都是个问题。我建议精心挑选处理一批。于是在离家不远的市场上，连续几个傍晚摆起了书摊。都是伴随自己一二十年的书了，如同朝夕相处的亲人，每当要成交的时候，盛涌对那本书都摩挲半天，良久不忍，像自己的孩子要离去了。我宽慰他说：这些书都在心里了，就让它们到新的主人那里去吧。有时，遇到懂书、爱书的人，盛涌索性就赠送了，觉得又交结了新的朋友。书是读书人最大的财富，但在有些人看来这想法太迂腐了：它能改变自己的境遇吗？它能传给后代吗？我有时也在想：成柜成箱的书它们最终的出路究竟在哪里？无非是留给孩子，送给朋友，送到造纸厂打浆……每当深究一下，都不禁生出一些悲凉和虚无来。盛涌身后，书大部分留给了孩子。但孩子并不喜欢读书，这些书对他来说，远不如留下金钱、房子等物质财富来得实惠。我想，他的儿子和九泉之下的盛涌对此都会深深遗憾的。

"读万卷书，行万里路"是每个读书人追求的境界。对盛涌来说，"读万卷书"他做到了，但囿于身体和工作，加之"父母在，不远游"，近身尽孝的观念，他这一生没有几次出远门。小时候回过一两次河北老家，年轻时因为工作去过克拉玛依等地。虽然心在飞翔，但足下却在原地徘徊。在他生命的最后几年，在一个朋友的热心帮助下，他去了一趟喀什，且来去匆匆，就这样他也很满足。我也非常遗憾没能给他提供条件，陪他远行一次。不能远足，就旅行于一册山河，在其中感受世风民俗、壮丽河山，关山万里凭心穿越，海岳风华尽在眼底。每每朋友出差或旅行回来，他都饶有兴趣地听他们讲远方有趣的故事，分享一路见闻，那种向往和陶醉仿佛他亲自去了一般。

窘迫无望的生活，繁重的体力工作，孱弱的身体，尤其他眼睛的高度近视，使写作对他来说都是奢侈的事情。但我觉得他更像是固执地坚守"述而不作"的信条。朋友们觉得盛涌思想敏锐，满腹诗书，不写点什么太可惜了。送了他好些笔、稿纸、笔记本之类，逼他多写，写了发表，让更多人知道他、认识他，让他锐利的思想、真挚的感情、闪光的文字走进更多人的心里。但是我们只能遗憾。盛涌留下的文字尤其是发表的文字不多，但篇篇都闪耀着真知灼见，行文简练，内敛而感性，颇有孙犁的风骨。盛涌自己虽少写，但朋友送来的稿子却是逐字逐句阅读修改，每一次都不敷衍。看稿时因为眼睛高度近视，鼻尖几乎贴在纸本上，那种用心，仿佛是在摆弄自己的心血。不争的事实是，他是朋友们文章的第一编辑。

盛涌将稗草一般卑微的生命活出了质量，活出了尊严。无形中以他为中心形成一个圈子，这个圈子不仅仅是文学圈子。他有很多朋友，有一起玩大的发小，有一起工作的工友，有一起读书写作的文友，有文学界知名作家、写手。朋友们有什么好文章都要与他同赏，有什么烦恼的事情都要向他倾诉，有什么喜悦的事情都要与他分享。他宽阔的胸襟、非凡的见识、洞见人生的智慧，是吸引各个层次的朋友的魅力所在。一个带着衰病之身、拖着贫寒之家的普通工人成了朋友的中心，因为只有他能包容一切，善解人意。这不禁让人想起作家徐晓笔下的周媚英来：为人宽厚，胸襟包容，睿智的洞察力，无形的号召力……谁再也不能把盛涌和少年时期那个性格乖戾的"大三"联系起来。他超越了自己。

　　我知道他沉疴的身躯熬不过严酷的生活，但四十出头便匆匆离世还是让人感觉突兀，也许是上苍也不忍让他在这个世上再继续受罪。1997 年秋天，他做了心脏搭桥手术，经历了一场生死，用盛涌的话来说，继续"含志苟活"。最后几年的他，可以用以下词汇来概括：淡定、从容、无奈、疲惫、人淡如菊、心重如山。

　　2003 年春寒料峭的时候，他终于还是离我们而去了。花开时节我们再相聚的时候，再也见不到那个高高的个子、带着谦和笑容的盛涌了。

附

送别盛涌

今天，我们站在这里送别盛涌。

那个宽厚、诚恳、睿智、善良的挚友，永远离我们而去了。此刻，我们的心情无以言表，一种尖锐彻心的疼痛正浸透我们的身心！

盛涌英年而逝，他短暂的一生经历了太多的雨雪风霜。疾病的折磨、生活的重压，使他的人生充满了艰辛和坎坷。太多的人生磨难可以使一个人万念俱灰，濒临绝望；也可以使一个人在磨砺中获得超越苦难的勇气和坚韧挺拔的非凡人格。盛涌无疑是后者。他直面生活的勇气和乐观的人生态度，他勤于思考、探索真理的精神，他豁达、隐忍的品格，为我们这些朋友的为人处世树立了一个高高的标杆。

盛涌是一个热爱生活的人。他生前最喜欢的一句话是"人淡如菊"，这体现了他对于人生本质的透彻理解，不浮躁、不贪欲，有尊严、有质量地生活。他没有抱怨命运的不公，以乐天知命的态度审视自己的人生，安之若素、认认真真过好朴实而充实的每一天。在物质上，他是清贫的；在精神上，他拥有整个世界。他离富贵很远，离高贵很近。现实生活有太多的灰暗，但他的内心世界布满了阳光。

为什么朋友们都愿意把自己最隐秘的内心世界向他敞开？那是盛涌的人格魅力捕获了朋友的心。他犹如冲出山峡进入平原的河流，清澈、平缓、沉着、宽容，既洞悉世界，又波澜不惊。作为朋友，我们都不同程度地受过他的润泽。他那么有耐心地听我们倾诉，听我们咆哮，听我们断肠的牢骚。那来自内心深处由衷的关爱和诚恳，常常使我们这些做朋友的心生羞愧，汗颜不已！在一个近似圣洁的心灵面前，你不敢戴上虚伪的面具。

盛涌是一个平凡的人、普通的人，有口皆碑，他是一个好人，一个真正意义上的好人，是个"一辈子做好事不做坏事"的好人。今天，有这么多朋友伤悲着、痛彻着，就是因为我们在送别一位关爱人、尊重人、理解人、帮助人的好人。

盛涌，走好！

（此文是为亡友盛涌写的悼词，于 2003 年 3 月 15 日盛涌去世次日）

我的老师于钟珩

　　于钟珩先生不仅是我的启蒙老师，也是我的忘年之交。上初中时，于先生是我的班主任兼语文老师。他常戴一顶蓝色毛布帽，浅灰色的中山装套着两只蓝色套袖，永远是干干净净，风纪扣也总是一丝不苟扣得整整齐齐，身形挺拔，劲俊骨立。他的表情和他的穿戴一样严肃，使得学生多少有些怕他，不敢在其面前太放肆。当时有部电影叫《火红的年代》上映，电影里一个叫"应家培"的反面人物和于老师长得有几分像，这给我们单调、寂寥的文化生活带来一丝喜庆，让同学们很兴奋，一些调皮捣蛋的家伙都在背后叫他"应家培"。同学们习惯了于老师的严肃，如果有一次他对你微笑，会让你觉得居心叵测。那微笑的神情总像含着讥诮的意味，加上说话时，他两腮上的咬肌一紧一紧，仿佛你内心的把戏已被他洞悉，心中不禁会泛起虚来。在师道尊严被忽视的年代，

343

于老师用自己的威严维护着老师的尊严。他课上得好,当时正值"文革"时期,各门课程都是"政治腔",而他能戴着镣铐跳舞,把一些刻板枯燥的课文讲得风生水起。于老师还喜欢书画,也偏爱喜欢美术、写作的学生,经常课外辅导。我因喜欢语文课,又在班里负责板报,所以深得于老师欣赏。少年时得到的这种赏识,影响了我的一生。

于先生是甘肃天水人,那个地方文化积淀深厚,古风悠长,于先生生于此,得益于此,浸染很深。虽然没有进过高等学府,一直在中学从事教育工作,然其通音律、精书画,卓然飘逸的气质,不是当下一些所谓专家教授能比的。于先生喜书法,志在帖学,耽爱王羲之;工诗词,律学辛稼轩。王羲之含蓄蕴藉、"飘若浮云、矫若惊龙"的书风,辛弃疾豪放壮怀又朴淡清逸的词韵,和于先生的生活态度、价值观念是契合的,也是他心性和品格的体现。他有诗写道:"读书不悔头颅贱,闻道唯求肝胆真",气度、品格跃然纸上。上大学时经常与先生通信,向先生请教。每当收到先生的来信,都激动不已。那出自荣宝斋抑或朵云轩的黄色信笺和那工整秀丽的小楷令人不忍释手,一种典雅古朴的气息随着信封的拆开就弥漫开来。美文华章,如炎夏触冰,沁凉在心中漫泛,每每让人都不忍一气读完。于先生给我留下多幅墨宝，其中一横幅"静观云飞"为我最爱，也是于先生深知我心，对我的处世做人的劝谕和教诲。于先生退休后，写字作画更如每日功课，须臾不停。这已经是他生命中的一部分了。到美国探望儿子暂居都携笔带墨，临池不辍。

于先生其实更看重自己在另一文化领域的探究和成果。后期，他的更多兴趣和精力放在了对中国古典诗词的研习和探索上。1988年，于先生抓住了一个机会：学校图书室管理员要退休了，于先生要求去校图书室工作，以求自己有闲暇不受打扰地潜心研究。这意味着他要放弃可以评选高级教师职称的机会。于先生知道自己需要什么，他得到了这个岗位，并在这里开始了他新的历史起点。他利用在图书室工作的机会，潜心研学，同时又通过结识同好、信函拜访名家，虚心求教，勤奋不辍，观千剑，操千曲，使多年经营的诗词终结硕果。1996年由著名诗词编家毛谷风、熊盛元先生主编的《海岳风华集》出版，集子中收录了于钟珩先生14首诗词。霍松林先生曾给此集以"隽句佳章，流光溢彩……可传世而行远也"的美誉。2002年新华出版社又出版了毛谷风先生选编的《历代律诗精华》。该选本上起初唐，下迄当代，可谓尽格律诗之珠泽。于钟珩先生的三首七律收入其中。

需要说明的是：在这个集子中陈寅恪的诗也只收了五首。正好在这一年于先生退休了，这个集子可以说是于先生最好的退休礼物了，还有什么比这更珍贵呢？2003 年元旦，于先生赠我一本《历代律诗精华》，扉页题写"惟文化生命不死不灭"。拿到散发着油墨香的书籍，我摩挲很久，敬意顿生。于先生目前是新疆诗词学会副会长、中华诗词学会会员，经常组织诗词学会的活动，不时有新作问世，给人以惊喜。但于先生更看重的是另一民间诗社"中镇诗社"社员的身份，这个诗社门槛很高，全国也不过百人，通过互联网于先生与各地翘楚贤达孜孜交流，享受快意。

于先生结婚较晚，我们初中都毕业了他还没有成家，学生们都咸吃萝卜淡操心地为他着急。不过，好饭不怕晚揭锅，于老师终于没有辜负大家的期盼，30 多岁把师娘接到家了。夫人薛老师也在同一所中学教书，贤惠而又通达。二人育有一子，乳名曰小迟，迟来世之意。小迟给人印象最深的就是，每次到于先生家，那孩子都在那里规规矩矩地提着毛笔写大字。孩子没有继承家学传统专攻人文历史，而选择了理工学科。他的浪漫情怀，一点都没有影响对现实的清醒认识。90 年代中期，儿子高考获俊，在中国科技大学自动化工程专业毕业后，又去美国北卡罗来纳州立大学读硕士研究生。学业完成后先后在国内外国际知名企业集团就职。于先生夫妇俩也有了机会，一会儿去美国，一会儿到香港，一会儿飞北京。这也开阔了他们的眼界，使他们感受新环境，接受新事物，不囿于一见，不至于似有的老人自闭而致昏愦。

虽然退休多年，但于先生的思想、精神和身体一点都不迟暮。对时代进程、社会公平、国家命运十分关注，对生活、艺术充满热爱，更可贵的是能够始终保持独立人格和自由品质。"壮怀未肯随春逝，万事何妨带笑看"，从于先生的这句诗中，其生活态度和自身品格可见一斑。

于先生在书画界、诗词界朋友很多。如年轻时就成为挚友的马泉艺先生，在别人眼中，他是当今中国画坛"为马背民族立照"的国画大家，而在于先生这里，就是一个惺惺相惜的朋友。一次戏言，问能否为我求一幅马先生的画，于老师说，这有什么问题！再次去于老师家，他将一幅六尺双骏图赠予我，让我又惊又喜，这是多少收藏家的珍爱啊！2015年初秋马泉艺先生去世，于老师不胜伤感，抱着七旬衰身，亲去坟地送行。让于老师宽慰的是，马先生去世前他曾数次去家中、医院探望，给予朋友情感上的慰藉。于先生的朋友当然不限于书界名流、诗词名家。由于共同的志趣，我们几个当年的学生被于先生视为"心性相通之人"，成为忘年挚交。前些年每逢春节我们几个都要去探望于先生，后来就越走越频繁了。记得是80年代末的一个春节，我们几个同好去给于先生拜年。那时于先生住平房。进得屋去，缕缕墨香萦绕于房间，炉子烧得旺旺的，炉圈红光灼灼，火墙散发出温和的暖意。窗户的玻璃上布满了雾腾腾的水珠，霜花在消融，画出一条条水滴痕迹。书房最惹眼的，除了墙上精美的水墨丹青、书橱里满满的典籍，便是那张硕大的工作台了。那是由两张书桌并列而成的，上铺一墨迹斑斑的毡子，笔墨纸砚陈于案上，书香气扑面而来。在充满了诗情墨趣的氛围中，一杯香茗，几多话题，低吟高谈，如饮醇醪。告别时已是深夜时分，繁星闪烁，寒气清冽。走在岑寂的雪地上，脚下发出吱吱的声响，心情也如澡雪般清爽畅快。

如今，我们这茬人已年过半百，也都有自己的生活圈子。但是隔上一段时间，大家都会不约而同地想到要去看看于先生。到他那间不大的屋子，一起谈谈人生要义，说说生活境遇，扯扯文化艺术，聊聊家国天下柴米油盐，惬意而快活。如有段时间不见，于先生也总是会打电话过来嘘长问短。每当要出去南游北访，都要打电话告诉我们。真是相见亦无事，不见常念起啊。

我们中的一位朋友，饱读群书，见地卓然，品格高洁。于先生对其厚爱有加，虽隔为两代人，但视为贤契知己。可惜这位朋友在贫病交加中英年早逝。于先生对其不幸故去痛心疾首，写下一篇深情而又悲恸的祭文，寄托哀思，文中引用鲁迅一句诗表达哀情："故人云散尽，我亦等轻尘。"朋友去世后，于先生夫妇还一直关心朋友孩子的上学、工作情况，尽了很大一份心力。

"萧斋避世我如僧"，正如于先生这首诗所言，日常生活中，老两口儿节制朴素，简衣素食，淡泊安逸。屋居不大，简朴雅致，也从不调换。奇怪的是，于先生是北方人却有一副南方情怀，喜南方山水，爱米饭甜食，性情温和，不疾不厉。而他的夫人薛老师是南方人，却是北方做派，行事风风火火，干脆利索，一派豪爽。老两口儿相濡以沫，搀扶同步，安享幸福晚年。儿子在外，老两口候鸟般时不时去儿子家小住，看看孙子，流连风景，享受天伦之乐，偶尔甜蜜地抱怨一下"还要帮儿子看孙子"之类。更多时候老两口儿还是在自己的小巢里过着随遇而安的日子。于先生在家是个甩手掌柜，家里琐事都由老伴操持。前一阵，薛老师生病住院检查身体，临行前收拾停当屋子、洗好衣被，给老伴儿擀好了面条，炒好臊子，按照两个星期的时间，一份一份分好，放到冰箱，然后像安顿孩子一样对老伴千叮咛万嘱咐，怎么煮面，如何配菜，按时起居，外出注意安全，等等，像是要出远门，有太多的不放心。可从薛老师住院的第一天起，于先生就晨出暮归，每日搭乘公交车往返于家里和医院，守在床前，陪着检查、聊天，周而复始，直到出院，老两口儿须臾没有分开。

最近，我们初中同学搞了一次聚会，邀请于老师参加。40年前的青涩光阴，仿佛就是一转身的恍惚。当年风华正茂的老师，现在垂垂老矣。但于老师仍精神矍铄，思维敏锐，对当年的人和事记忆清晰，"少时面容犹能记，此时姓名叫不全"。"四十年间历海桑，当年桃李换新妆。霜华染鬓自珍重，可贵同门情谊长。"像当年在课堂一样，我们又一次聆听于老师的肺腑之言和谆谆教诲，既亲切又感伤。

于先生有一首诗这样概括自己的一生："草草生涯留楮墨，匆匆前路任悲欢。小楼高处人何在，挥洒丹青只自看。"

说文曰：珩，佩上玉也。言念君子，温其如玉。我敬我师，也钟情于玉，那也是我的品格追求。

画家耿新利

认识耿新利是通过一个朋友。朋友知道我喜附庸风雅装腔作势，便将这位画家亲戚介绍于我。

人们印象中，搞艺术的人行为举止都异于常人，或杂须满面，或长发束辫，挂着串珠，戴着扳指，穿着怪异前卫，总之，看上去就是"艺术家"。好像不这样别人都不答应，不这样自己都不好意思在艺术圈子里混。

耿新利离这样的"艺术家"标准差得很远。他穿着中规中矩，放在人堆里就找不见了。个头不高，结实有力，头发浓密而梗硬，总是修剪得整整齐齐，眼睛大，眼皮双，眼神中透着狡黠，一口浓浓的莱芜家乡话，老让人觉得含混不清。我觉得他更像个包工头。他当过兵、上过艺术院校、办过文化产业。前些年抛家别舍从山东来到新疆，寻找精神家园和艺术灵感。近年来走遍新疆山河，采风、写生、创作，执着于"大山水"画意，收获颇丰，名气也见长，在新疆书画界开出一片新天地，被称为"开拓天山画风之人"。在诸多社会头衔中，其中有一个是"新疆天山书画院院长"。

有一天，耿新利不无委屈地告诉我，有人在网上攻击他，说他"无妻无子，从山东跑到新疆，舍弃千万资产，难道是为了国画？很可能是个骗子"，让大家警惕。我也听到新疆书画圈子里的一些人提起他时不屑的蜚语。在我看来，这可能是同行的嫉妒攻击。一个人到了一方新天地，在不太长的时间内做出一番大事业，在得到赞誉的同时，冷不防也会遭到不知何方的飞来一砖。

耿新利确实是有些本事的，绝非浪得虚名。且不说在书画界获得众多奖项，在我来看，他在国画创作上有功底、有创新、有潜质。新利有较好的艺术感觉和造诣，他笔下的新疆大山水气势磅礴，雄浑沉郁，风格独特，独树一帜，得到越来越多专家、同行的肯定和重视。他的作品市场行情也见好，价格一路飞扬，可以说已经名利双收。这样的状态怎么不令人羡慕嫉妒恨呢？

能和耿新利成为常来常往的朋友，不单单是他的艺术家身份，更主要的还是他为人的豪爽、大气和真挚，这些品质契合了我内心的一些想法和标准。我大他几岁，所以，他总是哥长哥短地叫得很亲切。一次我住院手术，他闻讯后，专门从奎屯提了几只老母鸡匆匆赶来探望，关切之情让人动容。每次他从内地参加艺术活动回来，都会带给我一些名人字画，还介绍我认识一些书画界的朋友。他送我最有名的一幅字，是范曾先生手书唐人张若虚的《春江花月夜》四条屏。

那是一个周末，新利打来电话，说来乌鲁木齐了。我到宾馆寻他，发现这家伙还晕着呢。原来中午就喝了一顿大酒，晕晕乎乎驱车来到乌市。夜宴，菜还没有上，他霸道地先倒满一杯酒，提议先一杯饮尽。我也劝不住他，由他性子来吧。桌子上几位操相同口音的老乡敬着他、让着他，无奈端起杯子喝了。接着又是第二杯、第三杯。一桌子人心有苦楚，面有难色，又不好拒绝，骂骂咧咧中又都喝了。三杯过后，主菜还没上，这伙计已经生活不能自理了。他醉眼惺忪地趴在我耳边，神叨叨地说：我有一幅范曾的四条屏……在车上呢……喝多了说醉话吧？我没有太在意。一会儿，他在沙发上鼾声高起，旁人才开始吃饭。

宴毕，把他送到房间睡觉。我惦记着他说的事，便询送他来的司机小王。小王打开车门，拿出散着墨香的一沓纸给我。告诉我，老耿临走的时候从保险柜里拿出这些字画，很珍贵的，能送你，说明你们是铁哥们。

回到家展开看，四条屏书法，唐人张若虚的《春江花月夜》。书法我虽不甚在行，但范曾的笔法和风格还是识得的，江天一色，澄明清净，诗书风格很是贴近。宣纸也是范曾专用标记纸，甚喜！《春江花月夜》本来就是我的最爱，曾下了番功夫朗朗背诵。也曾请陕西高建群书写一横幅"春江潮水连海平，海上明月共潮生"，装裱了悬壁数年。不期获此墨宝，兴奋得不知如何是好，不由感叹"不知江月待何人"，是在等我啊！

第二天，奔到宾馆，耿新利在一群人的围簇下，正写字题款，旁边已经有两幅画好的山水画。突然他好像想起了什么，问我：昨天车上的字你拿了？拿了，不是你送我的吗？他舒了口气：我说怎么找也找不着，问小王，他说没见，急死我了……我说过送你了吗？原来昨天酒后耿新利性起，骂了小王。小王故意吓唬他，说没有见到什么字，可把他紧张坏了。

新利郑重地对我说：这幅四条屏很珍贵，范曾亲书，得来不易。既然到你手上，就收藏好，不要送人，不要卖了，这可是镇宅之宝。我讪讪地问道：能值10万元吧？10万？不知道别瞎说！别在内行面前丢人。这下让我喘不过气了，再不敢随便说话。他带我到他经常装裱字画的一个画廊，选用最好的红木料，用镜框卡纸做了装裱。

又专门抽出时间，带着一箱工具来到我家。爬高上下，量尺寸，看方位，持射枪，挥小槌，硬是麻利地把沉重的四条屏固定到了墙上。一时间，让人觉得他哪里是什么艺术家，就是一个熟练小工嘛！

装裱后的四条屏更加雍容夺目，高调地挂在我家客厅的一面墙上，一下使陋室生辉。有机会你若来我家，一进门，首先亮闪你眼睛的就是这幅字了。因了这幅字，我这个附庸风雅之人平添几分莫名其妙的骄傲，好像那字儿是我写的。喜欢它，不光因为它是名人大家手书，字呢，确实是漂亮，仙风道骨，俊逸爽朗。更何况《春江花月夜》是我的最爱，不期而遇，实乃天意。每日面壁，对着"落月摇情满江树"，念念有词，诵之咏之，不亦快哉！

自从我得了这幅字后，就到处显摆。小人得志的嘴脸和不入流的身份，得到的回应更多的是质疑和不屑："范曾的真迹怎么可能会到你手上呢？"质疑的人多了，就不自信了，忍不住打电话给耿新利，问：到底是真迹还是仿品？新利听了很不高兴：再不希望听到你这句话！不做更多解释就挂了电话，仿佛看见他气呼呼的样子。

一天又见到他，他在提包里拿出一张皱巴巴的横幅让我看："天山月耿新利"，落款范曾。这下你该相信了吧？他说，在参加一个全国性的书画展时，拜会了范曾先生，范先生很欣赏他的新疆水墨大山水，专为他的一幅画题词："气势磅礴，身临其境"，还留了其他墨宝。他又从包里拿出一本他的山水画册，上有范曾为他题词的照片，以证自己所言不虚。

这下我哑然无语了。上网查了一下，说范曾书画赝品很多，还有的是学生代笔。管他呢，我是把它当作朋友的一片真情来看，朋友的情分是真的，它是真是假倒在其次了。何况，这幅作品还真是有范曾先生仙风道骨潇洒俊逸气质的，字体绮丽多姿，构架疏朗刚劲，从头至尾，一笔不苟。我还是希望它是范曾先生的真迹。

现在的耿新利名气越来越大，其画作市场价格节节攀升。但人还是我初识的那个人，一样的热情，一样的诚恳，一样的谦逊，一样的暴脾气。新利送我多幅他的水墨作品，都是以天山、明月为主题：皎洁的月光、巍峨的天山、寂静的草原、静水深流的大河——大气磅礴，境界高远，笔墨含情带愫，博大的情怀、刚硬的气质扑面而来。这几幅画在境界和技法上一幅比一幅成熟，从用笔、设墨到构思布局都可以看到他在不停探索、不断长进。

有一幅画是在我眼前完成的。一次，闻讯他来乌鲁木齐，我来到他下榻的宾馆房间，宽大的几案上笔墨纸砚一应俱全。他说：今晚睡不成了，有很多笔墨债要还。拿出一尺见方的专用画纸，沉吟片刻，下笔泼墨。一小时许，画作完成。意境大气壮阔，笔触细腻圆润，于方尺之间见大世界。堪称完美，深得我意。不由想起吴昌硕的佳句："昨夜梦中驰铁马，竟凭画手夺天山。"顾不得客气婉转，直接就说：这幅画归我了！新利宽厚一笑：当然！只要你喜欢。接着又咕哝一句：市场价格一万多呢……

耿新利有艺术家所具备的天分好、用功勤等特质，但完全没有一些"艺术家"的清高、酸腐做派。他彻底放下了"艺术家"的架子和包装，平常得和你我没有什么不同。他的性格中有急躁莽撞的一面，说话粗声大气，办事风风火火，酷爱喝酒，几次因酒后驾车被处罚。正是这种多面性格，表现在其作品中才不显做作，才真情流露。

要让社会认可，让圈里认可，让更多的专家、行内人认可，只知闷着头梳个小辫在画室里用功是远远不够的。耿新利很清楚这一点。所以，除了作画、写生、采风，他的社会活动也很多。今天去北京参加一个画展，明天到山东搞一个艺术研讨；今天获得一个什么国家级的奖，明天作品又被哪个艺术机构收藏。只要留心一下，报刊媒体不时都有耿新利参加各种社会活动、艺术活动的信息。真是"天地容人静，名利叫人忙"啊！

随着艺术造诣不断提高，知名度一天天增长，耿新利书画作品价格也在节节攀高。过一段时间，老耿就会忍不住向我炫耀一下：我的画现在市场价格又上涨了，云云。现在其画作每平尺已经过万元，并且还在继续攀升。我想耿新利已经身家过千万了吧？没问，也不想知道，我们之间的交往和这个没有关系。但我仍然希望耿新利画更好的画，挣更多的钱，过更好的日子，带给我更多的惊喜。

和高建群先生两次谋面

这个题目有点傍名人吹自己的嫌疑，但我还是想说一说我和高建群先生交集的事情。曾和高建群先生有过两次谋面，聆听教诲，感受风骨，还得了高先生几幅墨宝，或悬壁，或深藏，皆珍视之。

20世纪80年代末，高建群一部中篇小说《遥远的白房子》惊世骇俗地问世了。这部新疆阿勒泰边防题材的中篇小说，雄浑大气、悲壮激越，作者笔下的人物、环境、故事都是我熟悉和向往的。马镰刀，耶利亚，道伯雷尼亚，十九颗人头，古歌《一个哥萨克沦落在库班河岸》……小说明显受俄苏文学影响，有《静静的顿河》的风韵。这篇小说还在新疆引起了一场不小的风波，无意中又增加了它的影响力。我曾在西安读书，陕西作家写新疆的事，让我莫名喜欢，还有一位红柯也是我喜欢的写新疆题材的作家。我还喜欢高先生那本薄薄的《东方金蔷薇》散文集子，谈陕北、谈剪纸、谈艺术，真挚、朴实，同时又忧郁敏感。特别是他对女性有深刻而独到的剖析见解，不吝赞美她们的美丽、聪慧、坚强。"永恒的女性引领我们前进"，歌德的这句话，不断被高先生重复着，他说：赞美女性是作家的天职。

90年代中期到西安，和几个同学聚会闲聊，扯到文学，扯到白房子边防哨所和高建群。见我对高建群这么倾心，琪玖说，我和高建群很熟悉，要不要见一下？琪玖曾在延安师范学院当老师，高建群在延安日报社当记者、编辑，他们常在一起交流探讨文学话题，是交情很深的朋友。当然要去拜访啊，脚步都到门口了，还有这么便利的条件，岂可错过，曲儿唱到这时候可不能跑调。当时，高建群和贾平凹、陈忠实等人作为陕西作家群中的主力已经名震中国文坛了，长篇小说《最后一个匈奴》刚刚为他赢得巨大声誉，怎么说也是名人了，我们几个闲人就这么不知深浅地贸然前去造访。

彼时，高建群先生刚刚从延安调到西安，在陕西省文联供职，主编一份大型文学刊物《新大陆》。在省文联杂志编辑部，琪玖带我们敲开高先生办公室的门。出现在我眼前的高建群面相憨实，性情温和，说一口浓浓的关中秦音，没有半点架子，似乎和他如日中天的名气不匹配，更像是一个忠厚的兄长。他听说我来自新疆，眼睛一下子亮豁起来。正好到了中午，他执意要请大家吃饭。在离家不远的一家回民饭馆，大家伙美美地吃了一顿西安美食水盆羊肉。食毕，带我们去他在北门外龙首村一个小区的家里，在这里我们度过了一个美好的下午。

闲聊中，话题最多的还是新疆。新疆在他心中有着激情澎湃、刻骨铭心的记忆，同时有一种深深的情怀和眷恋。他说：新疆是我的第二故乡，我最宝贵的五年青春岁月和激情，是掷在那里的。他一根接一根地抽着烟，如数家珍地讲起他当年在额尔齐斯河畔克孜乌云克北湾边防站戍边的日子。

他服役的部队是现在的新疆军区边防四团。"至今我还记得巡逻时我骑的那匹马。灰褐色，眉心有一块白点。当兵几年，我大部分时间是在马背上度过的。刚退伍时，走在街上都带着骑马的痕迹。"他一边说，一边还站起来比画着："尻子向后蹶着，双腿罗圈着缓缓移动。"新疆这段当兵的经历是高建群一生中最重要的时光，某种程度上，它成就了高建群的文学事业。文学号角最先在这里吹响，1976 年，他的一组军旅诗在《解放军文艺》首发，那年他 22 岁。阿勒泰草原和边疆军旅生活不断给他创作灵感和营养，使他对游牧民族血液里的东西洞若观火，他以后的作品很大一部分与阿勒泰草原有关，与游牧民族有关，与西部边疆有关，如《马镫革》《大杀戮》《伊犁马》《要塞》《愁容骑士》《白房子争议地区源流考》等。

高建群还讲了他难忘的一件事：1977 年退役时，首长安排他代表退伍兵致辞。在额尔齐斯河畔的白桦林中，他向全团官兵朗诵了他写的诗《向八一军旗告别》。全团将士静静挺立，听着他激情澎湃而又满怀深情的倾诉，在早春的寒风中，热泪长流。他一字一句，不疾不徐地叙述着当年，闪光的碎片一点一滴从无限遥远的记忆中清晰地铺排出来，弥漫着葱郁而强悍的美意。

高先生说到这些的时候，有些激动，又有些腼腆：谁都有过青春飞扬的年代，当年就是这样激情难抑啊。他形容自己是"骑着一匹黑走马的愁容骑士"。这是文学形象，也是眼前的高建群的形象：心怀天下，满怀理想，把文学当作生命，我行我素地举着崇高精神和理想主义的旗帜踽踽独行。

整个下午他都陪着我们，一根接一根地抽着烟，谈兴和烟雾一样浓。他说，下午单位上没有什么事，不用去坐班了。看到桌子上的笔墨砚台，知他在写字，便央写一幅。他欣然铺纸舔笔，为我写下"春江潮水连海平，海上明月共潮生"的横幅，里面嵌着我的名字，字体拙朴大气，深得我心。

之后就和高先生保持联系了，还在他主编的《新大陆》杂志上发了我一篇文章。再一次见到高建群先生是2000年夏天，那是他应邀到新疆参加一个文学活动，行程安排得很紧凑。听到消息后，我和他联系上，询问可否腾出一点时间，一起聚一下？高先生欣然答应。我约了几个朋友，订了一家餐厅，吃饭在次，会先生一面为要。人生际遇、风土人情、文学精神、金石书画，话题随意，相谈甚欢，很奢侈地占用了他整整一个下午的时间。酣畅尽兴微醺时分，我便央求高先生能否为我们留下墨宝。我知道高先生是个好说话的人，最近涂抹丹青颇有些成就，让人艳羡，这个过路神仙一定要留下神迹。于是拿出了蓄谋已久早已备好的笔墨纸砚，呈在高先生面前。

高先生没有一点厌烦的意思，呵呵一笑说，酒喝到位了字才能写好。又独饮一杯，然后乘着酒兴为我们在席的每一位都认认真真写了字，有横幅，有斗方，皆欢喜不已。方才聊天时，他就大致了解了在座每个人的脾性，写字内容都有针对性，给我一做生意的朋友写的一副对联尤其贴切："天地容人静，名利叫人忙。"给我写的是一幅四尺斗方"洗礼"，有汉简魏碑的意境，朴拙之中藏着机智与奇巧。还写了一横幅"美人香草金石文章"，真美死我了！我又觍着脸得寸进尺央求，能否给一个领导写幅字？他笑道：你这是溜你领导的尻子呢！写个啥，你说。我便受宠了一般：您看写什么合适就写什么。他略思了一下，提笔写下了"立脚怕随流俗转，高怀犹有故人知"。真是高人，洞察世事，直指人心，太贴合题写对象的身份和心境。

高先生戏称自己"弄书作画是客串表演"，那是他一如既往的谦逊。我之于书画鉴赏，相当于六月的斑鸠——不知春秋，喜附庸风雅却没有底气，说啥也不作数。但有说话算数的，他们的眼仁子黑白分明，他们说的话是有分量的。如高先生的乡党、陕西省著名书法家马治权的评价："真气弥漫，真情流露"，"看似拙朴，却有着散发弄扁舟的洒脱，可谓是粗衣俗表亦非凡"。可谓中的之言，我把它放在这里拿来唬人。

据说市场上高先生的书画润格有如蹿龙，日拔千尺，当下每平尺已经上万元了，那么这几幅字就是我的财富啊。其实结识高先生才是我的财富。朴厚真诚，心怀高远，脚踏实地，坚守良知，这是我不及又渴望的精神高度。

我眼中的老刘

老刘给我打电话来，一口带着浓重鼻音的陕北话，像是《平凡的世界》里的孙少安立在了我面前，让人很亲切。可听他说完，又让我倍感压力。这家伙要出一本书，让我为这本书写点什么。我何德何能敢为老刘的锦绣华章打添补丁？但老刘用不容商量、不能推辞的口吻给我下了命令：必须写，十天之内交稿！同时以利相诱：到了南方吃不上羊肉泡馍了吧？等着，我马上给你寄去。接着电话就挂了，不再啰唆，端的是部队首长下的作战命令。

老刘大号均田，听上去就有乡土气息，还透出农耕社会的远大理想和斗争精神，不由得想起他的陕北乡党、同是姓刘的"群众领袖、民族英雄"刘志丹。不知道他们之间是否有什么血缘之类的关系，但一样都有红色的底色，有一样的口音，长得都俊朗。老刘出身农村干部家庭，后来一直在部队里成长，可以说是根红苗壮，三观纯正。和他交往，时时都能感受到他身上的那种正气，或说正统的做派。

老刘大半生都奉献给了消防部队，经历了从西安到新疆，最后又回到西安的历程；军营行走几十年，官拜团级，职居政委。他没有辜负组织，青春热血都洒在军营，组织也善待了老刘，在恰好的时机让他退役。老刘当前的身体和精神还在状态，还能循着自己的想法折腾上几年。虽说不上锦衣玉食，但也生活优渥，还有精力、有闲钱开一间画室，辟一畦菜园，种花弄草，交结雅士，怡情养性，顺便挣点散碎银子来支撑自己的情趣爱好。这么潇洒旷达的退休生活不由得叫人心生嫉羡。这是老刘底色纯正、为人正直带来的运气，也是他勤于学习、洞悉社会、善于捕捉机会的福报，是智慧和能力统一的结果。

灭火救灾、应急处突是消防部队官兵的主责。我不清楚老刘是否冲进过火场，做过"烈火英雄"。在我有限的想象和猜测中，老刘更多的是凭一支健笔纵横捭阖，指点江山，把单位、领导的意志诉诸笔端，形成动力，推动工作落实。在机关单位里操持文字是一件苦差事，这项工作既须臾离不了，又普遍遭轻视，也不是什么人都能干的。没有对文字的热爱、敏感，没有一定的定力是干不好、也干不长的。机关写作不仅是一个掌握文体、文通字顺的问题，更是对写作者的思想、眼界、知识结构的检验，同时也是对业务熟悉程度、对领会把握领导意图分寸的考验。不幸，或是有幸，老刘就是干这个行当的。在部队30多年，老刘为单位、为领导写的讲话、报告、总结、检讨，为机关、基层写的各种好人好事、先进事迹通讯报道，他自己可能也不知道写了多少。在这种"戴着镣铐跳舞"的情形下，把舞跳得精彩才算本事。老刘有这个本事，他一步一个台阶走到了一个风光锦绣的高处，这来自他长久的恒心和不懈的努力。成龙大哥在电视里不是觍着老脸既励志又委屈地唱道："没有人能随随便便成功！"大哥戏演得不错，这句话也靠谱。回到老刘，老刘用雄健的笔力把自己从西安写到新疆，由一个小兵写到团职干部，这个路径中间有多少坎坷心酸，如同自己的鼻涕流到自己的嘴里，咸淡只有老刘自己知道，不比抢险救灾闯火场更容易。

我和老刘结识也缘于文字。他刚调到新疆武警消防总队任职不久，我正在厅办公室捉笔涂画，文来文往慢慢就成了人来人往。我们干着一样苦的工作，惺惺相惜，彼此帮衬，更要紧的是我们臭味相投，一路货色。我曾在西安读书，对班里耿直率真的陕北同学颇有好感，对陕北民歌、秧歌腰鼓等民俗文化以及高建群、路遥、刘成章笔下的风物人情尤感兴趣，由衷喜欢。现在一个眼睛大大、鼻子巍巍、文章锦绣的陕北人一下子走进了我的圈子，真叫我惊喜又快活，忍不住就想用陕北话和他扯一下赫连勃勃统万城，走头头的骡子兰花花。老刘的情商和智商不容小觑，善于沟通，又有分寸，陕北人山峁一样的厚道和走四方脚户的狡黠，很好地统一在老刘身上。我们在文字上切磋吹捧，酒桌上豪饮酣醉，距离越来越近，交情也越来越深。那个时候也正是我们人生的黄金时期，张扬而又纵情："夫子红颜我少年，章台走马著金鞭。文章献纳麒麟殿，歌舞淹留玳瑁筵。"李白的这首诗跨越千年与我们发生共鸣，好像说的就是我们。老刘帮助过我一个亲戚的事情我一直铭记在心。开口求人对我来说是件难堪的事，但在老刘这儿我没有那么多心理负担，他的用心，他的善解人意都让我感激。

我们由工作而相识，却没因工作而忘却。老刘到地州任职后，特别是退役回到西安后，我们联系少了，天南地北各自一方，忙着各自的光阴，却也没有断了念想和联系。时不时见上一面，将那国家崛起、世界和平、柴米油盐、琴棋书画什么的，侃上一通。遇有不同看法，他说：君子和而不同。我附和：屁股分而不裂，哈哈一笑，皆大欢喜。网络微信兴起后，更是拉近了我们的距离，关注点闲事，点个赞赏，转发美文成了比吃饭还要紧的事情。

几年前我到西安，专门到大明宫遗址公园附近他住的小区新居去拜会。他的艺术工作室"润心阁"里挂满了字画，各处陈列着玉石、奇木等各类文玩古董。在宽大的茶海前，老刘手上戴着紫檀手串，胸前挂着玉雕佩饰，用宜兴紫砂壶翻来倒去洗茶泡茶。眼前的老刘和当年那个英武豪迈、果断干练的消防干部仿佛不是一个人，更像一个得了道的江湖大师。老刘要请我到高大上的地方吃顿大餐，我坚持就在附近泡馍馆，我们之间谁跟谁啊？无须面具，也不需摆谱，随性就好。这顿羊肉泡馍吃得酣畅淋漓，回味绵长，也像我们的关系，简单明了，丰富实在，有馍有肉，见汤见料，过后常想。用西安话来讲"结伙得很"！

老刘退休后开始抒写自己的世界，表达个人的感情。他要出的这本书我没有读过，不好整体评判。在微信公众号上零零星星读到个别写家人的篇什，感情真挚，叙事通达，有几十年公文写作打下的底子，文字功夫扎实了得。但也觉得还是没有完全脱开公文和通讯报道的痕迹，个人精神世界的东西还没有完全释放出来。其实这也是见仁见智的事情，文无定法，通达明白就是好文章，我的一孔之见实在不足为训。作家麦家有句话我认为说得好："最后的写作都是那样，你必须要掏心掏肺，把自己的独到性表现出来。"希望对老刘有用。

"志于道，据于德，依于仁，游于艺"，这是孔子对弟子们的教诲和要求，几个方面都做到了，就是成功的人生。我看老刘是深谙传统文化真谛的，他在努力践行且一步步接近目标，老刘的人生是成功的。

我的光影梦幻

　　一直想收藏一部电影放映机，把陪伴自己成长的印记收藏起来。对电影的痴迷曾经像野草一样蔓延且不能自拔，恍惚迷离中流年似水，青春老去，但电影让我的影子和心绪还停留在昨天。

　　有一天一个朋友告诉我，在市郊农村一个乡政府的库房里寻到一套封存的放映机，让我兴奋不已。过了几天，朋友就把放映机给我送来了。比我想象的还要好，居然是一整套的放映设备！主机、电源、音箱、倒片机、片夹以及各种连接电缆等一应俱全，还有一卷科教片胶片。机型是甘光 GS-16HX 氙灯电影放映机，大约生产于 20 世纪 80 年代。

　　朋友当过电影放映员，当即就把放映机架在桌子上开练。拂去机器上的尘土，放上胶片，接通电源，放映机轻轻发出"咔咔"过片声音，温暖即刻弥漫在心里。

白色墙幕光影交错，让我恍惚起来，仿佛回到从前：傍晚时分，球场上一群半大孩子过年一般欢天喜地坐在小板凳上，焦急地等着天黑下来。靠近放映机的孩子，在调试机器的光束里做着各种手势，晃动自己的大脑袋。不知谁喊了一声：片子到了！全场一片欢呼。先是放幻灯片，当银幕出现一个"静"字时，人们渐渐安静下来，这时电影开始了。银幕上光影交错，硝烟乍起……

儿时看一场电影，隆重得像过节一样。"文革"初期只有样板戏和《地道战》等仅有的几部故事片能放映，翻来覆去，熟悉的台词都能背下来了。在那个精神文化贫瘠荒凉的世界里，我们仍然能从粗鄙简陋的电影中找到快乐。后来有了引进译制的朝鲜、阿尔巴尼亚、越南等国家的电影上映，使我们呼吸到了一丝不一样的新鲜空气。电影里不光只有好人坏人、阶级斗争，还有别样的生活情趣、美好的人生。《鲜花盛开的村庄》中一年能挣600个工分的胖姑娘和幸福生活场景给人留下深刻印象。在光影迷离中遐想：什么时候才能过上那样的好日子呢？而悲情的《卖花姑娘》让人涕泗横流，在一泡热泪中经历另一种情感体验。阿尔巴尼亚电影给人印象尤深。"消灭法西斯，自由属于人民"是很多阿尔巴尼亚电影里的经典台词。《宁死不屈》里英俊的小伙子弹着吉他对姑娘唱着"赶快上山吧勇士们，我们在春天加入游击队"，深情浪漫，撩拨人心。反派军官也异于我们看到的坏蛋模样：凶悍中带着帅气和雅致，使人惊诧不已："坏人怎么会是这样呢?"

改革开放后，一批欧美文学名著改编的电影译制片陆续上映，如《基督山伯爵》《巴黎圣母院》《简·爱》《百万英镑》等，这些电影使世界大门洞开，真正让我们看到了一个美丽新天地。那些妖娆妩媚、刚健多情的人物，悲悯博爱的人道情怀，一波三折的浪漫故事，隽永幽默的台词，常常让我沉溺其中、欲罢不能。那是一个看电影的黄金时代。特别是上海电影译制厂的翻译配音极其传神，如同原版，十分打动人。邱岳峰、毕克、李梓、刘广宁等人的声音是我们这一代人脑海中挥之不去的绝响。后来但凡看到上译厂译制的外国影片影碟，我都买下来，但重温时，物是人非，已不是当年那个感觉和味道了。

上中学时班里一个外号叫"黄眼"的同学，是让老师头疼的"问题学生"。捣蛋、恶作剧是他的强项，读起课文来磕磕巴巴，从来没有完整地念下来一篇，但模仿起外国电影里的人物台词来却行云流水、仿佛天赐。每当他舌灿莲花滔滔不绝地学着电影里的腔调，说着杜丘或瓦尔特的台词时，就会引来同学们的关注和赞赏，一种成就感油然而生。"大地在颤抖，仿佛空气在燃烧，暴风雨就要来了！"铃声响起，老师要上课了，"黄眼"用这句话结束了他的表演。那个年代还有两件和电影有关的事情至今印象深刻。一件事是，为了看一部"内部电影"——苏联四部八集的战争史诗《解放》，带着饮食在一单位大礼堂整整熬了八小时，竟然没有觉得累；另一件事则是，高考的前一天晚上，就在家门口的露天影院，我还看了一场香港电影《巴士奇遇结良缘》。一个月后，通知下来，高考获俊。

读大学的时候，疯狂地喜欢电影，看电影也更便利了。学校露天篮球场每两周放一次电影，我从不缺席，还经常和同学蜂拥到邻近的外院、政法学院去看电影。时不时乘车到小寨电影院看一场电影。80年代初，第一届美国电影周上的五部电影在全国五个大城市放映，其中就有西安。我连续几天逃课朝圣般去钟楼电影院看了《雨中曲》《原野奇侠》《猜猜谁来吃晚餐》三部。学校西门外的吴家坟村露天影院也是常常去的地方。泥巴凳、粉白墙、五分票，和村里老乡们混在一起，吹着夏日里的习习凉风，看着银幕上的离合悲欢，惬意地思忖：这就是好日子！

校图书馆电影理论方面的书籍都被我翻遍，其实那时也没有多少资料，而且比较陈旧。在没有光影的图书馆，我在书上看电影。知道了法国"新浪潮"，德国"新电影"，意大利"新现实主义"，苏联"解冻时期"，美国"新好莱坞"；特吕弗、费里尼、爱森斯坦等电影大师让人心生敬意。多么缤纷的电影世界，多么诱人的影像大餐！可惜都是在纸上过干瘾。当时一边翻着书，一边悲哀地想：可能这一生都无缘看到这些经典了。无穷世界的发展变化总是超过我井蛙的想象。"不要说不可能，没有什么不可能！"多年后，在《教父》中听到柯里昂这句话，像是对当年的我说的。20多年后，通过影碟，我拜访了当年在书中读到的那些如雷贯耳的影片：《四百下》《广岛之恋》《铁皮鼓》《偷自行车的人》《出租车司机》《雁南飞》，等等。第一次看到这些影片，如见到多年未见的老熟人，音容笑貌竟一点都不陌生。

上大学期间与电影有关的活动也很多。学校和系里时不时结合文学课程放一些"内部电影"，真是额外的大福利，乐死我了！如苏联的《围困》《墨西哥人》、美国的《乱世佳人》，还有大名鼎鼎的《武训传》，都是真正的胶片大银幕电影。《武训传》50年代初就遭到粗暴的批判，被打进了冷宫，前两年才解禁，出了DVD影碟，但我在30年前就看过了。系里还组织我们去西影厂参观，

375

那时《西安事变》正在拍摄中，观摩了延安窑洞毛泽东、周恩来等人内景戏的拍摄。当时一些知名电影编剧、演员如郑重、智一桐、达式常、孙愉峰等都到过学校或系里做报告讲座。

我的毕业论文也是以电影为题，开始竟找不到导师审读，毕竟学校没有开设过电影类课程。靠着多年来看电影积累的财富，我顺利完成了论文。大学期间，我还参加了一个名为"希望奖"的西安大学生电影评论奖征文，用当时很流行的"存在主义"观念，对美国电影《冰峰抢险队》评论一番，得到畅广元老师肯定，最后毫无悬念地获得一等奖。

眼下很少去电影院了，看电影的方式主要是在家里看影碟。每到休息日都要到音像市场去转转，看看新上市影碟，淘淘心仪的旧碟。各个国家，各种流派，各式风格，可以说，只要世界上有的电影，都可以在影碟市场找到。只有你不知道的，没有你找不到的。"谁活着谁就看得到！"这是南斯拉夫电影《瓦尔特保卫萨拉热窝》里的一句台词，用在这里正合适。

这些年来，前前后后搜罗并收藏的电影碟片有数千张，很大一部分并没有看，还有很多重复的，我像守财奴一样存着这些影片。从看电影的角度，我也从心底由衷欢呼改革开放给我们带来的新天地。有一次因筹拍一部电视剧，我到北京和一些电影人有了接触。电影圈的唐大年专门带我到北京一个名为"根据地"的影碟店去淘了不少好碟。盗版影碟的出现，也逼迫和推动本土正版影碟制作不断提升水平和质量，让喜爱电影的人找到归宿。互联网的发展更是给影视产品带来革命性变革，彻底改变了电影的传播方式，使我们与世界同步。

眼下电影产品越来越丰富，看电影的方式越来越多，我看得却越来越少了。有时偶尔坐在豪华舒适的电影院里看看所谓"大片"，不知什么时候就睡过去了，不知什么时候又醒来了。睁开眼是电影梦，闭上眼是自己的梦。

我一直有拍一部电影或电视剧的念头，有一次几乎要实现这个梦想了。那是参与一个连续剧的制片工作，筹备了一年多，光编剧就换了几个。后来出于产业政策的原因，项目下马，我的梦也醒了。没有混到"圈子"里去，但结识了"圈子"里的几个朋友，现在也还保持着联系，关注他们的制作、拍摄情况。在一起的时候，则像嘎子回到了鬼不灵找到队伍的感觉，有说也说不完的影视话题，好像我和他们就是一伙的。

我的职业、工作和电影没有任何关系，但一点都没有妨碍我热爱它。"唯有在梦中，人们才是真正自由的"，在《死亡诗社》中，罗宾·威廉姆斯如是说。

游泳那些事

乌鲁木齐是个缺水的城市，虽然地图上有一条乌鲁木齐河，可这条河早就变成河滩公路了，每天流淌的是车的洪流。贯穿乌鲁木齐南北的和平渠，20多年前还季节性地流一些水，近些年干涸的渠里只有垃圾了。在这样一个缺水的城市，游泳是件奢侈的事情。有幸的是，家门前正好修建了一座游泳池，昔年乌鲁木齐市有两个露天游泳池，一个在红山，另一个就是我家门口这个。有了这个便利，我从小就在家门口混浊的游泳池里浸泡，一不小心练就了一身水上功夫。在体育运动方面，我别的什么都拿不到台面上，唯游泳可以和朋友圈里任何人比试，也敢放松了吹牛。

一段时间，游泳的事让位于各种工作、俗务，和写诗的爱好一样退出了生活。渐渐身体和思想一起堕落，臃肿而迟钝，平庸世故的人生消解了曾经的万丈雄心，不再激情飞扬，不再挑战进取。

　　曾在美丽富饶的伊犁待过两年。伊犁的美食和阳光以及伊犁人阳光一样的热情，把我喂得又黑又胖，像个哈萨克牧人。只是牧人身体是健硕的，能纵马百里而面不改色；而我身上的肉是松弛的，不要说马骑不上去，连弯腰系个鞋带都喘半天。我身体最重时达到95公斤，严重超标，看上去就是个愚蠢腐败的家伙，各种富贵病都如约而至。那天到医院检查，医生说：超重了！我问怎么办？他说先减饭量，午饭吃一个馒头……然后呢？我等他开的食谱下文。哪有然后？就一个馒头！医生警告我，要想活得头脑清醒，身体轻盈，少吃多动，让一身肥膘换成紧肉。说得容易，那得受多大罪啊！一个馒头？号子里的标准也比这高吧？但我又不想变得又蠢又笨。打球是团体活动，需人配合，我就想独自行动；走路让我觉得不像运动，一群男男女女的队伍，凌乱地在林荫道上急匆匆毫无目标地赶路，我加入进去和他们一起搞笑？思忖半天，觉得最靠谱的还是在水里扑腾，熟悉的领域，有效的方式，尚属小众。目标明确了，那就干吧！

　　我办了一张游泳卡，每日工作之余咬着牙流连于游泳池馆。慵懒惯了，一开始运动痛苦不堪，每日下水前都是一种煎熬，像有人逼着你做一件极不情愿的事，那一池水仿佛是不可测的深渊，哪有酣畅聚宴吃肉喝酒来得快活呀！每每有退缩之意的时候，心里又开始鄙视自己，当年的精神头哪去了？还是个汉子吗？如果这种鄙视来自别人，我脆弱的自尊心一定会受不了的。再说，花了一笔钱办了卡就这么打水漂了，你以为自己是土豪可以任性吗？这么一思考，上帝发笑了，我也提神了，咬一下后牙槽，走，下水！就这样每天和自己较劲，向目标挺进，居然也坚持下来。半年下来，10公斤去矣，相当于从身上卸掉了一只羊羔的重量，原来我每天都扛着一只羊在东奔西走！顿时轻盈如跳"黑走马"，打了鸡血一般精神，开会学习也不打瞌睡流口水了。

不久之后，我参加了一次全区性的行业游泳比赛，检验了运动的成效。我参加了3个项目，获得3枚铜牌，成绩喜人。虽然说有一组比赛只有4名运动员，我是第3名，获铜牌，遭到了看官的讪笑，但这4人也是从一群人中选拔出来的。看官莫笑，有本事咱俩下水比试比试？

单位有个同事是个大白胖子，一段时间迷恋上了游泳。他知道我会游且游得不错，想找个伴儿，同时学习请教一下。这家伙一遍一遍鼓噪游说，从世界和平、报效祖国，到强身健体、夫妻和谐——不厌其烦地给我做工作，终于把我拖下了水。游泳的地方是在郊外一个水库，每日中午下班有两个小时的午休，我们就利用这点时间，午饭也不吃了，开车直奔水库。有一帮冬泳爱好者长年聚在这里，四季不辍，还在山石嶙峋的岸边辟出一块地方作为基地安营扎寨。我们加入了这个组织的外围，只游夏天，过了十月便收兵。

都知道游泳的好处，但下水需要勇气，坚持下来更需要意志。刚开始下水，怕冷怕风，游完 200 米就像熬夜加班，腰酸腿疼，一晚上辗转反侧，不能熟寐。第二天都不想去了，不是白胖子和我两人互相激励监督，双方都很难坚持下去。一周过后，身体和心理渐趋于正常，再往后就成了习惯。如同有的人喜欢打牌，有的人喜欢宴聚，得经常有，我们每周不下几次水，都觉得对不住那一库碧波清流和我们幸福的生活。

在水库游泳完全不同于泳池或泳馆，天高水阔，水净人轻，清风徐来，水波不兴。水面部分水是温的，稍深一点就是冰的，一个世界两重天地。在这儿可尽情脱光了裸泳，裸泳在这儿是常态，你如果不和在这游泳的哥儿们保持一致，会遭鄙视和嘲笑，我们得遵守这儿的规矩。畅游在这个清净而又深不可测的天地里，才可以体会到"飘飘乎如遗世独立"、自由忘我的美妙，也有一种在平静的阳光下幽壑不可测的隐忧。有时游到水域中心，看不到岸边的时候，有一种莫名的恐惧，怕自己回不到岸边。

我和这位白白胖胖的哥们儿，在这里度过了一个快活的夏天，大白胖子依然白胖，然而胡须却焦黄了。

以后，我还游过江河，游过湖泊，游过大海。有能戏水游泳的地方，有机会我就不会放过。我喜欢双臂划在水里疾行的感觉，喜欢在行进中憋口气、猛地抬头呼气看到蓝天时畅快的感觉。我在水中沉浮，也在水中找到慰藉，吞咽过富含微生物的池水，体会过波峰浪谷的凶险。只要下了水，我就挥动双臂，节制呼吸，一直向前，直至精疲力竭。

在庸常无趣的日子里浸泡的时间长了，思想和身体一起松软下来的时候，需要认真地下一次水，游上一回。

跋

风景这边独好

明月之于我，是一个熟悉的陌生人。

我与明月，大学同班，甚至还同宿舍过一段时间，但在大学四年里，我们俩超过 5 分钟以上的交谈都很少。以至于偶尔和爱人谈论起新疆的几位同学，说到他，我几乎是无言以对了。我只依稀记得他那浓密的短发，宽阔的前额，剑眉下那一双黑亮如漆的大眼，哦，还是男生里很少见的双眼皮哩！此外，就是他那一手刚健有力而又不失潇洒浑脱的钢笔字。

然而，这几十年里，我没有忘记他。

我没有忘记他，是因为每每有新疆同学来，总会多多少少带来一些关于他的消息，而且，这些零零碎碎的消息，多少有一些是让我为之惊诧的。比如，他毕业后，竟然穿上了军装！再比如，他竟然长期在新疆公安机关工作。在我的印象中，公安机关是同违法犯罪分子作斗争的，他一介书生，会抡刀打枪？会格斗擒拿？——我搞不明白，心存疑虑。

我没有忘记他，因为他每次到西安来，总会给我带来一些震撼性的疑惑。比如，大概是 1997 年夏秋之交吧，他和李富安竟然来到了我的蜗居，看了高建群写给我的字，赞不绝口，问我能不能为他求一幅高建群的字。我陪他到高建群那里求得了，可他却还要我的字，我那"枣刺"，怎么能拿得出手，于是一拖再拖，可他却念念不忘，追索不已。这家伙，咋对字这么上心呢？大学时期，没见有这爱好呀。呃，原以为他已经成了个赳赳武夫，没想到还是个文化人呀！

我没有忘记他，因为在此后我和他的交往中，他从来不跟我谈一些关于文学的话题。然而他的散文，竟然像红玛瑙般的吐鲁番的葡萄，散发着醉人的芬芳，一串接一串地挂在报纸杂志上，出现在网络平台上。他散文中那旖旎的山川风景、丰盈的人物神采，让人耳目一新；那一行行带着驼铃般沉静而隽永的句子，宛若梵音，读来会使人有醍醐灌顶般的心灵震颤。不信，你看他是如何写布达拉宫的：

布达拉宫位于拉萨闹市中心的一块高地，与山体融为一体，仿佛是长在岩石上的神作，山即是宫殿，宫殿即是山。它巍峨磅礴地矗立在那里，在这座城市每一个方位都能看到它，城市的楼层都不能高过它。在藏人的心中，它是观音菩萨居住的地方，因此被称为布达拉（普陀之意）。走近它你才能感受它的神圣和庄严，到了它的脚下，你不能不仰视。它像是连接人间和天界的天梯，那种铿锵与柔软既饱含着力量又充满了悲悯，难怪那么多人把它作为灵魂的安放地。"这佛光闪闪的高原，三步两步便是天堂"，据说，这诗一样的句子是六世达赖仓央嘉措写的。不知道这个诗人气质的仓央怎么成了仁波切？

他仅仅是在写布达拉宫的巍峨与辉煌吗？

他仅仅是赞叹布达拉宫的神圣与庄严吗？

他仅仅是叹喟仓央嘉措成为仁波切的奇诡与造化吗？

似是而非，似非而是。含英咀华，你能在这段文字中感受到一种惠风抚慰心灵的微妙的轻颤，你会觉得你的生命之思已经接近了那玄妙的佛天。

当然，这类句子在他的散文中俯拾即是。

我也因此，欣然接受了他让我为他这本散文集写跋的盛情。

于是，我走进明月的散文世界，走进他曾经的生活，走进他丰沛的情感世界。随着阅读的深入，明月，这个我曾经的熟悉的陌生人，已经不再陌生。因为，我在明月的散文世界里，感受到了源自美好人性之泉的纯真之爱、纯洁之爱、纯美之爱、博大之爱。——这是古今中外那些伟大作家们之所以伟大的人文情怀。

明月对生他养他的胞衣地，对祖国的每一块土地，对生活在这块古老而神奇的热土上的各族人民，以至草木虫鱼鸟兽，都有着无边的眷恋与春风般温煦的爱意。我的阅读兴趣被他笔下流淌着的如春风般浩荡，又如炉火般炽热的，源自他心灵深处的爱意包裹着，久久地跟着他"行走大地"，在他的散文世界中的"天山南北"徘徊，端详着"我的村庄"里的人们，与"我的朋友"们做着会心的交谈。啊，散发着华丽古朴和特有的浪漫气息的伊犁！谦逊低调、沉静内敛的阿图什！朴素宁静而又美轮美奂的和田！奔流着清澈之水、滋育出名闻天下冰糖心红苹果的阿克苏！还有那"云的影子在草甸上疾走，白桦林和松树林比肩从近处走向远山，黛山轻雾，静水深流，松脂香味隐约萦绕"的喀纳斯风景，那"在夜晚发着金属般光泽的路灯下，红楼在白雪中燃烧，把一条街都映得通红"的塔城，那"充满阳光湿气泥土芬芳的"伊犁，那"在时光的幽静之处不知隐藏了多少秘密，又会有多少不期而遇的惊喜来问讯你"的喀什噶尔的街巷，还有那"在极边之地盛开出美丽的花朵"的腾冲，"每一座墙头全覆盖新鲜绿叶，每一条街道都飘动醉人花香"的鼓浪屿……多么壮丽，多么富饶，多么旖旎，多么美啊！

哦，还有那拉萨寺庙里、街道上随处可见的"步履匆匆，目光坚定，面孔粗粝而又安详，满脸锈迹却又神采飞扬"的僧人和藏人；那生活在"空气里都残存着六朝世家流韵"的南京朋友，"在精神上确有名士之风，可以感受到他们身上的儒雅闲适之气"；那风花雪月的大理和那里的"和茶香一样，周身散发着健康的气息"的姑娘；那"不论什么季节都是让人感到温暖的"南宁和那里"把一壶茶喝出别样的境界，喝到地老天荒"的市民……多么淳朴，多么潇洒，多么可爱，多么美啊！

我如食甘啜蜜，细细地品味着渗透在这些篇什中字里行间的爱的滋味。我恍若看见他那宽宽的印着岁月沧桑的额头下，那依然黑亮如漆的眼睛里闪烁着深沉的爱意，与他肩上的警衔相映生辉。他在深情地注视着、凝望着、欣赏着、赞美着富饶美丽的天山南北的山水草木、风情人物。目光温柔，情深意长，比如这段文字：

"哈密与我有这么多的情愫，是我的福分。在我眼里，她就像一个若即若离的情人，如同她的名字，芬芳而迷人。"

　　——多么质直而柔软，美妙而缠绵的情愫啊！

　　我如抽丝剥茧，一字一句地叩索着构筑他散文世界七彩宝殿的思想基石，以及打造他文字珠玑的玄机。我也恍然悟出了散文写作的真谛，只有用博大的人性之爱去观照社会人生，去体会人间百味，去遣词造句，才会把祖国的山山水水、大城小镇、人物风情，状写得如诗如画；才会使眼之所见、心之所怀、情之所系的山川草木，人物风情，"风景这边独好"；才会有诸如"一到春天，桑葚熟了，白如羊脂，黑似铸铁，红如玛瑙。在阳光斑驳的树下停留一会儿，能听到噗噗落地的甜蜜，你会忍不住踮脚伸手摘下品尝，直到手黏嘴黑心中流蜜""混浊的叶尔羌河，在冲出喀喇昆仑山谷时一定也是清澈明亮的。它切开沙漠，在广阔的大地上撒欢，在丰满的绿洲上婉转，一路风尘仆仆，挟沙带泥狂放不羁地来到这里。从清澈到混浊，就像一个人在成长，由单纯到成熟，经历越多越包容，越混浊越有力量，最后练就成老江湖"这样妙湛的描写；才会有诸如"大山依然寂静，人间还在喧哗""流年不语，一直有风霜和阳光""我企望这条充满生机的路上，'桥都坚固，隧道都光明'，一直都有温暖，带给人们平安和福祉"这样闪耀着智慧星光的句子。

在阅读明月散文的这几天里，我的阅读情感一直沉浸在他的散文世界里，既被他笔下的山川风光和人物风采所吸引，又为他娴熟而别致的再现与表达风格所陶醉。坦诚地说，明月散文的艺术笔法，既吸收了现代散文艺术表现手法的精华，又脱却了传统散文笔法窠臼。他的散文中的某些篇章，其状物绘景，描形写神，有着传统散文情因景生，因情写景，因景抒情和"形散神不散"的痕迹，但宛如雪泥鸿爪，了若无痕；某些篇章看似与余秋雨的文化散文，贾平凹提倡的美文有若干相似之处，但慢酌细品，就会发现其别有一番滋味在其中。其看似信手拈来的景与物，人与事，看似漫不经心的调侃与自剖，都凝结着明月对人性、对人生的深邃思考与睿智体悟。融汇百家，自成一体！当我写下这八个字的时候，我突然感觉到，明月让我为他的散文写跋，是想让我通过他的散文，跟他好好地聊聊天，让我永远记住他这个我心目中的熟悉的陌生人啊！

行文至此，翻看着前面写的文字，呃，这是跋的写法吗？好像不是。可有什么办法呢，交稿的时间到了，就聊以此交差吧？——但愿我的粗浅的阅读体验，能给读者以路标式的作用罢。

王琪玖①

2020 年 4 月 26 日于宝鸡怡德轩

———————

① 王琪玖，陕西省富平县人，中共西安市委党校学报编辑部主任、教授，《西安社会科学》主编，《长安学刊》主编，现为陕西省写作学会理事、中国散文诗研究会会员。

后　记

　　我大半辈子都在新疆生活和工作，没有想到退休前的最后一班岗会在广西值守。更没有想到的是，经年累月写下的一些散文篇什，能够有机会在广西师范大学出版社结集出版，广西是我的福地啊。一次偶然的机会，我到广西师大做工作交流，师大出版社的一个朋友看了微信公众号里我的几篇散文，问我是否有意愿在师大出版社出版。广西师大出版社是出版界的翘楚，"理想国"系列、历史文化系列、文艺系列的不少好书备受赞誉。能在这儿出本书那也是蒹葭倚玉了。我长期在公安机关工作，涉及更多的是职务和公文写作，但我一直没丢下文学初心，工余读书写作，坚持不辍，描摹人生百态，抒写个人感情，反映时代印记。我没有加入过任何作协等文学团体、文学圈子，甚至没有文友，只能说是一个文学圈外人。能得到出版社专家、编辑的认可和青睐是我的荣幸。在文稿成书的过程中，我感受到他们的专业和严谨，感谢他们对我的厚爱和鼓励。我的同学杨占武、王琪玖先生，百忙之中拨冗为我写序跋，他俩都是学富五车的学问家，既有学者的睿智，又饱含同学深情。在此一并致谢。

我的太太和女儿长期以来是我的忠实读者和铁杆粉丝，她们的鼓励和赞赏，给了我写作的动力和热情。谨将这本小书献给她们。